本书由西安文理学院中国古代文学重点学科经费资助出版

明代文言

"鬼小说"研究

苏羽◎著

中国社会科学出版社

图书在版编目（CIP）数据

明代文言"鬼小说"研究/苏羽著. —北京：中国社会科学出版社，
2020.10（2021.1 重印）
　ISBN 978 - 7 - 5203 - 4909 - 3

　Ⅰ.①明…　Ⅱ.①苏…　Ⅲ.①文言小说—小说研究—中国—
明代　Ⅳ.①I207.41

中国版本图书馆 CIP 数据核字（2019）第 184016 号

出 版 人　赵剑英
责任编辑　郭晓鸿
特约编辑　张金涛
责任校对　周　昊
责任印制　戴　宽

出　　　版　中国社会科学出版社
社　　　址　北京鼓楼西大街甲 158 号
邮　　　编　100720
网　　　址　http://www.csspw.cn
发 行 部　010 - 84083685
门 市 部　010 - 84029450
经　　　销　新华书店及其他书店

印　　　刷　北京明恒达印务有限公司
装　　　订　廊坊市广阳区广增装订厂
版　　　次　2020 年 10 月第 1 版
印　　　次　2021 年 1 月第 2 次印刷

开　　　本　710×1000　1/16
印　　　张　15.5
插　　　页　2
字　　　数　221 千字
定　　　价　89.00 元

目　　录

第一章 绪论

第一节 文言"鬼小说"的界定

一 文言小说的界定

中国古典小说，按文体和语言两方面特征，大体分为文言小说与通俗白话小说两大类。通俗白话小说因为产生时间较晚且文体特征较为明显，学术界对它的界定争议不大。而对文言小说的界定，因为学术界持论的标准不一且其本身所具有的复杂性，至今仍然聚讼纷纭、争论不断。从古至今，人们一直试图找出一条清晰的界限以区分文言小说和其他作品，可惜这种努力并未取得显著的效果。所以本文无意对此问题做出准确的论断，只是根据所要讨论的文言小说类型特征，做出符合研究对象特征的界定。

"小说"一词最早见于《庄子·外物》："饰小说以干县令，其于大达亦远矣。"这里的"小说"根据鲁迅先生的解释"乃谓琐屑之言，非道术所在"，[1] 指的是与道家所谓大道相对的"琐屑之言"、小道浅识，是一种言辞、言论。随后汉代班固在《汉书·艺文志》中说："小说家者流，盖出于稗官。街谈巷语，道听途说者之所造也。"[2] 比班固稍早的桓谭也说："若其小说家，

---

① 鲁迅：《中国小说史略》，上海古籍出版社1998年版，第1页。
② 班固：《汉书·艺文志》，中华书局2000年标点本，中华书局2000年版，第1377页。

合丛残小语，近取譬论，以作短书，治身理家有可观之辞。"① 结合桓谭、班固的观点，"小说"是指形式短小，"合丛残小语"的"短书"，其内容驳杂，多"街谈巷语，道听途说"。班固、桓谭这种小说观念对后世影响深远，以致后代史志书录大多沿袭这种说法。可见那种形式为"合丛残小语"的"短书"，内容多"街谈巷语，道听途说"的记述就是古人界定文言小说的基本准则。"直到清世，正统文人对小说的认识，基本上都沿袭着这种'街谈巷语'的说法。"②

按照这个准则，一些有关历史传说、人物逸事、器物种类、自然现象的记述都可以归入文言小说的范畴。唐代刘知几《史通》中设"杂述"一章，专门论述"自成一家"，而能与正史参行的"偏记小说"。其中偏记、小录、郡书、家史、别传、地理书和都邑几类都是上述小说范围的具体表述，而逸事、琐言、杂记三类则与现代学者所说的历史小说、志人小说、志怪小说类似，还是别具眼光的。但这样笼统地把它们归之于"小说"这一大类，无疑模糊了文言小说与其他文体的界限。宋代郑樵《通志·校雠略》中就认为传纪、杂家、小说、杂史、故事这五类书"足相紊乱"，是不能严格区分的。明代胡应麟《少室山房笔丛·九流绪论下》也认为"小说，子书流也，然谈说理道或近于经，又有类注疏者；纪述事迹或通于史，又有类志传者。他如孟棨《本事》、卢瑰《抒情》，例以诗话、文评，附见集类，究其体制，实小说者流也。至于子类杂家，尤相出入。郑氏谓古今书家所不能分者有九，而不知最易混淆者小说也"。③ 可见古人"街谈巷语"的说法虽然可以囊括文言小说的各种类型，但是无法准确地界定文言小说，更不论揭示其特征了。

五四以来，小说研究逐渐升温，对文言小说的界定首当其冲地成为小说研究中的"热点"问题。鲁迅先生作为近代小说研究的奠基者，在《中国小说史略》中把宋代以前的文言小说称之为"古小说"，而把《聊斋志异》《阅

---

① 桓谭《新论》已佚，此处引文见《文选》江淹《李都尉从军》李善注引桓谭《新论》。详见萧统编：《文选》卷31，李善注，上海古籍出版社1986年版，第1453页。
② 李剑国：《唐前志怪小说史》，天津教育出版社2005年版，第4页。
③ 胡应麟：《少室山房笔丛·九流绪论下》卷29丙部，上海书店出版社2009年版，第283页。

微草堂笔记》等书称之为"拟晋唐小说"。可谓开一时之风气，但是鲁迅对文言小说的界定并没有脱离古人界定文言小说的范畴，于旧有的问题并没有解决。之后，郑振铎、王瑶等学者在此基础上把西方小说理论与中国古代文言小说创作实际相结合，对文言小说的界定与研究也取得了丰硕的成果。但从总体来看，这一时期的研究还是没有摆脱传统的文言小说观念，不过中西结合的思路却为后来学者所继承发展。

20世纪80年代以来，对文言小说的界定又出现了一个高潮，诸家众说纷纭，然而分歧并没有消失。袁行霈、侯忠义编《中国文言小说书目》中就认为："古今小说概念不同，以今例古，其中多有不类小说者。为保存历史面目，本书不以今之小说概念作取舍标准，而悉以传统目录学所谓小说家书为收录依据。然古代目录于小说家类，取舍不尽相同，一书或隶史部，或隶子部；同隶子部者，或入小说家类，或不入小说家类，并无定论。……本书以审慎、完备为目标，凡曾见于小说家之文言小说，一般均予收录。"① 某种程度上这完全是承袭了古代"道听途说"的传统文言小说观念。类似的还有，宁稼雨在《中国文言小说总目提要》将文言小说分为志怪、传奇、杂俎、志人、谐谑五类。这些学者对文言小说尽量以古代小说概念为准，界定范围也比较宽泛。

而不同的则有，黄霖编《中国历代小说辞典》中则说明了它所收书的原则："文言小说，量多而杂，殊难界定。古代称为文言小说而无故事、人物等小说意味者，不予收录。今所录者，大致分为志怪、轶事、琐谈、传奇、谐谑、寓言等类。"② 这里所说的"小说意味"，言下之意就是说既要照顾到中国古代文言小说创作实际，又要考虑到西方现代小说概念。

众所周知，西方现代小说概念认为小说是"以散体文摹写虚拟人生幻想的自足的文字语言艺术"，③ 或者说："小说是用散文写成的某种长度的虚构

---

① 袁行霈、侯忠义编：《中国文言小说书目·凡例》，北京大学出版社1981年版，第1页。
② 黄霖编：《中国历代小说辞典·凡例》第2卷，云南人民出版社1993年版。
③ 马振方：《小说艺术论》，北京大学出版社1999年版，第8页。

故事。"① 如果完全用此概念来观照中国古代文言小说总是有些方枘圆凿，而对西方小说概念的忽视又会导致文言小说概念的模糊，于是把西方小说概念与中国古代小说创作实际结合就成了一种更为稳妥的办法。于是我们看到，刘世德主编的《中国古代小说百科全书》所收明清两代文言小说大抵要符合或接近今人的小说观念。② 吴志达的《中国文言小说史》也以西方小说的标准，将先秦子史著作中的具有小说特征的虚构性作品划入小说的范畴。③

综上所述，对于文言小说概念的界定迄今为止并没有形成统一的认识，但是将西方小说概念与中国古代小说创作相结合的思路成为大部分学者的共识。所以本文所选择的文言小说应该具有现代小说的叙事性、虚构性特征，作品强调对故事情节的叙述，对人物形象的塑造以及艺术上的想象，同时也应该考虑古代文言小说的文体特征以及描写内容的综合性特征。具体来说，本文所讨论的文言小说是以古今标准结合为准则进行选择的，主要以志怪、传奇小说为主要研究对象，兼及一些笔记中符合上述准则的小说作品。

二　文言"鬼小说"的界定

文言"鬼小说"的创作主体和接受主体主要是士人阶层，它是文士主体性创作的结晶，真实反映出文士的心态和生存需求；同时又受着宗教、民间迷信思想等外部环境的制约，对下层百姓的心态和生存需求也有着真实的反映。在古代封建社会，言论不自由，主体活动受到限制，个体意愿和需求总是不能得到满足，为了抒发内心中的苦闷和求得精神上的解脱，文言"鬼小说"就成为文士和百姓共同的"安慰剂"。他们往往利用幻想把现实与理想紧密结合，通过对"鬼"的种种离奇表现的铺陈，寄寓对现实社会的一种观念和理解。文言"鬼小说"在历史发展和小说发展中具有独特的风貌，是中国文言小说不可或缺的一部分。

---

① ［英］佛斯特：《小说面面观》，花城出版社 1981 年版，第 3 页。
② 详见刘世德《中国古代小说百科全书》，中国大百科全书出版社 1998 年版，第 1—2 页。
③ 吴志达：《中国文言小说史》，齐鲁书社 1994 年版，第 1—10 页。

可是对文言"鬼小说"的认识,古人尚不清晰,甚至有些混乱。宋代李昉等奉诏编辑《太平广记》,搜集汉至五代小说家言,分为九十二大类五百卷。其中把"鬼"与"神""妖怪""精怪"分开单列一类,看似已经初步具有了文言"鬼小说"的概念认知。不过对其分类标准细加推敲,便可看出书中分类标准单看成立,合起来就显得混乱驳杂:"神仙""女仙"以性别作为分类标准,"方士""异僧""异人"以身份为分类标准,"报应""徵应""定数"又以小说主旨为标准。可见编者使用了不同的几套分类标准,并不要求全书连贯统一。他们对于"鬼""神""妖""怪"的分类只是从小说内容进行简单区分,尚未达到对小说类型审美特征认识的高度。

明代胡应麟在《少室山房笔丛》中把小说分为志怪、传奇、杂录、丛谈、辨订、箴规六类,其中前三类"一曰志怪,搜神、述异、宣室、酉阳之类是也。一曰传奇,飞燕、太真、崔莺、霍玉之类是也。一曰杂录,世说、语林、琐言、因话之类是也"。① 从胡氏所举之例看,在他心目中志怪是指神仙鬼怪之事,传奇是指人间男女情事,杂录则指士大夫的奇言异事,这种小说分类被鲁迅继承并进一步提出了志怪、传奇、志人三类,分类的标准尚属清晰。其中志怪一类就包含有文言"鬼小说"的大部分内容。从小说类型区分看,这样的分类简单明晰、易于掌握,是一种进步。但把文言"鬼小说"与"神""妖""怪"类文言小说混为一谈,与《太平广记》单列"鬼"一类相比却又是一种退步。从宋到明几百年来,对文言"鬼小说"这一小说类型的认识就在这两者之间来回摇摆。

对文学艺术的认识不可能一直如此,时至今日随着小说类型理论的成熟,小说类型的区分早已经超越了题材内容,"一部文学作品的种类特性是由它所参与其内的美学特征传统决定的"。② 于是古人对"鬼"这一小说题材的朦胧认知发展成为了"鬼小说"这一小说类型。这个发展并不是对文言小说中的

---

① 胡应麟:《少室山房笔丛·九流绪论下》卷29丙部,上海书店出版社2009年版,第282—283页。

② [美]勒内·韦勒克、奥斯丁·沃伦:《文学理论》,刘象愚等译,江苏教育出版社2005年版,第266页。

某一题材进行单纯的集合汇总，我们必须在题材汇集的基础之上进行深一步的梳理，必须对小说形态进行全方位多维度的考察。也就是说文言"鬼小说"是对小说艺术、思想观念、美学、大众心理、社会宗教以及创作主体等方面进行综合考察之后得出的概念。

本书的研究对象是文言"鬼小说"，对其艺术、思想、审美上的特征揭示是本书的主要工作，对此本书放到后文详谈，这里只针对文言"鬼小说"概念的范畴做出整体性的说明。

"鬼"是指人在死后灵魂的一种存在状态，《说文解字》中就说："人所归为鬼"；《礼记》中也说："众生必死，死必归土，此之谓鬼"；《正字通·鬼部》："鬼，人死魂魄为鬼。"随着人类对外界事物探索的深化，"鬼"的概念也得到了扩充，不单单指上述狭义的概念人类亡灵。《诗·小雅·何人斯》："为鬼为域，则不可得。"《论衡·订鬼》中说："鬼者物也，与人无异。天地之间，有鬼之物，常在四边之外，时往来中国，与人杂间""鬼者，老物之精也。"这里的"鬼"指的都是万物的精灵。

不管是人类灵魂还是事物的精灵，"鬼"都是指世间万物（包括人）的精魂。只不过在有关"鬼"的认知中，人的因素占据了更多的位置。例如，"鬼"有时还特指人类的祖先，《论语》为政篇说："非其鬼而祭之，谄也。"何晏注："郑曰：'人神为鬼，非其祖考而祭之者，是谄求福。'"刘宝楠正义："非其鬼为非祖考。"这些"鬼"可以预知未来、致人以祸福，所以人们面对祖先时要进行祭祀，要"敬鬼"以求庇护。

总而言之，"鬼"主要是指人的灵魂，而世间事物所表现出的种种神异、怪诞、妖妄也都可以归之为"鬼"的作用。这与古代中国人特定的思维方式有关，因为"在远古时代，人们还完全不知道自己身体的构造，并且受梦中景象的影响，于是就产生了一种观念：他们的思维和感觉不是他们身体的活动，而是一种独特的、寓于这个身体之中而在人死亡时就离开身体的灵魂的活动。从这个时候起，人们不得不思考这种这种灵魂对外部世界的关系。既然灵魂在人死时离开肉体而继续活着，那么就没有理由去设想它本身还会死亡；这样就产生了灵魂不死的概念"。① 既然灵魂不死，活着的灵魂就有可能与它曾经有过联系的人、物、事发生联系。

加之中国人思维的整体性和混沌性特征，在"互渗律"的作用下，古人更是把世界视为一个整体，人和物也都是一个整体，整体包含许多部分，各部分之间有着密切的联系。它让人们把某个事物所具有的特征，错误地加以联想、类推，认为其他事物也同样具有。在古人的眼中"纯物理的现象是没有的。流动的水、吹着的风、下着的雨、任何自然现象、声音、颜色，从来就不像我们感知的那样被他们感知着"。② 由于古代人无法正确理解自然界变化多端的现象，往往把自己的心理状态投射到这些现象中去，于是"原始人周围的实在本身就是神秘的，在原始人的集体表象中，每个存在物、每件东西，每种自然现象，都不是我们认为的那样"，③ 因而产生了"万物有灵"的观念。至此"鬼"突破了其核心意义，不单指人类的灵魂，它包括了世间一切事物的精魂。

由此可知，"鬼"就是一个观念，是一个植根于人类思维的思想。它的核心概念和外延都是人类思维发生作用的结果，它的特征集中表现为人类思维的整体性、关联性以及神秘性。这些特性随着"鬼故事"的流传和书写，进入到小说的创作领域中，逐渐地成为了文言"鬼小说"的整体性概念。所以文言"鬼小说"的概念界定应该以上述古人的灵魂观念和整体、混沌性思维特征为前提，以"鬼"的观念和外延为基础，结合古代文言小说的概念特征。综合起来就是：用文言写成，描述与人类灵魂有关的各种神异鬼怪题材的小说集合体。

最后，需要说明的是，本文中的"文言'鬼小说'"在后文中一律简称为"鬼小说"，不再另行说明。

---

① 恩格斯：《路德维希·费尔巴哈和德国古典哲学的终结》，《马克思恩格斯选集》第 4 卷，人民出版社 1972 年版，第 223—224 页。

② ［法］列维 – 布留尔：《原始思维》，丁由译，商务印书馆，1981 年版，第 34 页。

③ 同上书，第 28 页。

第二节　文言"鬼小说"的研究现状

"鬼小说"是文言小说中最常见的一个小说类型,对它的研究自20世纪80年代以来才逐渐兴起。从时间上看,研究中心集中在明代以前,尤其是对魏晋南北朝时期的"鬼小说"的研究;从研究视角上看,大都聚焦在情感题材,对这一题材的起因流变、文化内涵的分析揭示颇有真知灼见。不过,很少有研究对"鬼小说"进行系统性、整体性的观照,更少有对其叙事模式、美学特征等进行细致的探索。总体说来,"鬼小说"的研究虽然"热闹",但研究视野始终狭窄。

一　"鬼小说"的文学史和文献学研究

文学史研究有齐裕焜的《明代小说史》、陈大康的《明代小说史》、陈文新的《文言小说审美发展史》、侯忠义与刘世林合著的《中国文言小说史稿》、吴志达的《中国文言小说史》以及苗壮的《笔记小说史》等。受制于文学史体例,这些研究只对明代"鬼小说"进行概括性说明,缺乏细致精审的个案研究。文献学研究有袁行霈与侯忠义合编的《中国文言小说书目》、宁稼雨的《中国文言小说总目提要》、薛洪勣与王汝梅主编的《稀见珍本明清传奇小说集》以及陈国军《明代志怪传奇小说叙录》。值得一提的是陈国军的《明代志怪传奇小说叙录》,这部著作对明代文言小说的整理工作做出了重要贡献,它是我们的研究得以展开的文献学基础。

在诸多文学史和文献学的研究中,陈国军的《明代志怪传奇小说研究》是目前唯一一部研究明代志怪传奇的专书。作者以历时演变为线索,辅以文体学、叙事学和主题学的考察,综合地梳理和分析了明代志怪传奇小说的总体成就,对重要作品做了非常深入的解读。除此之外,乔光辉的《明代"剪灯"系列小说研究》对"剪灯"系列小说中有关"鬼"的篇目进行的分析也对"鬼小说"研究起到了很大的帮助。

虽然文学史和文献学的研究可以从最基础的层面勾勒出"鬼小说"的基本面目，但是"鬼小说"始终无法作为一个独立的课题进入研究者的视野，"鬼小说"作为一种小说类型的独特特征并没有得到足够的重视，明代"鬼小说"包含的丰富的文化内涵依然隐而不彰。

二　"鬼小说"的文化学研究

"鬼"是文化学上的重要内容，"所谓的鬼文化研究，就是对有关鬼的物质文化现象和精神文化现象的研究"。① 这类研究往往从远古神话开始，探讨鬼神崇拜文化根源、人们对灵魂的观念、对鬼恐惧的心态，以及招魂术、招鬼术的巫术、祭鬼、驱鬼的仪式等文化现象。甚至还对中国特有的城隍、阎王、骷髅、变婆、鬼节等文化现象进行探本溯源式的考证，充实了中国鬼文化的内涵。具有代表性的研究成果是徐龙华《中国鬼文化》以及《中国鬼文化大辞典》。

对古代"鬼文化"的探索为"鬼小说"的研究打开了新的视角，一时间，从文化学的视角对"鬼小说"进行观照成为了新学术"增长点"。例如严明的《文言小说人鬼恋故事基本模式的成因探索》，该文认为"男人＋女鬼"配对模式源于古老的阴阳观中的阳精崇拜，"其后在传统观念及男性心理的影响下成为了文言小说创作中的某类定式，而这种定式中所反映的文化内涵又是极为丰富的"。② 类似的还有洪鹭梅的《人鬼恋故事的文化思考》、杨军《魏晋六朝志怪中人鬼婚恋故事的文化解读》等，这些文章都是通过对人鬼恋题材相关鬼文化的生成机制、环境影响的分析，揭示出了隐藏在人鬼恋故事中的文化内涵。

随着"鬼小说"文化学研究的扩展和深入，研究视角进一步分化，显示出细致化的趋势。比如，宗教文化的角度，钟林斌《论魏晋六朝志怪中的人

---

① 徐龙华:《中国鬼文化》，上海文艺出版社 1991 年版，第 1 页。
② 严明:《文言小说人鬼恋故事基本模式的成因探索》，《文艺研究》2006 年第 2 期。

鬼之恋小说》一文就是以此为视角考察"鬼小说"的创作，他认为魏晋六朝时期独特的社会环境，思想背景，尤其是佛教思想是志怪小说产生怪诞风格的最重要原因。① 又如刘勇强的《论古代小说因果报应观念的艺术化过程与形态》则是通过分析因果报应思想在古代小说中的宗教观念、思维方式及与前两者相关的形象构成三个层面的影响。并在此基础上，该文又指出宗教意识、现实规律和叙述逻辑共同形成了中国古代小说的一种叙事策略，以及因果报应思想造成的谐谑化、柔性化风格。② 还有孙芳芳的《道教对魏晋南北朝人鬼恋小说的影响》，该文也是从道教思想层面对人鬼恋小说的生成、特征进行探索，说明道家思想之于人鬼恋题材小说创作的重要性。

吴光正的专著《中国古代小说的原型与母题》，则系统地以宗教为视角，分析了中国古代小说中出现的高僧与美女、因果报应、下凡历劫、悟道成仙、成仙考验、济世降妖、承祧继产、人妖之恋、人鬼之恋、猿猴抢婚、感生与异貌共十一个宗教故事类型。并且"试图追溯其原型，梳理其发展演变，并在文化学、叙事学层面加以细致考察"。③ 从中发现了中国文化、中国文学在宗教故事中的表现。④

文化学的引入带给"鬼小说"研究新的机遇，学者们可以透过文化这面镜子反射出小说不同于以往的"新面貌"。"鬼小说"研究真正的开端便是从文化学被引入小说研究这一刻开始的，其理论上的影响是深远的，至今仍然对"鬼小说"研究起着理论指导作用。

三 "鬼小说"的母题研究

如果说文化学研究属于一种从外部观照小说的方法的话，那么小说母题研究则相对内化。所谓小说母题是在荣格原型理论基础上发展而来，荣格在

---

① 详见钟林斌《论魏晋六朝志怪中的人鬼之恋小说》，《社会科学辑刊》1997 年第 3 期。
② 详见刘勇强《论古代小说因果报应观念的艺术化过程与形态》，《文学遗产》2007 年第 1 期。
③ 吴光正：《中国古代小说的原型与母题》，社会科学文献出版社 2002 年版，第 9 页。
④ 主要有四个方面：一、人类心理结构的永恒性；二、宗教文化结构的稳定性；三、叙事结构的固定性；四、创作主体的参与性。详见吴光正《中国古代小说的原型与母题》，第 15—18 页。

对人类集体无意识的研究过程中使用了"原型"这一概念，用来指称组成集体无意识的内容。① 他认为："原始意象或是原型是一种形象，或为妖魔，或为人，或为某种活动，他们在历史过程中不断重现，凡是创造性幻想得以自由表现的地方，就有他们的身影。"② 为了证明原型的存在，荣格提出了神话母题的概念，认为神话母题在文学艺术中不断地出现，恰好证明了原型的存在。最终他说："它（原型）本质上是一种神话形象。"③

这种观点引入到"鬼小说"研究领域便出现了大量的母题研究。例如，段庸生在《古小说中的"溺鬼待替"母题》一文就对"讨替鬼"故事进行分析。该文认为"古小说中'溺鬼待替'母题是有许多'他故事'的情节元素流入而逐步汇集，诸如，放生的元素、果报的元素、履约的元素等，这些情节元素共同形成'溺鬼待替'母题后，反过来又影响'他故事'的叙事"。④ 在魏崇新、陈毓飞的《中国古代小说的色诱母题》中，文章分析了色诱母题"美女引诱男性"的叙事结构特点，认为母题寓于了"女色害人"的主题思想，同时"折射出男性对女性持有的双重心态——既梦想占有又心存畏惧，既爱又怕，美女成为男性手中一块烫手的山芋。这类女性形象的塑造折射出传统社会中男性复杂的性爱心理"。⑤

小说母题研究与文化学研究一样，带给"鬼小说"研究以勃勃生机的活力。学者们通过对母题的分析，透析出蕴含在小说中的心理，进而揭示出这种心理的运行机制以及对小说的影响。小说母体研究基本摆脱了小说形式、小说流变等问题的限制，将古往今来的小说共冶于一炉，对一些以往未曾被

---

① 荣格说："个人无意识的内容主要由名为'带感情色彩的情结'所组成，它们构成心理生活中的个人和私人的一面，而集体无意识的内容则是所谓的'原型'。"以上详见荣格《集体无意识原型》，《心理学和文学》，冯川、苏克译，译林出版社 2011 年版，第 23 页。

② 荣格：《论分析心理学与诗的关系》，引自叶舒宪编《神话：原型批评》，陕西师范大学出版社 1987 年版，第 100 页。此段话亦见荣格《论分析心理学与诗歌的关系》，《心理学和文学》，冯川、苏克译，第 84 页。译文略有不同，不一一指出。

③ 荣格：《论分析心理学与诗歌的关系》，《心理学和文学》，冯川、苏克译，译出版社 2011 年版，第 84 页。

④ 段庸生：《古小说中的"溺鬼待替"母题》，《西南民族大学学报》2004 年第 11 期。

⑤ 魏崇新、陈毓飞：《中国古代小说的色诱母题》，《明清小说研究》2007 年第 4 期。

关注的问题进行了探索并给出了崭新的答案，于"鬼小说"研究起到了推进作用。

四 "鬼小说"题材类型研究

相比文化学和原型理论研究，类型学的研究更加综合。类型学研究有意识地把"鬼小说"视为一个"整体"，从叙事学、美学、社会学等角度进行解读、梳理，勾勒流变过程，揭示艺术特征，取得了不俗的成就。例如，唐瑛在《宋代文言小说异类姻缘研究》中对人鬼恋题材的分析，李鹏飞在《唐代非写实小说之类型研究》第二章中对唐代遭遇鬼神类型的分析研究，张桂琴在《明清文言梦幻小说研究》中对离魂、艳遇、果报、游冥等情节范型的分析。这些对"鬼小说"的类型研究虽然初具规模，但囿于研究视野，还是未能全面展开。

五 明代"鬼小说"研究的不足

20世纪80年代以来，西方文化学、宗教学、原型批评、母题研究等理论纷纷进入研究者视野。跨文化、跨学科研究方法的特征使学术界对"鬼小说"的研究早已超越了文学、美学、哲学、思想文化领域的范畴，一种更宽广、更深刻的研究视角的确立为"鬼小说"研究注入了活力。相关论文不断涌现，研究工作也取得显著成绩。但是我们也应该看到目前"鬼小说"研究中依然存在的不足。从文化学研究来看，它通过各个文化层面的视角去反观"鬼小说"创作，却无法动态地反映出"鬼小说"的整体发展特征，特别是小说创作主体的心理依然是研究的盲区；从原型理论看，它研究的范围过于宽泛，没有办法聚焦于"鬼小说"。此外，原型理论是一种共时性研究，使得它无法说明"鬼小说"的流变特征；从类型研究来看，虽然视小说为一个整体，但是由于研究尚不深入，对"鬼小说"这一类型还没有专门的论述，而且学者分类的标准也不统一，使得类似《太平广记》分类的弊端依然存在。

综上所述，目前"鬼小说"研究最大的问题就是不能把"鬼小说"视为一个整体。使得"鬼小说"研究总是局限在某几个题材中，显得分散且不成系统。而且对"鬼小说"的研究较多集中在明代以前或明代以后，对明代"鬼小说"重视不够，还有更大的探索空间。因此，对明代"鬼小说"研究有待我们去创新的局面。

第三节 本文的研究方法和思路

如前所述"鬼小说"是中国古代文言小说重要的组成部分，缺少了"鬼小说"的文言小说将会在小说舞台上逊色许多。纵观"鬼小说"的发展流变过程，它的演进之迹还是非常明显的，特别是明代小说家所处的时代位置，使他们对"鬼小说"的发展有着更为全面的认识，他们所遵循的创作原则也并非盲目的"继承"，而是站在历史的高度对前代"鬼小说"进行总结之后的主动选择。在"鬼小说"中，明代小说家寄寓了对社会、人生以及道德、功名等多方面的思考，同时又以离奇幻化的描写带给人们极大的审美感受。因此，明代"鬼小说"的创作并没有走向萎缩，根据陈大康先生统计："明代文言小说计有694种，为历朝最多者，其数量较多的各朝依序排列如下：清594种，宋361种，唐184种。"① 在将近七百种文言小说中，有很大一部分是"鬼小说"。面对如此庞大的存在，学术界竟然长期采取忽视的态度，很大程度上是因为研究方法的限制。

众所周知，鲁迅的《中国小说史略》奠定了近代以来中国古代小说研究的格局。鲁迅对明代小说的介绍"重白话，轻文言"的倾向也对后代小说研究影响深远，他对明代文言小说的发展流变过程没有给予足够的重视，将之定性为唐人传奇与清代《聊斋志异》两大文言小说高峰的过度和

---

① 陈大康：《明代小说史》，人民文学出版社2007年版，第112页。

中介。①之后的文言小说研究,在看待明代文言小说的创作时大多持类似的观点,甚至连"重白话、轻文言"的态度也继承下来,可谓严守矩矱而不越鲁迅藩篱。②

一部好的小说,很可能百分之九十九都是"旧"的,只有那百分之一的"新"体现出了作品的创造与价值。以鲁迅为代表的学者对明代"鬼小说"的认识恰恰就只看到了"旧"而忽视了"新",认为那百分之一实在微不足道。而在面对"旧"的问题时,往往只看到作品是对旧样式的重复,没有人试图去理解这些"旧"的存在价值。造成的后果便是对明代"鬼小说"创新的忽视,以及对明代"鬼小说"延续"旧模式"的不理解。有鉴于此,本书认为目前明代"鬼小说"研究的主要任务不再是如小说史那样的介绍和评判,而是对小说作品的理解和说明。

所以本书一方面要梳理"鬼小说"的发展脉络,结合明代"鬼小说"的创作实际,综合考察"鬼小说"发展过程中所形成的故事类型,摸清它们的流变过程。这样不仅可以弄清楚明代"鬼小说"特征的生成机制,也可以加深对明代文言小说发展背景的认识。另外,对明代"鬼小说"审美目的、艺术特征以及文化内涵进行体统的分析,对"鬼小说"中寄寓的士人情感、心理,以及"鬼小说"所蕴含的文化内涵做出合理的把握与理解。

也就是说,本书的研究并不是要书写一部专门的"鬼小说"发展流变史,而是把"鬼小说"视为一个具有整体审美特征的小说类型。作为小说类型,

---

① 鲁迅只在论述《聊斋志异》时评价明代志怪:"大抵简略,又多荒诞,诞而不情",并说"迨嘉靖间,唐人小说乃复出,书估往往刺取《太平广记》中文,杂以他书,刻为丛集,真伪错杂,而颇盛行。文人虽素与小说无缘者,亦每为异人侠客童奴以至虎狗虫蚁作传,置之集中。盖传奇风韵,明末实弥漫天下,至易代不改也。"认为明代文言小说"抄袭成风",虽盛行天下,但体例杂蓁,成就不高,处在一个向清代文言小说勃兴的过渡阶段。详见鲁迅《中国小说史略》,第146—147页。

② 齐裕焜先生认为"明中叶以来,志怪小说继承六朝以来志怪小说的传统与创作手法,以写鬼神、怪异为主,但篇幅简短,描写粗略,虽亦不乏佳作,但既不如它之前的《夷坚志》,也不如它之后的《阅微草堂笔记》。明代志怪小说承上启下,是个过渡性的阶段,为清代志怪小说的繁荣作了准备",所以"总体来说成就不高"。侯忠义、刘世林两先生也认为:"明代志怪小说,数量不少,成就不高。它既无唐宋时期《夷坚志》那样的典型作品,也无清代《阅微草堂笔记》那样的代表小说,并且达不到同时代传奇小说的水平。至于与明代的白话长篇神魔小说《西游记》《封神演义》相比,更是相形见绌,无法争胜。"以上详见齐裕焜《明代小说史》,浙江古籍出版社1998年版,第152—153页;侯忠义、刘世林:《中国文言小说史稿》,北京大学出版社1993年版,第137页。

"类型批评尽管以组织结构而非时间顺序为分类原则，注重共时性研究，可实际上却恰恰最需要历史感。这种强调联系、强调比较、强调整体的研究方法，似乎更适合于文学史而不是文学批评。而现代类型学者特别注重类型的延续与变迁，借此窥探一时代文学的发展趋向，更需要历史眼光"。① 所以，本书以明代为基点对"鬼小说"追本溯源，具体考察"鬼小说"的故事类型、审美作用、艺术特征以及文化品格，透视"鬼小说"的主题意蕴，勾勒出明代"鬼小说"的整体特征。同时，借鉴中西方文艺理论、叙事学、类型学等相关学科的研究成果，对明代"鬼小说"进行综合解读。

具体来讲，本书将依照以下步骤对明代"鬼小说"展开研究：首先，对明代"鬼小说"进行基础性的外部考察，就明代"鬼小说"在整个文言"鬼小说"史上的地位进行定位，指出明代是文言"鬼小说"的"定型期"。其次，就明代小说中的"鬼小说"篇目进行文献学的考察，并就明代"鬼小说"的创作意图及社会时代环境之间的关系，从教化、娱乐、博物、宣泄四个方面对明代"鬼小说"的创作观念进行总体说明。再次，从"故事类型""艺术特征""文化内涵"三个方面对明代"鬼小说"进行解读。最后，本书认为明代"鬼小说"具有强烈的借鬼神以干预现实的激情，在创作上以张扬儒家审美理想为最终旨归，虽然由于过分重视教化而在艺术创新上有所局限，但是它的美学价值和历史价值是无法抹杀的。

---

① 陈平原：《小说类型研究概论》，《小说史：理论与实践》，北京大学出版社 2010 年版，第135—136 页。

第二章　明代"鬼小说"概说

第一节　明代"鬼小说"的历史流变

"鬼小说"的发展源远流长，其源头可以追溯到先秦时期有关"鬼"的文字记载。但这些记载并不是"鬼小说"，它只是包含孕育了"鬼小说"的一些因素。这些记载所蕴含的奇幻因素，所寄寓的情感对后代"鬼小说"创作影响深远，可以说"鬼小说"在先秦时期就已经初具形态。据此，明代及以前"鬼小说"的历史流变可以分为四个时期：萌芽期（先秦时期）、发展期（魏晋南北朝时期）、转变期（唐宋时期）、定型期（明代）。

一　萌芽期

"鬼小说"的出现要晚于传统的诗歌、散文，但是它的源头还是要追溯到先秦时期，这得益于先秦时期发达的鬼神观念和成熟的子、史著作书写。在商代浓重的"巫官文化"中，国家一些重大事件都要经过巫的占卜以得到"鬼神"的启示和护佑。《礼记·表记》云："夏道尊命，事鬼敬神而远之"，"殷人尊神，率民以事神，先鬼而后礼。"因此现存最早有关"鬼"的文字记载应该是商代向"鬼"问卜的甲骨文字。在这种与"鬼"交流的模式中，古人会把一些自然界中的离奇现象看作是"鬼"带来的某种征兆，这从后代的卜筮之书中可见一斑。《周易·睽卦》云："上九：睽孤，见豕负涂，载鬼一车。先张之弧，后说之壶。匪寇婚媾，往遇雨则吉。"① 按照字面意思来看，这则爻辞讲的是：一个人在外打猎，看见路上有猪，又见到装着鬼的一辆车也在路上行走，这个人先举起了弓箭，后来又放下。继续向前走，碰到了大雨，结果是很吉利的。虽然爻辞意思古奥，但把"鬼"同猪、大雨一起看作是"吉利"的预兆倒是可以肯定的。

随着周代"礼乐文明"理性思维的兴起，商代祭祀"鬼神"、祈求得到启示的思维不再具有观念上的统治地位，但它依旧保留下来并沉淀到人们的心中，那些求神问卜的文字记载也逐渐演化为先秦时期子、史著作中的"鬼"故事。在这些故事中理性思维让"鬼"身上的神性逐渐消退，"鬼"并不代天言事，而是作为人类灵魂的一种延续形式与现实生活中的人发生关系。记录"鬼"故事的目的也不是为了求得启示，而是为了对现实社会产生能动的作用。例如《墨子》中叙述的杜伯鬼魂复仇的故事，就是为了说明墨子"明鬼"的主张，是为统治阶层提供一种治理国家手段；而《左传》中记载的"鬼"报故事也都寄寓了作者对暴行或善行的褒贬态度。此时的"鬼小说"都带有"意在言外"的特征，它们只是作者表达观点的手段和工具，并不是作为独立的、审美的小说文体而进行的主动创作。但毕竟此时的"鬼"故事结构完整，对人物形象、语言也都有初步刻画和描写。故而，论及"鬼小说"的产生，先秦时期的这些"鬼故事"始终无法忽略。

二　发展期

魏晋南北朝是"鬼小说"的发展期，鲁迅先生说："中国本信巫，秦汉以来，神仙之说盛行，汉末又大畅巫风，而鬼道愈炽；会小乘佛教亦入中土，渐见流传。凡此皆张皇鬼神，称道灵异，故自晋讫隋，特多鬼神志怪之书。"② "鬼小说"乘着这股志怪之风蓬勃发展起来，特别是在佛教浸润下"鬼小说"的形态得到了极大地扩充，后代"鬼小说"的基本形态都是此时

---

① 李鼎祚：《周易集解》卷8，上海古籍出版社1989年版，第129页。
② 鲁迅：《中国小说史略》，上海古籍出版社1998年版，第24页。

确立起来的，一些重要的情节、题材包括艺术手法也都在此时出现。

这一时期现存较早的一篇"鬼小说"是《蒋济亡儿》（现本《搜神记》收录），旧题为曹丕《列异传》所录。整篇作品内容丰富，结构完整，叙事历历可观，人物形象也很鲜明，是"鬼小说"发展史中的重要作品。在干宝的《搜神记》中收录了很多篇"鬼小说"，现本《搜神记》卷十五至卷十七所收基本都是"鬼小说"，有五十多篇。这些作品形态各异，题材多样，涉及社会生活的各个方面，带有了宗教情感、道德伦理、善恶观念、鬼神崇拜等各式印记，是当时人们心理活动的反映，也是当时社会生活的投影。而干宝创作此书的目的却是"及其著述，亦足以明神道之不诬也"，可知此时期的"鬼小说"创作目的在于"明神道之不诬"反映出了当时社会流行的崇信鬼神的浓厚氛围。即使不信"鬼神"的人，受到这股时尚驱使，也难免技痒而为之一试，陶潜《搜神后记》大概就属这种情况。可见佛教在"鬼小说"发展历程中扮演了重要的角色，"鬼小说"中很多艺术构思都是受到佛教思维、观念地刺激而产生的，由此"鬼小说"的形态基本确立，这也为唐宋时期"鬼小说"的转变奠定了坚实的基础。

三　转变期

唐代因为传奇小说的"备受瞩目"理所应当地成为"鬼小说"发展的"黄金时期"，这时的"鬼小说"从"粗陈梗概"发展为"始有意为小说"，正所谓："变异之谈，盛于六朝，然多是传录舛讹，未必尽幻设语。至唐人乃作意好奇，假小说以寄笔端。"[①] 其进化过程是明显的。但如果我们能从更为广阔的时间背景中去观察唐代"鬼小说"的创作，就会发现唐代与宋代可以视为一个整体，是"鬼小说"发展过程中重要的转变期。

"鬼小说"所发生的转变可以从两个方面进行认识。首先是在"鬼小说"艺术审美和艺术技巧上的转变。如前所述，魏晋南北朝时期的"鬼小说""粗陈梗概"，它的贡献在于确立了小说的基本叙事结构，但"只有骨架而少血

---

① 胡应麟：《少室山房笔丛·二酉缀遗》卷36，上海书店出版社2001年版，第379页。

肉"却严重限制了"鬼小说"艺术表现力。至唐时,小说"演进之迹甚明"就是针对这一缺陷而做出的转变,所谓"无若诗书之味大羹,史为折俎,子为醯醢也。炙鸦羞鳖,岂容下箸乎?固役而不耻者,抑志怪小说之书也"。① 唐代小说家要求"鬼小说"要有一种"及怪及戏"的"味道"。具体来说,"鬼小说"不光是要结构完整,还要有生动的情节,细致的人物性格描写、细节描写、语言描写。正如沈既济在《任氏传》中说的:"著文章之美,传要妙之情,不止于赏析风态而已",小说家借助"鬼小说"对人物事件的铺陈寄托情感,表达观念,反映社会人生,从中获得审美的快感。例如,《太平广记》著录的"郑德懋""裴徽""李陶""崔咸"等有关人鬼恋题材的"鬼小说",对环境、细节、心理、语言的刻画描写极尽能事,由此塑造出的人物形象鲜明生动、栩栩如生,在小说艺术上代表着唐代"鬼小说"的最高成就。

宋代"鬼小说"承袭唐代余续,《五朝小说》中的《宋人百家小说》桃源居士序说宋代"鬼小说"与唐代相比"虽奇丽不足而朴雅有余",要求小说要在朴素中见出丽泽,平淡中见出浓郁,"即用普普通通的平易语言去表现普普通通的朴实情感,不事藻饰,不求工丽,没有奇兀,没有腾挪,没有轰轰烈烈"。② 例如,《青琐高议》中的《越娘记》《远烟记》,《夷坚志》中的《满少卿》《太原意娘》,《睽车志》中的《李通判女》等"鬼小说",笔调虽不及唐人宛转浓艳,但故事情节曲折、人物性格刻画细腻,心理描写迂徐有致,极具美感。不过我们也应该看到,唐宋时期"演进之迹甚明"的"鬼小说"题材主要集中于爱情婚恋,而其他题材的创作依然沿袭传统的艺术手法,"鬼小说"尚没有形成(也不可能形成)全面演进的格局。

其次是在"鬼小说"审美目的的转变。魏晋南北朝时期"鬼小说"的创作动力大多源自于小说家对佛教的信仰,这时的大部分作品都带有"释氏辅教"的色彩。至唐代段成式虽然提出了"滋味"说,"表明他把小说的审美

---

① 段成式:《酉阳杂俎序》,《唐五代笔记小说大观》,上海古籍出版社2000年版,第557页。
② 李剑国:《宋代志怪传奇叙录·前言》,南开大学出版社1997年版,第8页。

性当作小说的根本品行，表明他的小说价值观已从功利价值观转向审美价值观"，① 但是在"鬼小说"的创作实践中还是有很多作品扮演着佛教宣传者的角色。加之儒家道德教化语境不断强化，小说功利价值观始终无法被取代。

至宋代，因为整体文化内向性的转变，引发了重理性、重现实的思维趋势。同时国家内部党争不断，外部又饱受北方游牧民族欺凌，所以造就了宋代士大夫崇真实，具有忧患意识的理性思维。无形中制约了"鬼小说"虚构幻想的审美特征，功利性的价值观再次被提了出来加以强调，只不过这次更多地体现在儒家思想身上。

翻开宋代小说集，"补史阙""助名教"的论调成为小说家的"共识"，例如：张邦基在《墨庄漫录序》中认为小说要"所书者必劝善惩恶之事，亦不为无补于世"和足备"史官采摭"，对那些"神怪茫昧，肆为诡诞"的作品大加排斥。张世南在《游宦纪闻》中也对那些"神仙方技秘怪之事"进行了批评，认为它们"诡诞不经，无补世教"。②

于是宋代"鬼小说"又出现了另一种形态：作品不事藻绘，情节简单，语言通俗易懂，故事中寓于儒家教化，甚至为了突出教化目的而不惜破坏完整的叙事结构。例如，《夷坚志》中的《段宰妾》叙述段宰收留贫贱无归之女做妾，后来妾的"前夫"寻妻杀死了段宰。本来这是一个简单的"骗术"，作者非要让"鬼"参与进来充当"前夫"角色。其编造的痕迹明显，目的就是让这个"鬼故事"蕴含对女色欲望的惩戒。这样的例子在宋代"鬼小说"创作中不胜枚举，预示着"鬼小说"的发展趋势。

四　定型期

在经历了自先秦至宋代"鬼小说"的发展过程，"鬼小说"总体上呈现出两种审美各异的创作倾向：一是以唐代"鬼小说"为代表的"审美"派，一是宋代复兴的传统儒家"功利"派。这两种倾向其实就是"鬼小说"发展阶段的

① 李剑国：《唐稗思考录》，《唐五代志怪传奇叙录》，南开大学出版社 1993 年版，第 26—27 页。
② 张世南：《游宦纪闻》卷 4，中华书局 1981 年版，第 32 页。

不同特征，在当时因缺乏宏观感知的必要条件而不被人所认知，但在明代，对前朝"鬼小说"的感知条件已具备，明人是最先可以感知的一个群体。

从明代"鬼小说"创作实践看，明代小说家对前朝小说创作是经过一番探索和选择的。明初"鬼小说"的创作有瞿佑的《剪灯新话》和李昌祺的《剪灯余话》两部重要著作，瞿佑由元入明的人生经历使他对明初战争的苦难感受深刻，所以在其作品中男女爱情在战乱的背景下发生，通过男女主人公的悲欢离合，表现出作者对战争、人生、命运的感慨。虽然瞿佑也谈"鬼小说"的教化功能，但在小说艺术技巧上他却步趋唐人，体现出了瞿佑试图融合上述两种倾向并创造出新型美学风格的努力。①

作为瞿佑的"追随者"，李昌祺的创作更是对这种努力的认可与延续。不过"鬼小说"却不幸历经了正统、景泰、天顺、成化四朝的弹压和禁毁，主要事件有正统七年（1442）的李时勉奏疏，正统十四年（1449）韩雍乡贤之议以及"玉峰公案"。其中有两件事情都针对瞿佑和李昌祺而来，是尽力刘除两书的影响和对类似小说创作的肃整。② 经历了这样的政治事件，瞿佑和李昌祺在"鬼小说"创作中所进行的有益探索被迫中断，导致后来宣称"模拟"瞿佑创作的《效颦集》《花影集》诸书未能沿着瞿佑、李昌祺二人开创的新型美学风格上继续前行，转而强化传统大谈教化，对小说艺术上的探索徒有其表，明代"鬼小说"的创作由此彻底转向了宋代"功利性"倾向。

当"鬼小说"自弘治年间重新兴起之时，小说家众口一词地强调"重教化"并在创作中力行实践。明代"鬼小说"从层面都确立了以儒家教化为中心的创作原则，符合儒家教化标准的"鬼小说"正式定型。直到清代《聊斋志异》出现之前，"鬼小说"的创作一直保持着这种稳定的形态。从儒家审美理想看明代"鬼小说"无疑达到了一个顶峰，是"鬼小说"发展史中至关重要的一个时期。

---

① 详见陈国军《明代志怪传奇小说研究》，天津古籍出版社 2006 年版，第 20—49 页；陈大康：《明代小说史》，人民文学出版社 2007 年版，第 76—89 页。

② 详见陈国军《明代志怪传奇小说研究》，天津古籍出版社 2006 年版，第 88—93 页。

第二节　明代"鬼小说"的创作实绩

前文述及，明代"鬼小说"创作数量为历代之冠，作品数量多对研究者而言无疑是幸运的，因为它能提供的研究对象数量丰富，有资可循。但同时也带来了很多麻烦，主要表现在两个方面：第一是"鬼小说"数量众多，一时无法穷尽。第二是"鬼小说"作品的流布问题。为了便于说明明代"鬼小说"的创作情况，本书依据的"鬼小说"概念并结合学术界对文言小说集的分类研究成果，从两个方面对明代"鬼小说"的创作实绩进行总体说明。需要说明的是，本节对"鬼小说"作者和小说集的介绍，主要依据宁稼雨《中国文言小说总目提要》，朱一云《中国古代小说总目提要》等小说数目，文中不一一注明。

一　志怪传奇小说集中的"鬼小说"

明代的志怪传奇小说集相较于其他小说集数量并不太多，其中较为著名的有所谓"剪灯系列"小说。"剪灯系列"中第一部重要的作品是《剪灯新话》，作者瞿佑，字宗吉，号存宅，原籍南京淮安府山阳县（今江苏淮安），后移家钱塘（今杭州）。瞿佑少有文名，曾得到当时文坛名宿杨维桢、凌云翰等前辈的赏识，著有《集览镌误》《乐全集》《香台集》《归田诗话》等。

《剪灯新话》，《百川书志》辑录为小史类著作，四卷，附录一卷，共二十一篇，今传明代成化刻本、清乾隆刻本、同治刻本均为两卷，已非全帙。书前作者自序作于洪武十一年（1378），末序作于洪武三十年（1397），由此可推书成后二十年才梓行于世。瞿佑生逢乱世，由元入明的经历使他对社会战乱、黑暗现实感触颇深，所述故事于神怪、荒诞之中时有不满情怀流露，对奸臣、为富不仁者多有讽刺和抨击。书中所述爱情故事又描写细腻，笔墨洁净，富有文采，寄寓了作者的同情或欣赏之情。其艺术成就虽不如唐人传奇，但诗文相间、骈散并陈的写法，对明代文言小说影响深远，之后形成的

"剪灯"系列小说基本都沿用此种手法，形成了"诗文小说"的格局。

接踵《剪灯新话》的是《剪灯余话》，作者李昌祺，本名祯，字昌祺，庐陵（今江西吉安）人。永乐二年（1404）进士，入翰林院参与修撰《永乐大典》，官至河南布政使，为官肃整，颇有政声。《剪灯余话》是受到《剪灯新话》影响的模仿之作，共五卷二十二篇，依据作者自序，此书写成于永乐十七年（1419）前后。书中所写灵怪、幽冥诸篇，能借古人之口议论时事，具有"寓言"性质，显然是作者有意为之。书中爱情故事成就也较高，作者赞赏男女主人公追求爱情的行为，肯定了人性，情节曲折，描写细腻，诗词的加入使得小说格调高雅，不过有些篇目过多地抄入连篇累牍的集句、引诗，割裂故事情节，反生枯燥之感。

此外还有《效颦集》，作者赵弼，字辅之，号雪航，重庆南平（今巴县）人，永乐初任翰林院儒学教谕，宣德初年前后任汉阳县教谕。作者后序说他是模仿洪迈和瞿佑之作，以东施自况，故名"效颦"，全书三卷二十五篇。书中卷上基本记录历史志士和明初奇士言行，大体为纪实之文；后两卷多记幽冥鬼神、阴德报应之事，作者把历史人物置于仙界、阴间，对他们生前行为进行评定。虽然削弱了小说本身的故事性，但议论之中却寄寓了作者心忧天下、伸张正义的襟怀。整部作品文笔滞重，不求变化，与瞿佑文采华艳的小说风格有云泥之别，倒是与洪迈极为相似。

表一　明初期志怪传奇小说集收录"鬼小说"一览表

作者	作品集	收录"鬼小说"篇数和篇目
瞿佑	《剪灯新话》	《三山福地志》《华亭逢故人记》《金凤钗记》《令狐生冥梦录》《滕穆醉游聚景园记》《牡丹灯记》《爱卿传》《翠翠传》《龙堂灵会录》《太虚司法传》《修文舍人传》《绿衣人传》，共十二篇。
李昌祺	《剪灯余话》	《长安夜行录》《月夜弹琴记》《何思明游酆都录》《两川都辖院志》《田洙遇薛涛联句记》《秋夕访琵琶亭记》《凤尾草记》《泰山御史传》《贾运华还魂记》，共九篇。
赵弼	《效颦集》	《三贤传》《酆都报应录》《续东窗事犯传》《丹景报应录》《木棉庵记》，共五篇。

明代中期有"苏州作家群"的作品，主要有：《志怪录》，作者祝允明，字希哲，号枝山，又号枝指生，长洲（今江苏苏州）人。弘治五年（1429）举人，后屡试不第。曾官兴宁知县、应天府通判等。祝允明为人放荡不羁，诗文多奇气，尤以书法见长，有文集《怀星堂集》等。《志怪录》，五卷，书中记录大多为"怪诞不经之事"，但很少说教，主要是把现实中某些事物加以幻化再现，以作谈资。除去为数不多的几篇，全书语言朴实有余，少文采，情节简练，缺乏细节描写，但毕竟作者能文，这些作品语言流畅，是明代中期"鬼小说"典型代表。

《西樵野记》，作者侯甸，生平不详，根据作者嘉靖庚子（1540）自跋，知其为吴郡（今江苏苏州）人，号西樵山人，为祝允明、都穆门人，大约生活在嘉靖年前后。《西樵野记》现存明抄本，十卷，书中所记故事多为怪诞之谈，与祝允明《志怪录》风格大体相似，且内容多有重复，笔力较祝允明为下。

《庚巳编》，作者陆粲，字子余，长洲（今江苏苏州）人。嘉靖五年（1526）进士，选庶吉士，官工科给事中。陆粲少有文名，《庚巳编》全书十卷，或记神仙鬼怪，或记民间故事，或记偶然事件，大多带有奇幻色彩。写作目的不外乎神道设教、劝善惩恶，文字简洁，行文流畅，不乏描写优美的篇章，例如《洞箫记》一篇，文辞靡丽、情节曲折、描写细腻，反映了当时人们对爱情以及财富的向往。

《冶城客论》，作者陆采，字子玄，号天池，长洲人。南京国子监就学二十年，屡试不第。陆采有志用世，以天下事为己任，为人豪放，广交天下名士。陆采少有文名，以岳父都穆为师，与兄陆焕、陆粲时人称为"三凤"。著有文集《天池山人小稿》、戏曲《明珠记》、改编《南西厢记》等。《冶城客论》长期只有抄本流行，已有散佚，今仅存一卷九十一篇。陆采尤好当朝故实，多所收集，其中不乏当时鬼怪神奇之事，文辞较佳。一些鬼怪故事描写摇曳有致，在明代说部中属上乘之作。

表二 明中期志怪传奇小说集收录"鬼小说"一览表

作者	作品	收录"鬼小说"篇名和篇数
祝允明	《志怪录》	《蒋令作土地》《斩鬼托生》《贵告状》《鬼买棺》《顾彦辉投宿》《周希载闻鬼哭》《鬼哭》《曾必达》《沈维旸梦》《翁老娘》《梅讲主》《陆仙人》《王达》《尤直笔》《王三娘子》《法僧遣祟》《文公大为鬼扰》《鬼送葬》《王捉鬼》《老人卖鬼》《王鏄》《卢三打鬼》《鬼畏钉》《还娘》《分皮老子》《陕西女》《许九朝入冥》《王生》《司牡丹》《陆艄入酆都》《长清儿说冥事》《于尚书》《李七》《都玄敬》《华老》《宣子儿梦》《走无常》《陈怀入冥》《朝天宫道士》《水鬼》《盛明卿》《龚僎》《陈文盛》《陆林》《鬼侮人》《金茂》《张生见鬼》《鬼共桔槔》《张公见鬼》《王生遇八儿鬼》,共五十篇。
侯甸	《西樵野记》	《斩鬼托生》《顾彦辉》《鬼观戏》《魑魅》《一孕五鬼》《鬼生子》《鬼诗》《鬼索饭》《水鬼》《鬼张》《骆尝送鬼》《白昼美人》《南楼美人》《华严寺僧》《鬼护善人》《胡希颜打鬼》《林镐还魂》《王生》《陈僖敏公俞太保》《托尸投生》《吕琪三善》《鬼误拘人》《陈雪谷子症》《盛明卿》《鬼侮人》《胡琳见鬼》,共二十六篇。
陆粲	《庚巳编》	《戚编修》《郑灏》《戴妇见死儿》《胥教授》《鬼还家》《涨潮》《张氏子入冥》《唐玘》《张都宪》《七总管部使》《户婚亲中司》《见报司》《兖州狱庙》《金华二士》《黄村匠人》《果报》《盛氏怪》《魂魄》《蒋生》《张孟介》《黑厮》《王主簿》,共二十二篇。
陆采	《冶城客论》	《鬼公》《徐霖见鬼仆》《戏偶怪》《垣下妖妇》《开鬼》《官廨鬼媪》《鬼假赵生妻》《严指挥》《董氏女》《王文献亡妻复合》,共十篇。

"鬼小说"创作进入中晚明时期出现了以下几部重要的作品集。

《耳谈》,作者王同轨,字行父,黄冈(今湖北)人。生卒年不详,大约为嘉靖、万历年人。据李维桢《王行父集序》《耳谈序》以及《列朝诗集小传》记载,知其出身小官僚家庭,幼习举业,蹭蹬场屋,仕途不顺,约嘉靖、万历年间以贡生除江宁知县。《耳谈》是作者任江宁知县时与四方学人士夫闲谈议论奇幻鬼怪之事后的记录，书中每条后必记出处，以示征信。全书十五卷，后作者增订重新编辑为《耳谈类增》五十四卷。共分二十三类，所记自正德至万历年间奇幻之事，多为市井传闻，所表现社会空间也以市民阶层为主，故事曲折，离奇异常，一些篇目于人物形象塑造亦鲜明生动。书中重生、冥定、神、鬼、幻柱、冤赏等分类中多录有"鬼小说"。

《湖海搜奇》《挥麈新谭》《白醉琐言》《说圃识余》《漱石闲谈》，此五种均属于《王氏杂记》，作者王兆云，字元桢，麻城（今湖北）人。生卒生平均不详，大约生活在万历年间前后。此五种书内容大多记录社会怪异故事，或反映社会问题，或推销宗教，或仅为猎奇，描写简练，情节简单，为同时期说部中下之作。

《狯园》，作者钱希言，字简栖，江苏常熟人，后迁苏州。生卒年难以确考。钱希言博览群书，与王百谷、汤显祖、屠隆友善，一生不仕，以布衣驰名文坛。《狯园》十六卷，万历四十一年（1613）付刊，分为仙幻、释异、影响、报缘、冥迹、灵祇、淫祀、奇鬼、妖孽、瑰闻，共六百三十二则。此书内容虽然驳杂，但叙事整洁可观，不少故事富有文采，实属明晚期说部中上乘之作。书中报缘、冥迹、奇鬼类中多录有"鬼小说"。

《燕山丛录》，作者徐昌祚，子伯昌，江苏常熟人。生卒生平不详。此书刻于万历三十年（1602），根据作者自序，谓因辑《太常寺志》得征州县志书，遂采集成书，二十二卷。此书除去奇异鬼神之事，还记有时代掌故，明器事物，末附长安里语，以多失本音本字不足以资考证。因作者只为记录，故书中小说文笔简练，描写简单，情节只存梗概。

《涌幢小品》，作者朱国祯，字文宁，号虹庵居士，乌程（今浙江吴兴）人。万历十七年（1589）进士，天启初拜礼部尚书，兼文渊阁大学士。魏忠贤柄权时，朱国祯佐叶向高多有调护，及叶向高罢去，朱国祯为首辅，累加太子太保，为魏党李蕃所劾，遂引疾去。卒于崇祯五年（1632），谥文肃。《涌幢小品》三十二卷，作者深慕洪迈，故是书与《容斋随笔》相类，内容庞杂,融小说故事、历史事件以及考据辩证于一炉。书中所录小说基本反映出明代士人的儒家传统观念,以劝善惩恶为主旨的作品大多内容健康、清新可读,具有教育意义。

《轮回醒世》,也闲居士撰,十八卷,每卷一类,计有廉慈贪酷、嗣息配偶鳏寡孤独、慷慨悭吝、悲欢离合、侠豪卑污、贞淫、贵贱富贫、公平刻剥、成败勤惰、救援盗拐、人伦顺逆、嫡妾继庶、施济吞谋、智愚寿夭、忠奸、矜骄奉承、屠杀生全、妖魔、伢行衙役等。每类收录故事不等,总共一百八十三篇。篇目下注明年代,自汉至明,除忠奸部多为历史人物外,绝大部分为明事,计有一百二十三篇,仅万历一朝就达五十三篇之多。其中除妖魔部写怪异外,余下多为现实社会生活题材,如官吏昏聩、贪婪腐朽、豪强横行乡里、草菅人命,世风浇薄,道德沦丧等,全书各篇皆以轮回作结,阎罗王点出两世因果报应,不免千篇一律。不过全书用浅近文言写成,杂以俗语、谚语,文笔生动流畅,有些人物刻画精彩,为明代说部中较出色之作。

表三 明中晚期志怪传奇小说集收录"鬼小说"一览表

作者	作品	收录"鬼小说"篇名和篇数
王同轨	《耳谈》	《长兴姚氏子》《大瓢和尚》《张越吾孝廉》《戴探花》《天台卢公》《桐城女》《姚汝循》《重寿复生》《车沟中人》《黄焕然重活》《王仆一勋》《道观河民》《王孝廉尚文梦》《南昌城隍》《杭郡城隍》《永州城隍》《钱原》《孙公允笔锋》《唐氏新妇》《金沙滩童子》《夏礼部》《章吏部》《金沧道衙鬼》《浙省南关署鬼》《济南守李约斋》《李塞金》《杨生家墓鬼》《袁国傅家童奴》《鬼二车入崇文门》《袁大汲》《妓病变牛》《蒋仁蒋仕》《江进士钟廉》《兴化举子》《墙间妇》《周迪》《张延》《刘养直母》《太白酒楼下鬼》《胡若虚》《谢沙滨》《周进附魂》《鲍仆留住》《沈纯甫御史大夫》《鬼推命》《李博士》《买棺老人》《鬼王指挥》《江潮》《柳氏庄客子》《吕子敬秀才》《曾云野》《来安民妇》《张恒》《陕臬司祟》《丁戊》《盛太守死冤妇》《盛明卿》《临清商妇》《郑指挥》《操舟者抱冤》,共六十一篇。

作者	作品	收录"鬼小说"篇名和篇数
王兆云	《王氏杂记》	《湖海搜奇》二卷，录有"鬼小说"：《周恕妻魂归》《东岳祭酒》《死妾养子》《姜生洪度禳祸》《周秃擒鬼》；《挥麈新谭》二卷，录有"鬼小说"：《蔡二守为阎罗》《李纲》《杨金宪》《雷击溺鬼》《毛吉死后却金》《诗鬼凭人》《鬼代试卷》《鬼假张三》《邹家鬼》《鬼共骑驴》；《白醉琐言》二卷，录有"鬼小说"：《鬼工》《吕景仁妻》《陈媪入冥》《张小鬼》《冥役勾摄》《陈梓纳赎冥罪》《盛设阴谋》《鬼借物》《称伞疑鬼》《鬼呼兔祸》《魏公降鬼得妇》；《说圃识余》二卷，录有"鬼小说"：《毁经被冥摄》《周孝廉遇瘟帅》《屠户散疫》《鬼隶索债》《宅中有故气》《戴尚书救溺》《兴国鬼喜》《王纶魂归》《鬼乞还乡》《鬼渡人》《鬼生朝》《女妖》《有胆》；《漱石闲谈》二卷，录有"鬼小说"：《张主簿灵迹》《岳帝从者》《鬼雪棺冤》《李六娘》《大青小青》《父死入场》《尸蹶》《邵中丞》，总共四十七篇。
钱希言	《狯园》	《崇德县冤报》《留明府遇鬼阵》《刘廉察滥狱报》《陈烈妇为厉报夫冤》《吴省郎杀人报》《南濠杨氏冤报》《安庆人杀小儿报》《卖油人杀小儿报》《陆文裕游地狱》《徐生遇顾文康》《蒋鳣错名代死》《应山秀才入冥》《徐思省入虎头城》《金钟观冥中事》《穆御史判冥》《南濠钱氏子还魂》《徐文敏误入鄷都》《汪编箕入七重地狱》《泰山使者取人魂》《二王秀才入冥》《饮马桥鬼魂》《倪铎误替杨司理》《顾伟见地狱变相》《施秀才为冥中花鸟使》《孙陈留三应冥数》《达上人入冥》《靖江县鬼戏》《掘金鬼》《没头鬼》《医遇鬼》《看戏鬼》《鬼击道士》《百岁骷髅》《鬼足代薪》《讨替鬼一》《讨替鬼二》《讨替鬼三》《讨替鬼四》《讨替鬼五》《讨替鬼六》《讨替鬼七》《寄渡鬼》《呼鸡鬼》《鬼哭》《路鬼》《鬼相戏》《俞生遇鬼》《鬼相语》《桃源涧遇鬼》《洞庭诗鬼》《鬼登台》《曒塘鬼》《关中鬼使》《枫桥鬼使》《鬼变化》《焦家桥女鬼》《鬼招饮》《梅广文遇落水鬼》《鬼生朝奉》《张王府墓三鬼》《醉人两遇鬼》《鬼买棺》《避煞遇鬼》《鬼磨浆》《黄花舍人》《鬼产权生》，共六十六篇。

作者	作品	收录"鬼小说"篇名和篇数
徐昌祚	《燕山丛录》	有"鬼小说":"鬼兵""鬼先生""张奇龄遇鬼""许君范家中见鬼""鬼哭""鬼打斗""马攀龙死后还债""刘汝瞻遇女鬼""孙惟惠死后成神""虞城某人遇鬼""沈宗弘见鬼""周某遇鬼""靳汉章见鬼""王某得鬼报""商人死后报仇""尹耕得鬼报""寡妇报仇""徐氏得鬼报""仕优轩为凶宅""讨替鬼""伥鬼",① 共二十一篇。
朱国祯	《涌幢小品》	录有"鬼小说":《死不忘友》《申文鬼杀》《鬼挠搏颡》《神鬼所护》《精爽》《避正人》《役鬼》《鬼道姓名》《鬼报恩》《鬼怪》《冥狱》《冥司牌》,共十二篇。
也闲居士	《轮回醒世》	全书十八卷,每卷一类,总共一百八十三篇。篇目下注明年代,自汉至明,除忠奸部多为历史人物外,绝大部分为明事,计有一百二十三篇,仅万历一朝就达五十三篇之多。

二 笔记小说集中的"鬼小说"

从明代收录有"鬼小说"的志怪传奇小说集看,明代"鬼小说"的创作规模巨大。但是这只是较为集中的一部分,还有大量的"鬼小说"散见于明人的笔记小说集中。这部分作品数量多,内容庞杂。为了完整地说明明代笔记小说集中的"鬼小说"创作情况,本书通过下表做一直观的介绍。

---

① 原书所记故事并无标题,此处为作者根据内容自拟,以便说明。以下篇目介绍中凡是带引号均属此种情况,不再另行标注说明。

表四　明代笔记小说集收录"鬼小说"一览表

作者	作品	收录"鬼小说"篇名和篇数
陶辅	《花影集》,作者陶辅,资廷弼,号夕川,又号安理斋、海萍道人。袭应天亲卫昭勇之爵,因不苟合于时,乞致休。书前有正德丙子(1516)张孟敬《花影集序》和嘉靖二年(1523)作者《花影集引》,可知陶辅作此集时年四五十,至八十三岁时才付刊。全书四卷。	录有"鬼小说"三篇:《贾生代判录》《广陵观灯记》《管鉴录》。
都穆	《听雨纪谈》《谈纂》,作者都穆,字元敬,吴县人。弘治十二年(1499)进士,授工部主事,历礼部郎中,加太仆少卿致仕。	《听雨纪谈》一卷,录有"鬼小说"一篇:"伥鬼"。《谈纂》二卷,录有"鬼小说"一篇:"内侍为鬼"。
戴冠	《濯缨亭笔记》,作者戴冠,字章甫,长洲人。弘治初以选贡授绍兴府训导。全书五卷。	录有"鬼小说"一篇:"吴璋得鬼报"。
周绍濂	《鸳渚志馀雪窗谈异》,根据陈国军《明代志怪传奇小说研究》考证,此书作者为周绍濂,浙江嘉兴人,约生于明弘治年间,历弘治、正德、嘉靖、隆庆、万历五朝,身份大体是"破落秀才"。	全书分上下两帙,录有"鬼小说"一篇:《碨山遇故录》。
郎瑛	《七修类稿》,作者郎瑛,字仁宝,仁和(今浙江杭州)人。因身患疾病,而淡于功名。家中富有藏书,有经史文章、杂家之言、乡贤手迹等,每日坐于书斋中诵读,揽其要旨,撮取精华,辨同异,考谬误,著《书史衮钺》《萃忠录》《青史衮钺》等。其中传世影响最大者为《七修类稿》,五十一卷。	录有"鬼小说"一篇:"浴肆避鬼"。

作者	作品	收录"鬼小说"篇名和篇数
伍余福	《苹野纂闻》，作者伍余福，生平说法不一，一说字天赐，临川（今江西）人。正德十二年（1517）进士，官至陕西按察司副使；一说字君求，吴县人（今江苏苏州）。正德十二年进士，授长垣知县，迁工部主事，升兵部郎中，后谪判安吉州，官镇远知府。全书一卷。	录有"鬼小说"一篇：《叶湘尸》。
陈良谟	《见闻纪训》，作者陈良谟，字忠夫，号栋塘，安吉（今浙江）人。正德十二年进士，官至贵州布政司参政。全书一卷。	录有"鬼小说"两篇："狄某获鬼报""朱氏凶宅"。
胡侍	《野谈》《珍珠船》，作者胡侍，字承之，咸宁（今陕西西安）人。正德十二年进士，授刑部主事，历鸿胪少卿，嘉靖初以"大礼议"谪潞州判官，嘉靖四年（1525）下诏狱，除名为民。《野谈》一卷；《珍珠船》八卷。	《野谈》录有"鬼小说"两篇：《死诉》《鬼假人》。《珍珠船》录有"鬼小说"一篇：《阴谴》。
杨仪	《高坡异纂》，作者杨仪，字梦羽，江苏常熟人。嘉靖五年（1526）进士，曾官至兵部郎中、山东按察副使等。具作者自序，此书为作者病休期间，汇辑历年所闻怪异之事，去其妄诞者十之五六，因曾住北京高坡胡同，故起名《高坡异纂》。全书三卷。	录有四篇："鬼小说"："范广死后持家""李一宽凶宅""王指挥""戚澜死后成神"。
田汝成	《西湖游览志余》，作者田汝成，字叔禾，钱塘（今浙江杭州）人。嘉靖五年（1577）进士，授南京刑部主事，历员外郎、礼部祠祭郎中等职，终于福建提学副使。全书二十六卷。	书中《幽怪传疑》录有"鬼小说"三篇："吴生遇女鬼""赵源遇女鬼""徐景春遇女鬼"。

作者	作品	收录"鬼小说"篇名和篇数
冯汝弼	《祐山杂说》,作者冯汝弼,字惟良,号祐山。平湖（今浙江）人。嘉靖十一年（1532）进士,官工科给事中,以言事谪潜山县丞,迁知太仓州,调扬州府同知。全书一卷。	录有"鬼小说"一篇:《曹海山》。
陈师	《禅寄笔谈》,作者陈师,字恩贞,钱塘人。嘉靖间会试副榜,官至永昌知府。全书十卷。	录有"鬼小说"四篇:"王敬人冥""令狐谋人冥""贾客得报""刘巩得报"。
蒋以化	《西台漫记》,作者蒋以化,字仲学,常熟人。隆庆元年（1567）举人,官至监察御史。全书六卷。	录有"鬼小说"两篇:《纪怪穴》《纪鬼》。
冯梦祯	《快雪堂漫录》,作者冯梦祯,字开之,秀水（今浙江嘉兴）人。万历五年（1577）会试第一,官至南国子监祭酒。全书一卷。	录有"鬼小说"两篇:《鬼影》《细瓦厂妇人》。
屠隆	《鸿苞》,作者屠隆,字纬真,鄞县（今浙江）人。万历五年进士,官至礼部主事。全书四十八卷。	录有"鬼小说"四篇:《冥报》《李仓之》《冥事》《狱鬼》。
伍袁萃	《林居漫录》,作者伍袁萃,字圣起,号方宁。吴县人。万历八年（1580）进士,官至广东海北道按察司副使。全书有前集六卷、别集九卷、畸集五卷、多集六卷。	录有"鬼小说"两篇:"胡某入冥""杨某获鬼报"。
潘士藻	《闇然堂类纂》,作者潘士藻,字去华,号松雪,婺源（今江西）人。万历十一年（1583）进士,官至尚宝司少卿。全书六卷。	录有"鬼小说"两篇:《杀因得报》《冤魂酷报》。

作者	作品	收录"鬼小说"篇名和篇数
江盈科	《雪涛四小书》,作者江盈科,字进之,号绿萝山人。常德桃源(今湖南)人。万历二十年(1592)进士,为长洲令,后升四川按察司金事,视蜀学政。《雪涛四小书》包括《谈丛》二卷、《闲记》无卷数、《谐史》二卷、《诗评》无卷数。	其中《谈丛》录"鬼小说"一篇:《慎诬人》;《闲记》录"鬼小说"一篇:"浒墅关人复生"。
王象晋	《剪桐载笔》,作者王象晋,字子进,一说字荩臣,一字康宇。山东新城(今桓台县)人。万历三十二年(1604)进士,授中书舍人,后官至礼部仪制司主事、浙江右布政司使。入清后自号明农隐士,谢绝宾客。全书一卷。	录有"鬼小说"一篇:《王孺人再生传》。
宋懋澄	《九籥集》《九籥别集》,作者宋懋澄,字幼清,号稚源,华亭(今上海)人。万历四十年(1612)中南京乡试举人,后再试三次,皆不中。《九籥集》,《九籥别集》种类中除去重复不计共有小说四十四篇,	录有"鬼小说"一篇:《鬼张指挥》。
沈德符	《敝帚轩剩语》,作者沈德符,字景倩,又字虎臣,嘉兴(今浙江)人。累举不第,所著《万历野获编》为学林推崇。全书三卷。	录有"鬼小说"两篇:《凶宅》《献县盗鬼》。
郑仲夔	《耳新》,作者郑仲夔,字龍师,生平颇有歧异,《千顷堂书目》谓其为江西玉山人,《上饶县志》则收为本县人。入举时间,《千顷堂书目》记为天启七年(1627),《上饶县志》云为崇祯举人,未详孰是。全书八卷。	其中志怪类录有"鬼小说"一篇,说鬼类录有"鬼小说"四篇。

作者	作品	收录"鬼小说"篇名和篇数
李豫亨	《推篷寤言》,作者李豫亨,生平不详,只知其为明代医家。云间(今江苏)人。谙养生术。全书九卷。	录有"鬼小说"两篇:"鬼附人""鬼魂游行"。
杨穆	《西墅杂记》,作者杨穆,生平不详。今有《续说郛》本,一卷十四条。	录有"鬼小说"两篇:《骆尝送鬼》《胡希颜打鬼》。

三 明代"鬼小说"创作基本特征及问题

通过上文介绍,明代"鬼小说"的创作格局基本呈现在我们面前。从中可以发现如下特征:

其一,明代"鬼小说"数量多,分布广泛,但并不集中,特别是明代并没有出现一部有关"鬼"的专门小说集。这是因为明代对"鬼小说"这一小说类型没有清晰的认识,上文已经论及。但明代"鬼小说"创作繁荣是有目共睹的,我们并不会因为作品分散就断定创作进入所谓的低谷,更不会因此而忽视数量如此之大的创作现实。那么对明代"鬼小说"创作繁荣的解释,单用小说观念的发展来回答显然已不够完善。对这个问题的探索就必须结合小说以外的文化、社会、思想等问题综合考量,只有通过这种方式的考查,对明代"鬼小说"的创作特征才能有更为客观而准确的认知。

其二,从时间上看,明代"鬼小说"从弘治、正德年间开始走向真正的繁荣。虽然明初有《剪灯新话》《剪灯余话》这样的优秀之作,但是在正统至成化年间,"鬼小说"出现了一个沉寂时期,直到弘治年间才开始复苏并走向繁荣。这个沉寂期刚好把明代"鬼小说"从小说文体上划分为了两个阶段,第一阶段以所谓的传奇小说为主,无疑第二阶段以志怪小说为主,第二阶段是明代"鬼小说"的主要阶段。这里有个问题,那就是志怪小说为何受到了

"鬼小说"作者的青睐？目前对这个问题的回答总是不如人意，诸如传奇志怪的融合，小说创作上的复古，创作环境的改变等等，都言之有理但又都所言偏颇。本书认为对这个问题的思考，应该回归到小说创作的内在机制中，也就是说创作主体是其发生变化的最终因素。那么影响创作主体发生改变的条件是什么，就成为了本文着重考虑的问题。

其三，明代"鬼小说"的作者身份基本属于士大夫阶层，甚至有相当一部分属于士大夫的中高阶层。与白话小说的作者相比就显得尤为突出，虽然目前学术界对白话小说作者的争论还在继续，但是白话小说来源于"话本"以及世代累积型的创作特征使得白话小说的作者带有更多的下层民间色彩，对此应该是没有疑问的。"鬼小说"作者身上的民间色彩显然要淡得多。那么我们考察"鬼小说"作者的时候，就得明确他们除去是小说家的身份外还应该是通过了科举考试的政府官员。作者双层的身份带给"鬼小说"的影响是以往研究中被忽视的部分，特别是官员的身份对"鬼小说"的创作起到的影响，对此问题的考察将是本书的又一任务。

其四，从作者的籍贯看，多数作者为南方人，这说明明代"鬼小说"的创作从地域看集中在南方，更准确地说集中分布在江苏、浙江两省，尤其是南京、苏州、杭州这样的文化发达城市。从明代的文化分布区域看，"鬼小说"作者的区域分布完全符合明代文化分布的整体特征。从南方地理文化的特征来说明"鬼小说"的兴盛显然具有说服力，一般认为"南方则降水丰富，河流纵横，因而衣食不匮。"故南方人有余裕关注审美和情欲。生态上南方潮湿炎热，疾疫多发，且受虫蛇虎豹侵袭，人寿短促，因而生民期望通过超自然的力量消弭灾害，故"重巫鬼"，沉迷于冥思玄想，是浪漫主义的温床。①南方地区的文化形态，社会风尚变化，乃至地理气候环境都会间接地影响到小说创作。不过这样的认识也有缺陷，就是太过于笼统，用南方文化这个本身就极为宽泛的概念去考察"鬼小说"的创作地域特征，虽然地域范围可以

① 有关南方文化环境与文学的论述，详见李显卿《中国南北文化地理与南北文学》，《辽宁大学学报》1993年第3期。

涵盖但却没有办法进一步说明细节。这是因为"南方"本来就地域广泛，它所包含的文化形态也绝非用南方二字可言尽。笼统言之尚可，可一旦涉及具体的文化形态时，这样的表述就失去了立论的依据。所以从地域文化考察"鬼小说"的创作不应该使用宏观的视角，代之以一种微观的研究视角成为了大势所趋。

综上所述，通过以往的研究我们只能对"鬼小说"创作特征有一个大体的认识，这个认识本身没有错误，但是其中很多细节有待我们去澄清。对这些未尽问题的探索反过来将更新我们的整体认识，"鬼小说"的研究也就在这样的螺旋上升过程中得到一步步的拓展与完善。

第三节 "鬼小说"在明代的汇编与传播

明代"鬼小说"创作繁荣带来的第二个问题是作品的流布，即小说是以怎样的方式流传的？流布的一般形式是收录"鬼小说"的小说集编纂完成后出版印刷并在市面流传，"鬼小说"借此被大家所熟知，要想知道一篇作品的流传范围，只需要对收录作品的小说集的流传情况进行考察，问题就可以弄清楚。但是明代收录"鬼小说"的作品集数量众多，每部作品的流传情况各不相同，想要一部部的考察一时无法完全做到。于是对作品流布问题的考察就得通过另外一种途径，即所谓的小说商业环境，具体来说就是明代的笔记野史汇编和刊刻。

明代是文言小说和笔记野史汇编刊刻的重要时期。在这个历史阶段，印刷、造纸技术进一步改进，出版业伴随着阅读人群的发展而不断成熟，书商的商业运作也日渐老练。使得"鬼小说"在明代，以其诡异神秘的情节被书商视为有利可图的商品内容，从而被汇编刊刻成书籍出售。这种特别优越的商业环境是明代之前"鬼小说"所不具有的。

根据陈大康先生在《明代小说史》中的介绍，明代小说汇编的繁荣原因大体有三。其一，由于印刷业在明代长足的发展，书籍的印刷越来越普遍。明初文人还没有享受到印刷业带来的便利，[①] 可是随着明代商业的繁荣，印刷业逐渐在书籍流传中占据主要的作用。在读者群成熟的刺激下，明代小说汇编的大量印刷水到渠成。其二，小说市场的形成。明代发达的商业以及世俗文化的发展刚好满足了上述条件，小说得以商品的面目出现在世人的眼前。很多小说汇编都是此种形式的"产物"，例如《国色天香》《燕居笔记》《绣谷春容》等一批通俗类书，其身上带有的商业气息最为浓厚。这些书基本采用上图下文的版式，内容上除去小说之外，还有历史上的杂记野史、诗词曲赋乃至笑话、书籍摘抄等无所不包。编撰者之所以这样编辑，依据的并非其个人喜好，市场需求才是他们考虑的主要因素。其中一些书籍的编撰者本身就是书商，[②] 他们是明代小说汇编的一支重要力量。其三，前代类书的影响。明代以前编撰了很多影响巨大的类书，如宋李昉等编撰的《太平广记》，元陶宗仪编撰的《说郛》等，特别是《太平广记》在嘉靖年间的刊刻引起轰动，影响巨大，直接刺激了小说汇编的繁荣。总的来说，明代小说汇编可以分为三个系列。

"虞初系列"源自于明代嘉靖年间出现的小说汇编《虞初志》，编撰者[③]对中国文言小说具有较强的审美力，所收录作品除南朝梁吴均《续齐谐记》一卷外，其他如《莺莺传》《虬髯客传》《霍小玉传》《飞烟传》《高力士传》《南柯记》等作品都是唐宋传奇中的名篇佳作。其把市面上所见到的单篇唐人

① 宋濂《送东阳马生·序》作于洪武十一年（1378），从"序"中回忆自己借书抄书的经历来看，明初的印刷业并没有普及，书籍的流传还是以手抄为主。陈大康先生分析了明初印刷力量以及抑商政策等因素对印刷业的制约，认为明初印刷工匠极度缺乏，以商人为主体的读者群在明初又受到沉重的打击，使得当时的印刷业低迷，并且没有涉及小说领域，详见陈大康《明代文学史》，人民文学出版社2007年版，第153—165页。
② 《万锦情林》《国色天香》《绣谷春容》《燕居笔记》的编撰者分别为余象斗、吴敬所、赤心子、何大伦，都为明代书坊主。
③ 《虞初志》编撰者有李泌、吴仲虚、陆采三说，李泌见孙殿起《贩书偶记续编》，上海古籍出版社1982年版；吴仲虚见叶德均《虞初志的编者》，《戏曲小说丛考》，中华书局1979年版；陆采见程毅中《中国小说大百科全书·虞初志》，中国大百科全书出版社1993年版。三说中以陆采说最为可信，详见陈国军著《明代志怪传奇小说研究》，天津古籍出版社2006年版，第266页。

传奇几乎网罗殆尽，① 一时间形成了士人间竞相阅读、评点、汇编唐人传奇小说的风尚。《虞初志》高层次的审美思想以及编撰方式还影响到了以后的小说编撰，形成了从万历年间到近代十余种之多的"虞初"系列小说汇编，这也是明代小说汇编的第一个系列。《虞初志》收录有《周秦行纪》《离魂记》《东阳夜怪录》三篇，这些小说都是"鬼小说"发展史中的名篇佳作。

嘉靖年间除去"虞初"系列小说的汇编外，还出现了以王世贞所编的《艳异编》② 为代表的"艳异"类③小说汇编。《艳异编》成书的确切时间已经不可考，大体认为是嘉靖中后期，全书共分十七部，④ "从表面上看，是以'异'为主。其实两类（指艳与异）内容基本上是各占一半"。⑤ "艳"是指那些香艳的情爱故事，"异"是指奇怪不合常理的故事，多取材于《太平广

---

① 陈国军说："嘉靖十九年高儒《百川书志》、嘉靖年间晁瑮《宝文堂书目》均著录了大量的单篇唐人传奇，如果将这些传奇名录与《虞初志》所收小说作品比较，我们发现，陆采《虞初志》所收的全部传奇作品，没有一篇是溢出两书所著录的单篇传奇之外的。"见陈国军《明代志怪传奇小说研究》，天津古籍出版社 2006 年版，第 269 页。

② 关于《艳异编》的作者，徐朔方先生认为是王世贞，并且说王世贞因为其《艺苑卮言》评论当代诗文遭到非议，便诿过于人，不承认其为己作。而《艳异编》是小说家言，除了给最相知的徐中行的信外，绝口不再提及。加上"按照当时礼制，居丧期间不宜有此类闲情之作（包括编印）。以后他飞黄腾达，官做到侍郎、尚书，声望日隆，公认为文坛的领袖人物，更不会说到这部少作了"。因为作者身份日重而怕非议造成了《艳异编》作者不明的问题。详见徐朔方《艳异编·前言》，古本小说集成，上海古籍出版社 1991 年版，第 1—2 页。陈国军对此有过清晰的论述，大体为：明清两代的文人均认为是王世贞，至近代孙楷第、王重民才将王世贞著作权模糊化，但从王世贞于嘉靖四十五年（1566）写给徐中行的信和胡应麟为祭奠王世贞而写的诗中判定《艳异编》作者为王世贞。而对王世贞不提少作的问题则认为从书前"汤序"中的"戊午岁"（1558）及王世贞写给徐中行的信的时间来看，前后时间都与王世贞"守制"时间不相吻合。王世贞不提的原因是因为《艳异编》选编形式和性质，书中并未署原书作者或出处，与《虞初志》标注原书作者相比有剽窃之嫌。所以王在编撰成书之后，将书馈赠友人，后来又将书索回，并绝口不再提及此书。详见陈国军《明代志怪传奇小说研究》，天津古籍出版社 2006 年版，第 272—276 页。

③ 秦川把这类小说选编称为"艳情专题的文言小说总集"，以"艳情"统摄此类小说编撰。陈国军则认为"艳"与"异"是王世贞对中国古代小说在题材上所作的分类，并以此为编撰原则，故称其为"艳异"类小说汇编，这也是明代小说汇编的第二个系列。两相比较，陈国军说更加符合事实，从陈国军说。以上详见秦川《中国古代文言小说总集研究》，上海古籍出版社 2006 年版，第 62—67 页；陈国军：《明代志怪传奇小说研究》，天津古籍出版社 2006 年版，第 279—280 页。

④ 《中国古代文言小说总集研究》说《艳异编》共 16 部，是根据息庵居士序四十五卷本《艳异编》，而 17 部则根据汤显祖序四十卷本《艳异编》。这 17 部分别为：星部、神部、水神部、龙神部、仙部、宫掖部、戚里部、幽期部、冥感部、梦游部、义侠部、诅异部、幻术部、妓女部、男宠部、妖怪部、鬼部。

⑤ 秦川：《中国文言小说总集研究》，上海古籍出版社 2006 年版，第 64 页。

记》，其中录有多篇“鬼小说”。在《艳异编》的影响之下，形成了一系列“艳异”小说汇编，这是明代小说汇编的第二个系列。主要有万历年间吴大震编《广艳异编》，该书三十五卷，共有二十五部，收录小说六百余篇。相比于《艳异编》重唐宋小说的编撰倾向，《广艳异编》则唐宋元明兼收，视野进一步扩大，其中就收录有《剪灯新话》《剪灯余话》《庚巳编》《语怪编》《高坡异纂》《鸳渚志馀雪窗谈异》等多部小说集中的“鬼小说”。此外还有《古艳异编》和《续艳异编》等书的编撰，具体情况与《广艳异编》类似，不再赘述。

以“艳异”为编撰主旨的小说汇编在明代还出现了一些变化，即突出“艳”而忽视“异”，这与中晚期社会思潮密不可分。由此而出现了专以表现“艳情”为重心的小说汇编，主要有陆树声《宫艳》、梅鼎祚《才鬼记》、冯梦龙《情史》，以及《国色天香》《万锦情林》《绣谷春容》《花阵绮言》《燕居笔记》（三种）、《风流十传》《一见赏心编》等“通俗类书”。这些小说汇编也录有多篇“鬼小说”，但像《才鬼记》通部全记“鬼”故事，在小说汇编中则是不多见的。

如果说“艳异”系列小说汇编所选取的小说以艳异传奇为主的话，那么明代小说汇编的第三个系列“列朝”系列则以志怪为编撰的主体了。这一系列小说汇编受到了以《说郛》为代表的丛书编撰的影响而发展起来。[1] 与《广艳异编》等小说汇编一样，“列朝”系列小说于唐宋元明小说皆录，并没有厚古薄今，甚至更加重视当代小说，从顾元庆的《顾氏四十家小说》开始，陆延枝的《烟霞小说》、无名氏的《说部零种》、高鸣凤的《今献汇言》、飞来山人的《古今名贤说海》，直到万历年间的《明人百家小说》《续说郛》等绵延不绝。以《烟霞小说》为例，其中收录的《庚巳编》《纪周文襄公见鬼记》《语怪四编》《高坡异纂》《说听》等作品，其中收录有多篇“鬼小说”。

综上所述，明代小说汇编大体分为这三种系列，每个系列依照不尽相同的汇编标准选取“鬼小说”。也正因为选取标准不一，这些小说汇编质量参差

---

[1] 详见昌彼得《说郛考》，台湾文史哲出版社1979年版，第39—40页。

不齐，所选小说鱼目混珠、子史兼收的情况时有出现，使得"鬼小说"与野史异闻、事物考证、典章制度混杂一处。从整体看小说汇编无法突显"鬼小说"的特殊性，但它们在市面上受到追捧和流传却对"鬼小说"的流布具有不言而喻的作用。

这是因为，首先小说汇编的流布扩大了"鬼小说"的受众面。前文说过，"鬼小说"的作者属于士大夫阶层，与市民阶层相比这个阶层品位高雅，但所接触的社会空间相对狭窄。明代士大夫把"鬼小说"收录在自己编写的小说集中，这些小说集的流传范围大体也与士大夫阶层相当，无形中限制了"鬼小说"的流传范围。但是小说汇编不同，它是由书坊主编撰，编撰目的也是以商业盈利为核心，编撰的受众面更不局限于士大夫阶层，范围更广的市民阶层也被书坊主纳入出版视野。所以小说汇编的流行带来的后果就是一部分符合市场需求的"鬼小说"为更多的读者熟知，这无疑对"鬼小说"的流传起到了积极的推动作用。

其次，小说汇编的流布刺激了"鬼小说"的创作。与"鬼小说"受众面扩大引起的作用一样，小说汇编市场的繁荣会进一步刺激更多的书坊主加大对小说汇编行业的投入。在这个过程中，书坊主为了获得商业上的成功会依照市场的需求进行小说汇编。这就使市场的需求成为了小说编纂的标准，符合市场需求的小说作品成为"抢手货"。为了获得更多符合要求的作品，书坊主会加大搜寻力度，而这必然影响到小说家的创作，于是市场的需求通过书坊主传递给小说作者。面对市场的需求，"鬼小说"的创作也不可能是士大夫躲进书斋里的冥想，世俗的因素伴随着小说汇编的需求渗透到"鬼小说"的创作中，并最终影响"鬼小说"的形态。

再次，小说汇编为"鬼小说"提供了创作材料。明代小说汇编并不是只取当代的小说作品，它录取作品的范围往往以古代为重心。特别是一些广受欢迎的小说汇编，其收录的作品都是前代的名篇。这些名篇在明代的流传使更多的人接触到了前代优秀的"鬼小说"作品，也为众多小说作者提供了丰富的创作资料和模板。可以说，前代优秀的"鬼小说"作品为明代作家确立了一个典范,它引导着明代作家去揣摩、去模拟。这样"鬼小说"中的传统特征也随着模拟进入明代"鬼小说"创作,随着这些传统特征发生的变化,为"鬼小说"创作带来了新的特性。

另外,小说汇编收录的"鬼小说"风格多样,显示出多元的审美趣味。如上文所说,明代有专门收录"艳情鬼小说"的小说汇编,也有专门收录那些描写简练、突出"奇异"的"鬼小说"汇编,当然还有收录带有劝善教化思想的"鬼小说"汇编。从整体看明代小说汇编收录明代"鬼小说"的比例不高,但是从小说审美风格来看,却基本涵盖了明代所有的"鬼小说"。可以说明代"鬼小说"创作与时代审美趣味贴合比较紧密,这说明小说家并没有脱离时代,闭门造车。他们对时代始终保持着一种敏锐,对社会始终保持着积极的态度。因此明代"鬼小说"才与前代"鬼小说"有着本质的不同,它是时代的产物。

一般在考察小说汇编时,人们只是注意到了它的文献学意义,即一些重要的"鬼小说"作品经由小说汇编而保存下来。而忽视了小说汇编之于"鬼小说"的流传,促进小说阅读和创作方面的重要作用。小说汇编与"鬼小说"创作是一个双向的影响过程,两者相互影响,相互刺激。对小说汇编所收录的作品进行考察可以看出"鬼小说"的创作热点,对认识明代"鬼小说"有着重要的补充作用。

需要说明的是,由于明代小说汇编所收录的"鬼小说"大多可以看到单行本或原本,本书只就其对于"鬼小说"流布问题做出整体性的说明,至于汇编收录的具体作品分析则留待后文,所依据的文本也以单行本或原本为准,如无特殊标明,本书均不以小说汇编收录作品为分析对象。

第三章　明代"鬼小说"创作观念

　　小说的创作意图是小说观念的具体反映，它直接引导着小说创作实践活动。通过这种活动作者建立起了一种预先设计好的交流预期，希望读者可以通过阅读获得相应的思想体验。对作者来说，这是表达其思想，抒发情感的必要途径；对读者而言，通过对小说作品的阅读，可以获得某种精神享受和审美愉悦。"鬼小说"的社会功能就在这两方面的要求下形成，有时双方的要求一致，有时又不尽相同，因此"鬼小说"社会效果并没有趋于一统。其中的原因与"鬼小说"的时代环境有关，因此本章着重考察明代小说的环境，从教化、娱乐、博物、宣泄四个方面对明代"鬼小说"的创作意图与社会功能进行论述。

第一节　教化压力

一　明前"鬼小说"功利性目的之流变

　　"鬼小说"产生之初就带有强烈的功利性，墨子就曾讲述了这样一则"鬼"复仇的故事。杜伯无端被杀，死前发下重誓："吾君杀我而不辜，若以死者为无知，则止矣；若死而有知，不出三年，必使吾君知之。"后来的事实果如杜伯所言，周宣王"合诸侯而田于圃"时，"杜伯乘白马素车，朱衣冠，执朱弓，挟朱矢"开始了复仇行动，最终周宣王"伏弢而死"。① 墨子之所以

---

① 孙诒让：《墨子闲诂·明鬼下第三十一》卷8，中华书局2001年版，第224—225页。

讲述这个鬼魂复仇的故事绝非是为了在故事中对人物言行进行细致的刻画，更不是因为它本身具有奇幻离奇的审美特征而进行的创作。而是因为这个故事具有某种教育意义，是为了向人们说明"鬼神之有，岂可疑哉"的道理，以此来回击那些持无鬼论的人对他学说的非难。

进一步讲，墨子肯定"鬼"的存在是为了借助"鬼"来约束社会中不合理的现象，规范人的行为，为统治阶层提供一种统治手段。《墨子·明鬼》就认为天下大乱的根源在于人们"疑惑鬼神之有与无之别，不明乎鬼神之能赏贤而罚暴也。今若使天下之人偕若信鬼神之能赏贤而罚暴也，则夫天下岂乱哉！"① 把鬼神崇拜与国家政治联系在一起。"夫设教济政法之穷，明鬼为官吏之佐，乃愚民以治民之一道"，② 墨子"明鬼"就带有强烈的目的性。透过这种目的性，"鬼"故事中寄寓的是作者对社会现实的理性思考和对社会积极改造的诉求。

《左传》中的两则"鬼"报仇故事也都表达了对施暴者的批评和对类似施暴行为的谴责，而"鬼"报恩故事则表达了作者对"善行"的肯定与褒扬。③ 这与墨子宣传的"鬼"具有"赏贤而罚暴"的功用相同但《左传》中的"鬼"故事又不单纯是对"赏贤而罚暴"观点的认同。把"鬼"报仇、报恩行为进行对比，就会发现报应故事结局体现出不同的轻重好坏结果，体现出作者对善恶行为的不同评判。彭生复仇是对"杀不辜"行为的不认可，伯有的复仇是对"以下犯上"行为的否定，魏颗受到"鬼"的报恩是对他能够遵守父亲"正确命令"的肯定。同时，故事中对报应结果差异的原因探寻却又寄寓了作者对政治伦理关系的思考。彭生虽然无辜被杀却出自君王之命，伯有被杀则是大臣以下犯上的僭越之罪，魏颗获报是因为"尔用先人之治命"，在这种原因探求过程中暗示出作者认可的君臣等级观念和父子关系。

---

① 孙诒让：《墨子闲诂·明鬼下第三十一》卷 8，中华书局 2001 年版，第 222—223 页。
② 钱钟书：《观》，《管锥编》，生活·读书·新知三联书店 2001 年版，第 31 页。
③ 这三个故事分别是"彭生复仇""伯有复仇"和"魏颗受鬼报恩"。详见《庄公八年》《昭公七年》《宣公十五年》各条记录，引自杨伯峻《春秋左传注》，中华书局 2009 年版，第 175 页、1291—1292、764 页。

所以班固在《汉书·艺文志》中说:"小说家者流,盖出于稗官。"① 桓谭说小说是"治身理家有可观之辞"。② 两人都提出了小说带有的稗官"观风俗、知薄厚"的"可观"功能,强调小说要对治理国家起到必要的辅助作用。正如《隋书·经籍志》中说的那样:"小说者,街谈巷语之说也。《传》载舆人之诵,《诗》美询于刍荛。古者圣人在上,史为书,瞽为诗,工诵箴谏,大夫诡诲,士传言而庶人谤。孟春,徇木铎以求歌谣,巡省观人诗,以知风俗。过则正之,失则改之。道听途说,靡不毕纪。"③ 这种功利性的小说观伴随着中国古代小说发展始终,对后代"鬼小说"创作观念影响极为重要。

对小说的功利性认识在魏晋南北朝时期又为佛教所利用发展,这时的"鬼小说"大多带有宣传佛教的目的,特别是与反佛教势力作斗争时,"鬼小说"往往会起到"不可思议"的作用。众所周知,这时期"无鬼论"与"有鬼论"争辩激烈,阮瞻、阮修、宗岱、范晔等有识之士都持"无鬼论",他们对"有鬼论"的驳难动摇了佛教存在的基础。为了稳定这个基础,"有鬼论"者精心创作了一些"鬼故事"作为回击,例如:

> 阮瞻,字千里,素执无鬼论,物莫能难。每自谓,此理足以辨正幽明。忽有客通名诣瞻,寒温毕,聊谈名理。客甚有才辨。瞻与之言良久,及鬼神之事,反复甚苦。客遂屈,乃作色曰:"鬼神,古今圣贤所共传,君何得独言无?即仆便是鬼。"于是变为异形,须臾消灭。瞻默然,意色太恶。岁余,病卒。④

阮瞻一向不信"鬼"的存在,为此"鬼"亲自上门与他辩论。从"聊谈名理"到鬼神之事,辩论愈加激烈,最终"鬼"亲自现身,给了阮瞻致命一击。这个故事让"鬼"与阮瞻当面对质,把阮瞻置于一个"鬼"的环境中让

---

① 班固:《汉书·艺文志》,中华书局 2000 年版,第 1377 页。
② 详见萧统编《文选》卷 31,李善注,上海古籍出版社 1986 年版,第 1453 页。
③ 魏征等撰:《隋书·经籍志》卷 34,中华书局 1973 年版,第 1012 页。
④ 干宝:《阮瞻》,《搜神记》卷 16,《汉魏六朝笔记小说大观》,上海古籍出版社 1999 年版,第 396 页。

他自己去发现"鬼"的存在。显然这是"有鬼论"者对"无鬼论"者的攻击和调侃,特别是阮瞻最后"默然,意色太恶"的描写,更是用事实给了"无鬼论"者致命的打击。整个故事写得饶有趣味,狡黠幽默,写作目的亦是一目了然,自然是为了说明"鬼"的真实存在。

因此很多的"鬼小说"作家都是抱着"有鬼论"进行创作。干宝创作《搜神记》的目的是为了:"及其著述,亦足以发明神道之不诬也。"① 是因为他建武中见其兄死而复生,"有所感起",是以"发愤"而作《搜神记》。人死而复生自然荒唐无稽,但竟然使干宝从"无神论"转变为"有神论"的立场,成为写作"鬼小说"的直接动因。其中的原因不能从孤立的个人因素考察,结合魏晋南北朝宗教发展的环境,特别是佛教对小说家的影响,就会发现这时的文人普遍接受佛教思想,宗教迷信观念极大地支配着他们的写作。干宝作《搜神记》,颜之推作《冤魂志》,王琰作《冥祥记》,侯白作《旌异记》,刘义庆作《幽明录》和《宣验记》也都是以信鬼为中心,"鬼小说"也因此带有了宣扬宗教的功利性目的。

唐代"鬼小说"虽然在艺术表现手法上取得了长足的进步,但在审美目的上却是"停滞不前"。大体沿袭前代做法,要么"赏贤而罚暴",要么为佛教张本。更有甚者,在中晚唐牛李党争时,李德裕门人韦瓘撰《周秦行纪》嫁名牛僧孺,书中直叱德宗为"沈婆儿",以代宗皇后为"沈婆"。李党假此攻击牛僧孺"可谓无礼于其君甚矣!怀异志于图谶明矣!"欲致牛僧孺于死地,用心可谓险恶,在"鬼小说"发展史上算得上"空前绝后"的作品。使得"鬼小说"身上所具有的功利性目的已经超越了一般宣传、教化的范畴,成为了政治斗争的工具。

宋代,儒家教化思想被刻意的突出,逐渐成为了指导"鬼小说"创作的主体思想,"鬼小说"的创作也因此完全走上了儒家教化的道路。

综合考察"鬼小说"的发展历史,不难看出"鬼小说"自萌芽阶段就带有了功利性的色彩。随着小说的发展,这种功利性被人们所利用,意图为当

---

① 干宝:《搜神记序》,《汉魏六朝笔记小说大观》,上海古籍出版社1999年版,第277页。

时的社会思想服务。可以说"鬼小说"功利性目的很早就已定型,在不同的时期它都扮演着工具的角色,只是利用它的"主人"各有不同罢了。那么,明代"鬼小说"的利用者又是谁呢?

二 明代儒家教化氛围的形成

"鬼小说"自身就具有功利性,这种特性与每个时期不同的时代要求相结合,表现出不尽相同的功利性目的。那么明代的"鬼小说"又带有哪些功利性目的?为了说明这个问题,我们还得从时代环境入手,考察时代环境中起决定性的因素,发现明代浓厚的儒家教化氛围是"鬼小说"确立教化功能的重要原因,大体可以从四个方面予以说明。

第一,明代儒家教化政策的建立。

明代开国之初,由于长期战乱,致使全国经济凋敝、风俗浇漓、道德沦丧,人们不知礼仪。元代"遗民"中不少硕儒敌视新朝,隐居山林。为了巩固统治,朱元璋毅然采取"文治"路线,重视儒术,提倡教化。他说:"天下初定,所急者在衣食,所重者在教化。"① "治道必本于教化,民俗之善恶即教化之得失也。"② 在"文致太平"的方针指导下,他着力提倡儒学,视儒家思想为治国思想并采取了一系列的强化政策。

首先是重用儒士。朱元璋虽然依靠武力扫荡群雄、统一华夏,然而不可否认的是,儒士在朱元璋成就帝业的过程中也起到了举足轻重的作用。早在他南征北讨期间"所至征辟耆儒,讲论道德,修明治术,兴起教化,焕然成一代之宏规,呈天亶英姿而诸儒之功不可无助。"③ 元至正十五年(1355),当朱元璋率军攻克太平时,当地的儒士陶安就以不烧杀抢掠和进军金陵进言,获得了朱元璋的肯定。翌年,攻下金陵后,朱元璋征召夏煜、杨宪、孙炎等十余名儒士进入幕府,随后刘基、许元、胡翰等人先后被他招致身边,他还

---

① 《明太祖实录》卷26,《明实录》,"中研院"历史语言研究所校印1962年版,第387—388页。
② 《明太祖实录》卷203,《明实录》,"中研院"历史语言研究所校印1962年版,第3035页。
③ 张廷玉等:《明史·儒林传一》卷170,中华书局2000年版,第4827页。

任命大儒宋濂为五经之师，讲解儒家治国之道。朱元璋如此礼贤下士，必然得到儒士们的拥戴，他们视朱元璋为"奉天承运"的真命天子，极力向他灌输儒家之道以图儒家地位的稳固。这样双方之于对方都有所求，虽然目的不尽相同，但结果却是一致的。至朱元璋称帝之时，他的身边已经集合了一批儒家之士，像叶琛、章溢、刘基、宋濂、陶安等人均属其中优秀代表。这些儒士为他建功立业发挥了巨大的作用，所以当明代开国后朱元璋立即将儒家思想确立为国家的正统思想。

确立儒家思想正统地位的方式便是朱元璋还多次下诏求贤，征召各地儒士。洪武元年（1368）九月的诏书中就说："天下之治，天下之贤共理之。……朕愿与诸儒讲明治道。有能辅朕济民者，有司礼遣。"① 洪武六年（1373）再次下诏："贤才，国宝也。……人君之能至治者，为其有贤人为之辅也。山林之士德行文艺可称者，有司采举，备礼遣送至京，朕将任用之，以图至治。"② 不仅如此，面对一些不愿出仕的儒士，朱元璋一方面给予重赏，另一方面则不惜动用权力强行征召，甚至进行恐吓。虽然有人坚守"气节"，拒绝出仕，但明代政府还是网罗了大批儒士，为儒学统治地位的确立奠定了基础。

其次是尊崇孔子。孔子是儒家学说的创始人，自汉代以来就成为历代统治者尊崇的对象。虽然历朝尊崇孔子的手段和力度各有不同，但整体上看孔子的地位有一个逐渐强化的过程。朱元璋立国后尊崇儒学，必然要加强和提高孔子的地位，这一点与前朝的做法并没有什么不同。但他所采取的手段更加制度化，方式也是自上而下的逐层推进，推进力度更是前朝所未有。具体而言，主要表现在对孔子的祭祀上。洪武元年二月，朱元璋下诏"以太牢祀先圣孔子于国学，仍遣使诣曲阜致祭"。③ 以后祭祀孔子成为定制，并随着制度的确立由中央逐渐推向地方。洪武十五年（1382）四月，他对礼部尚书刘

① 张廷玉等：《明史·太祖纪》卷2，中华书局2000年版，第14页。
② 张廷玉等：《明史·选举志三》卷47，中华书局2000年版，第1143—1144页。
③ 夏燮：《明通鉴》卷1，中华书局2009年版，第165页。

仲质说:"孔子明帝王之道以教后世,使君君、臣臣、妇妇、子子,纲常以正,彝伦攸序,其功参于天地。"要求天下通祀孔子。① 借此明代建立起了一套完整的祭孔制度,并通过该制度把孔子推到了一个前所未有的位置。尊崇孔子的又一表现是明代对孔子后代的礼遇。《明史》云:"其先圣、先贤后裔,明代亟为表章,衍圣列爵上公,与国始终。"② 如洪武元年十一月,"以孔希学袭封衍圣公,孔希大为曲阜知县,皆世袭。立孔、颜、孟三氏教授,司尼山、洙泗二书院。命博士孔克仁等教授诸子经,功臣子弟亦令入学"。③ 这些圣人之后有无才能其实并不重要,他们得到国家重视主要原因就是因为是圣人子孙,单靠这一点就可以让这些人享受高等爵位并"与国始终",其内在原因不难体会。

再次是"制礼作乐"。"礼"和"乐"是儒家思想的重要组成部分,是儒家理想社会的依据和保障。明代开国后,朱元璋屡次提及礼乐之于国家治理的重要性:"为治之道,必本于礼""礼者,国之防范,人道之纲纪,朝廷所当先务,不可一日无也""天下大定,礼仪风俗可不正乎?"于是在朱元璋统治时期,制定恢复了一大批古代礼仪。诸如宫廷之中的朝贺、册立、耕猎、射礼、巡狩、亲征等仪制,以及王国礼、藩国礼、官员礼、庶民礼、婚礼、冠礼等。其中有些礼制"荒废已久",但在朱元璋的主持下又都恢复过来,比如乡饮酒礼。乡饮酒礼是按照长幼尊卑贵贱为标准,取尊老敬贤之意。按照规定,乡饮酒礼在全国范围都要定期举行。通过它可以向民众昭示上下尊卑有序,培养敬老的伦理道德,同时也可以达到分别贵贱尊卑,维护社会秩序的作用。明代地方官员要在乡饮酒礼中宣读皇帝大诰,宣讲政策,使这个礼仪带有浓重的教化意味。类似的礼仪制度还有很多,它们都是在明初由朱元璋制定并推行实施的,儒家思想便随着这些礼仪制度的实施逐渐渗透到明代社会阶层的末梢。为了使这些制度得到更好的运行,朱元璋还编辑出版了大

---

① 《明太祖实录》卷144,《明实录》,"中研院"历史语言研究所校印1962年版,第2263页。
② 张廷玉等:《明史·儒林传一》卷170,中华书局2000年版,第4828页。
③ 谷应泰:《明史纪事本末·开国规模》卷14,中华书局1977年版,第200页。

量礼仪之书,重要的有《大明集礼》《洪武礼制》《礼仪定制》等。这些礼仪书清楚标明了社会各方面所要遵循的秩序,是国家礼仪制度重要的文献和法律依据。

另外,朱元璋还特别推崇《大学》。《大学》原本是《礼记》四十九篇中的第四十二篇,南宋时朱熹才将其从《礼记》中抽取出来,并与《中庸》《论语》《孟子》合称为"四书"。《大学》所论的"格物致知"以及"修齐治平"一直都为程朱理学家所看重,特别是其中强调了治国平天下与个人道德修养的一致性,使统治阶层有了一个具体的抓手,可以更好地利用学术为其服务。早在开国前,朱元璋就已经认识到《大学》在这方面的重要性。元至正十八年(1358)十二月,范祖幹向朱元璋推荐《大学》,朱元璋对此十分认同,并说:"武定祸乱,文致太平,悉此道也。"① 洪武十七年(1384)四月,他对身边的大臣说:"朕观《大学衍义》一书有益于治道者多矣,每披阅便有警省,故令儒臣日与太子诸王讲说,使鉴古验今,穷其得失。大抵其书先经后史,要领分明,使人观之易悟,真有之龟鉴也。"② 在他看来,"《大学》一书,其要在于修身,身者,教化之本。人君修身而化之,风俗岂有不美,国家岂有不兴?苟不明教化之本,致风俗陵替,民不知趋善,流而为恶,欲长治久安不可得也"。③ 可见朱元璋推崇《大学》,主观上是为了从思想意识层面巩固明王朝的统治基础,但客观上却造成了明代初期儒家教化氛围的形成并日渐浓厚的情势。

第二,明代儒家教化政策的延续。

明初朱元璋为了确立儒家思想的统治地位可谓不遗余力,他希望所有的政策制度在他百年后都能够被很好地执行。虽然从制度层面说做到这一点并没有什么问题,但随着时代变迁,朱元璋制定的政策制度却碰见了很多具体操作性问题。不过"遵循祖制"所具有的约束力还是贯穿了有明二百多年的

---

① 《明太祖实录》卷6,《明实录》,"中研院"历史语言研究所校印1962年版,第74页。
② 《明太祖实录》卷161,《明实录》,"中研院"历史语言研究所校印1962年版,第2489页。
③ 《明太祖实录》卷203,《明实录》,"中研院"历史语言研究所校印1962年版,第3879页。

时间。自朱元璋以后，明代的统治者均执行朱元璋的崇儒政策，利用手中的权力推行儒家教化，主要有以下表现：

永乐二年（1404）七月，成祖朱棣在看完解缙等人呈进的《大学·正心章》讲义后对他们说："人心诚，不可有所好乐，一有好乐，泥而不反，则欲必胜理；若心能静虚，事来则应，事去如明镜止水，自然纯是天理。朕每朝退默坐，未尝不思管束此心为切要。又思但于宫室、车马、服食、玩好无所增加，则天下自然无事。"① 朱棣以帝王之尊以身作则，亲自修身，且不说他是否真能做到"每朝退默坐"的涵养功夫，仅以他帝王的身份公开宣布此事，对全国来说便具有一种极大的标榜作用。可见朱棣对其父政策的贯彻实施，以及此时儒家教化氛围的得以强化的方式。

至中晚明时期，对政事毫无兴趣的神宗朱翊钧也在万历三十三年（1605）十二月为《御制重刊大学衍义补序》中说道："朕惟帝王之学有体有用。自仲尼作《大学》一经，曾子分释其义以为广传，其纲明德新民，止至善，其目格致诚正，修齐治平，阐尧舜禹汤文武之正传，立万世帝王天德之绳准。"② 神宗单为《大学》作序，一方面是因为太祖、成祖都推崇《大学》，另一方面也是因为从政策制度延续的角度来说不得不如此。可见推行儒家教化的政策并没有消散，虽然此时"异端"思想异常活跃，但正统儒家思想一直是官方思想。于是我们看到在万历三十年（1602）三月，神宗针对当时社会上的"非儒"倾向进行批评："祖宗维世立教，尊尚孔子；明经取士，表章宋儒。近来学者不但非毁宋儒，渐至诋讥孔子，扫灭是非，荡弃行简，安得忠孝节义之士为朝廷用？"③ 可以说在正统儒家思想地位岌岌可危的明代中晚期，官方并没有接受时代的新变化，强调儒家教化氛围虽受到冲击，但绝不会消失或改变，儒家教化政策也一直被实施着。

此外，明代统治者推行儒家教化政策还表现在意识形态输出上。具体来

---

① 《明太宗实录》卷33，《明实录》，"中研院"历史语言研究所校印1962年版，第588页。

② 《明神宗实录》卷416，《明实录》，"中研院"历史语言研究所校印1962年版，第7862—7863页。

③ 《明神宗实录》卷370，《明实录》，"中研院"历史语言研究所校印1962年版，第6925页。

说就是明代利用宗主国的地位向藩属国积极推荐儒家思想作为治国的正统思想。宣德元年（1426）十月，宣宗朱瞻基遣使赐给朝鲜国王李裪五经、四书及《性理大全》《通鉴纲目》诸书，并对礼部尚书胡濙说："圣人之道和前代得失俱在此书，有天下国家者，不可不读。闻（李）裪勤学，朕故赐之。若使小国之民得蒙其恩，亦朕心所乐也。"① 在朱瞻基的眼中，这些书已经成为了治理国家必不可少的依据，除了要在中国推行儒家教化政策，还向藩属国的国主推荐以儒家思想为中心的治国方式。

综上所述，明代建立起了一系列以儒家思想为核心的政策制度，这些政策制度的确立与实施是形成明代儒家教化氛围浓厚的重要因素。只要这些政策制度没有消失，儒家教化氛围也就不会消失，只有强弱的区别。儒家教化氛围笼罩明代各个时期，是明代"鬼小说"始终不变的创作背景。

第三，明代的教育和考试制度。

如果说明代的政策制度强化了儒家教化氛围，儒家教化氛围又影响了"鬼小说"的创作的话，那么随之而来的问题就是这个影响"鬼小说"创作的具体路径是什么？如果从作家的角度看，这个路径多种多样，因为每一个作家的成长环境是多种多样的，对这个问题的解答就需要具体情况具体分析。但是"鬼小说"中具有共性的表现特征又使具体问题具体分析变得冗繁且重复，所以对这个问题的考察本书并没有从具体的作家着眼，而是从与作家有关的制度上去考察。即考察明代儒家教化氛围对士人施加影响的制度层面因素，具体来说就是明代的教育和考试制度。

上文已经论及朱元璋为了稳固政权而选择了正统儒家思想，更准确地说是他接受儒学大臣的建议而选择了推崇程朱理学。推崇程朱理学并不是朱元璋的原创，早在元代程朱理学就已被官方接纳，但因元代政治纷乱，这个政策并没有得到系统的推行。朱元璋所能做的就是继续元代的政策，把它确定下来并进一步使之产生作用，于是我们看到从制度上推崇程朱理学并产生作用是从明代开始的，这集中表现在国家的教育和考试制度上。

---

① 《明宣宗实录》卷22，《明实录》，"中研院"历史语言研究所校印1962年版，第578页。

　　既然要把儒家教化思想融入制度推行，首先就要确立一个制度原则。对此朱元璋是这么认为的："学校之教，至元其弊极矣。上下之间，波颓风靡，学校虽设，名存实亡。兵变以来，人习战争，惟知干戈，莫识俎豆。朕惟治国以教化为先，教化以学校为本。京师虽有太学，而天下学校未兴。宜令郡县皆立学校，延儒师，授生徒，讲论圣道，使日渐月化，以复先王之旧。"① 这里说元代学校虽然建立但是没有起到应有的责任，言下之意就是相关的政策制度都提出并建立起来了，只是没有发挥作用。其中的原因自然是不稳定的政治状态，特别是连年的战乱导致了天下"莫识俎豆"的情况。现在明代建国，天下逐渐归于安定，朱元璋就要继续元代没有完成的任务——再次确立学校教化的核心原则，并从中央开始逐级扩展到郡县，让天下各级学校形成一个儒家教化的网络，真正起到"日渐月化"的作用。朱元璋本着儒家教化的原则给学校定位，学校的设置目的在"传道解惑"之上，更具有了"新"的历史任务。

　　对此明代士人的认识与朱元璋保持了高度的一致，把学校同国家的治乱存亡联系起来，要求学校起到教化的功用。明代士人有这样的认识，一方面是儒家思想中教化之于统治的重要性；另一方面自然也与他们在明代学校所接受的教育原则有关。但不管是哪一个，造成的结果就是儒家教化思想通过学校灌输给士人，同时又通过士人的推崇得到强化。具体表现为明代士人对学校的认识始终有一个核心，就是强调儒家教化。比如吕坤就说："夫天下之治乱系人才，人才之邪正关学校。譬之器物，学校其造作处，庙堂其发用处。譬之菽粟布帛，学校其耕织处，海宇其衣食处也。"② 再如："学校之设，非为士之贫而饩之也，又非群其类而习文词也，其中有大且要者存焉。夫三代建学，道在明伦，千圣传心，《书》言'敬一'，意至渊矣。"③

---

① 《明太祖实录》卷46，《明实录》，"中研院"历史语言研究所校印1962年版，第923页；亦见张廷玉等《明史·选举一》卷69，中华书局2000年版，第1126页。
② 吕坤：《提学院道之职》，《吕公实政录》卷1，四库全书存目丛书子部164册，齐鲁书社1995年版，第358页。
③ 《万历山西通志·学校》卷13，稀见中国地方志汇刊，中国书店出版社1992年版，第168页。

　　于是在教化的原则下明代自上而下建立起了完整的学校教育体系。《明史·选举志》记载道:"学校有二:曰国学,曰府、州、县学。"① 但记载并不全面,除此之外还有都司、卫所的学校,河东运司学,宗学,孔颜孟三氏学,社学,书院,义学,乡学。这些学校共同承担起明代各个地方、各个层面的教育,是明代儒家教化氛围形成的策源地。

　　为了说明明代学校之于儒家教化的重要性作用,学校的教学内容可以提供重要的证据。明代各级学校的教学都以四书经史为主,永乐年间朱棣下诏编纂《四书大全》《五经大全》《性理大全》《为善阴骘》《劝善书》等书并颁赐学校,宣德年间又颁赐《五伦书》,这些书都是明代学校教学的必备书籍。以常熟县为例,收藏有《四书大全》一部,《易经大全》一部,《书经大全》一部,《诗经大全》一部,《春秋大全》一部,《礼记大全》一部,《五伦大全》一部,《性理大全》一部,《孝顺事实》一本,《为善阴骘》一本,《钦明大狱录》两本。② 除去国家颁赐,各地的乡绅也都会向当地的儒学赠送书籍,书籍种类大体与之相当。③ 可见当时的学校所能给学生提供的基本全是体现儒家教化的书籍,学生自识文断字开始便在这些书籍中寻求微言大义,儒家教化思想是他们无法绕开的。

　　除去明代的官学,明代的私人书院也起到了很好的补充作用。与前代相比明代对私人书院的认识多从儒家教育的精义着眼,即私人书院的设立就是为了传递儒家薪火。对此明人说道:"宋元时书院领于官,赐额割田,主以直学山长。迨我朝定制,并归于学,而书院废。然文化日盛,士之鼓箧至者,学舍不能容。问所业,曰:'科举文字耳矣。'而有志复古者,欲仿程子学制,别出一炉韛以陶成之,限于制未能也。"④ 这里特别谈到了学校推行儒家教化的问题,明代初期官办学校完全可以承担推行儒家教化的任务,但是随着

---

① 张廷玉等:《明史·选举一》卷69,中华书局2000年版,第1119页。
② 缪肇祖等编:《常熟县儒学志·书籍》卷5,明万历三十八年刻本。
③ 六安州学中的藏书除去国家颁赐之外,还有很多当地士绅捐赠的书籍,诸如《大明会典》《大明官制》《洪武正韵》《皇明诏制》等38部。详见《万历重修六安州志·学校》卷2,稀见中国地方志汇刊,中国书店1992年版,第30—31页。
④ 郑岳:《立诚书院记》,《山斋文集》卷11,上海古籍出版社1993年版,第63—64页。

"文化日盛",求学人数的增加以及官学风气的变化,推行儒家教化的任务更多是由私人书院承担。于是书院的设置就带有了一层更高的要求,具体说就是为了改变士子的科举习气,提倡程朱古学。可见明代私学推崇程朱理学与朱元璋在明初的所作所为一致,只是明代中前期官学尚能承担起这个职责,但随着官学在中晚明的衰落,私学主动承担起官学的职责。因此明代书院的教学更加"纯粹",以培养学生的德行为主,"而直迪以存天理、去人欲,束躬励行,而贱之以人伦事物之间"。① 程朱理学是明代书院教学的中心,书院的特点就是传习理学。② 明代的学校教育不管是官学还是私学,也不论是明代初期还是明代中晚期,总是以儒家教化为中心原则的。

以上我们大致考察了明代学校教育,发现学校教育一直是以儒家教化为中心原则。通过这种教育所培养出来的明代士人对儒家教化思想就带有了一种"天生"的亲近感,他们对于这种观念的支持就成为了一种无条件的本能反应。但因此认为明代推行儒家教化制度层面的因素就是教育制度却也过于片面,因为与教育相配合的还有一个更为重要的制度:科举制度。

作为教育和人才选拔手段的科举,自隋代创立以来历经各朝各代的改进,发展至明代已经趋于完善和定型,其在明代最突出的特征就是经由统治者的改造成为了明代儒家教化运动中的组成部分。对此后人有着清楚的认识,科举虽然名称没变但内容早与前代有了很多不同:"科目者,沿唐、宋之旧,而稍变其试士之法,专取四子书及《易》《书》《诗》《春秋》《礼记》五经命题试士。盖太祖与刘基所定。其文略仿宋经义,然代古人语气为之,体用排偶,谓之八股,通谓之制义。"③ 特别是考试内容专用"四子书及《易》《书》《诗》《春秋》《礼记》五经命题试士"。永乐年间,因颁行《四书五经大全》,其他的注疏都废止不用,专以《四书五经大全》为主。再往后,《春秋》也不用张洽传,《礼记》止用陈澔《集说》。考试内容越来越狭窄,一方

---

① 王时槐:《白鹭书院志序》,《塘南王先生友庆堂合稿》卷3,四库全书存目丛书集部114册,齐鲁书社1997年版,第230页。

② 章柳泉:《中国书院史话》,教育科学出版社1989年版,第5—10页。

③ 张廷玉等:《明史·选举二》卷70,中华书局2000年版,第1131页。

面使记忆背诵的内容减少，降低了考试难度，照顾了更多的考生；另一方面也使考试内容更加集中，或者说考试内容更聚焦于儒家精义。当然这个精义仅仅局限于程朱理学一派，儒家教化思想便随之渗透进来。

明代科举与学校相辅相成，在明代不论读书还是考试，国家把思想都限定在程朱理学的范围里。这样做的好处在于在明代的教育网络之上又加上了一层更大的网，保证了儒家思想或者说程朱理学在明代士人思想中的统治地位。科举制度成为了明代儒家教育的最后一道保障，它保证了明代儒家教育的有效性与权威性。虽然科举制本身并不会向士人进行儒家教化教育，但是科举是明代士人入仕的唯一道路，它对于士人来说具有绝对的指导意义。也就是说，明代士人只要想入仕，那就必须遵循教育科举的原则，就必须接受儒家教化思想，这也就是制度对士人所产生的决定性影响。

第四，明代社会现实。

至此我们了解了明代教化氛围形成的因素，主要是明代统治阶层的鼓吹和相关制度的推行，其中对士人起决定性影响的是教育科举制度。那么明代士人汲汲于儒家教化，除去国家统治阶层的鼓吹，政策制度的作用外，明代的社会现实也是明代士人营造教化氛围的又一外在刺激因素。如果说统治阶层的鼓吹以及制度的规定对明代士人来说是一种被动地接受，那么明代社会现实的变化就会刺激明代士人选择主动追求儒家教化。社会现实的刺激使更加内在化。外在有制度政策的规训，内在有士人心理的制约，明代儒家教化思想的渗透不可谓不深刻。

主动追求儒家教化的心理其实与士人的忧患意识有关。儒家自古就有忧患意识，《周易·系辞传》就说："危者，安其位者也；亡者，保其存者也。乱者，有其治者也。是故君子安而不忘危，存而不忘亡，治而不忘乱。是以身安而国家可保也。"宋人把忧患意识与"仁"结合发出了："故天地之塞，吾其体；天地之帅，吾其性。民吾同胞；物吾与也"的论说①，体现出了一种人道主义精神。这与宋代国力衰弱、备受武力欺凌的现实有关。相同的忧

---

① 张载：《正蒙·乾称篇》卷1，中华书局1978年版，第62页。

患意识在明代就反映为士人对儒家教化的追求与坚持。从历史进程看,明代统治日趋腐败,社会矛盾日益激烈,存在由盛转衰的发展趋势。使得明初一系列的教化措施,如木铎、旌善亭、申明亭、榜房、乡饮酒礼、乡贤祠等逐渐成为"一纸空文",社会风气也随之"江河日下"。虽然统治者还在制度层面坚持,但实际上所起的作用却越来越有限。士人们敏锐地感受到了这些变化,系统化的儒家教育以及儒士天生带有的忧患意识一同发挥作用,让他们对这些社会现实发生的变化忧心忡忡。

对社会现实发生的变化明代士人观察非常细致敏锐,伍袁萃就说:"吾乡自正德以前,风俗醇厚。而近则浇漓甚矣。大都强凌弱,众暴寡,小人欺君子,后辈侮先达,礼仪相让之风邈矣。"① 社会风气什么时候改变、变成什么样子,明人可以作出非常准确的描述。说明明代士人对社会风气的关注,关注之下隐藏的就是对儒家教化缺失的焦虑。明代士人的观察使现代学者普遍具有相同的印象:"正德以前,纤俭、雅质、安卑、守成是社会风尚的最大特质;正德以后,风尚颓靡,生活侈美,出现了一股追求艳丽、慕尚新异的风潮。"② 所以在诸多明代文献中,士人们总会对地方或地区的社会风气问题进行记录,如承天府,作为嘉靖皇帝的龙兴之地,社会风气并没有"劝恤士人逡逡入礼教中",反倒是"迄今教化凌迟,犷悍如故。以舞文犯科为故,常佃民多流徙,轻弃其业,桀黠好讼,欺凌主户。而豪贵之家弱肉强食,法所不逮"。③

对江南地区的记录亦是如此:"吾松素称奢淫黠傲之俗,已无还淳挽朴之机。兼以嘉、隆以来,豪门贵室,导奢导淫,博带儒冠,长奸长傲。日有奇闻叠出,岁多新事百端。牧竖村翁,竟为硕鼠,田姑野媪,悉亦妖狐,伦教荡然,纲常已矣。"④ 社会上发生的众多偏离儒家伦理的现象让观察者产生了

---

① 伍袁萃:《林居漫录·畸集》卷1,台湾伟文图书出版有限公司1977年版,第415页。

② 陈宝良、王熹:《中国风俗通史·明代卷》,上海文艺出版社2005年版,第65页。

③ 《万历承天府志·风俗》卷6,日本藏罕见中国地方志丛刊,书目文献出版社1991年版,第99页。

④ 范濂:《云间据目抄·纪风俗》卷2,《笔记小说大观》第13册,江苏广陵古籍刻印社1983年版,第110页。

妖魔横行之感，无怪乎明人要感叹"风俗自淳而趋于薄也，犹江河之走下而不可返也"。隐藏在这些记录之下的是一种道德沦丧的焦虑，一种对儒家教化式微的痛心疾首，士人如此郑重其事的记录是为了引起广泛关注，让人们重新认识儒家教化的重要作用。

在这种心理的作用下，士人对社会现实变化的记录越发的细微、敏感，评论也出奇地一致，都是从反面来评价的。因此明代社会在士人笔下总是带有一种光怪陆离之感，诸如千奇百怪的骗术，赌博的兴起，① 作假之风盛行。既然社会发生的变化都是反面的，都是应当否定的，明人在谈及风气变化时语调上总是带有强烈的批判味道。田汝成说杭州人善于作假，有所谓"杭州风"之说："杭州风，一把葱，花簇簇，里头空。又其俗喜作伪，以邀利目前，不顾身后，如酒挽灰，鸡塞沙，鹅羊吹气，鱼肉贯水，织作刷油粉。"②叶权在说苏州人作假时也语带讥讽："卖花人桃花一担，灿然可爱，无一枝真者。杨梅用大棕刷弹墨染紫黑色。老母鸡捋毛插长尾，假敦鸡卖之。"苏州作假之术可谓独步天下，与其家乡相比，假物"行市中一遍，少刻各指之矣。"③ 可谓天壤之别。如此明显的比较自然是为了突出苏州人作假之术的不可思议，"赞叹"之余更多的是对社会风气的批评否定。

明人观察社会风气变化的细微和敏锐并不只是事关风俗薄厚与否，社会风气的衰败更是涉及国家治乱兴衰的关键。对此明人表现出了独有的思维逻辑，观察的起点是对市井游手无赖的增多引发市井风气的恶化，顾起元对此做了颇为详细的分析：

> 十步之内，必有恶草；百家之中，必有莠民。其人或心志凶虣，或膂力刚强，既不肯勤生力穑以养身家，又不能槁项黄馘而老牖下。于是恣其跳踉之性，逞其狙诈之谋，纠党凌人，犯科扞罔，横行市井，伸视

① 对这些现象有详细描述的见陈江《明代中后期的江南社会与社会生活》，上海社会科学院出版社 2006 年版，第307—337 页。
② 田汝成：《西湖游览志余·委巷丛谈》卷25，上海古籍出版社 1980 年版，第448 页。
③ 叶权：《贤博编》，中华书局 1987 年版，第6—7 页。

官司。……赌博酗酱，告讦打抢，间左言之，六月寒心，城中有之，日暮尘起。即有尹赏之窖，奚度之拍，恬焉不知畏者众矣。又有一等既饶气力，又具机谋，实报睚眦，名施信义。或赒材役贫以奔走乎匄贷，或阳施阴设以笼络乎奸贪。遇婚葬则工为营办以钓奇，有词讼则代为打点以罔利。甚则官府之键胥滑吏，为之奥援；间巷之刺客奸人，助之羽翼。土豪市侩，甘作使令，花鸨梨姐，愿供娱乐。报仇借客而终不露身，设局骗财而若非动手，有求必遂，无事不干。①

这些人把持词讼、欺压百姓，有气力的靠自家身段打杀，横行市井，敲诈勒索，偷盗扒窃；有智力的则出谋划策，无事不干，阿谀奉承，充当说客，帮闲陪聊。顾起元观察到了一条作恶逐渐扩大的路线。如果说田汝成、叶权所记录的造假风气仅仅局限于民间商业范畴，危害有限，那么顾起元则看到了这些危害不大的行为最终会导致更大的罪恶。因为那些平日"恬焉不知畏"的人一旦有"官府之键胥滑吏为之奥援"，以及"间巷之刺客奸人助之羽翼"，就会造成"报仇借客而终不露身，设局骗财而若非动手，有求必遂，无事不干"的恶果。到那时这些"莠民"有官府做后台，最终会对社会造成极大的破坏。

顾起元的观察思路颇具有代表性，对社会风气的观察都是以小见大，即从市井间巷出发逐级扩散、层层推进，从市井风气变化中看出国家治乱兴衰的大道理。例如："今各镇市中有魁滑，领袖无赖子，开赌博，张骗局。社节出会，则奋身醵金钱，甚至贩盐窝盗，兴讹造言，无所不至。黠者又结衣冠为助，把柄在手，头绪甚多，流棍异说，可疑之人，因而附丽，显为民害，暗酿乱端。"② 社会游手无赖主动拉拢士人以为援助，"显为民害，暗酿乱端"。显然这里将明代中晚期出现的流动人口看作是社会动乱的不确定因素，而且还将市井与"衣冠"联系起来，向我们说明这两者结合造成的巨

---

① 顾起元：《莠民》，《客座赘语》卷4，中华书局1987年版，第106页。
② 《崇祯乌程县志·风俗》卷4，《稀见中国地方志汇刊》第16册，中国书店1992年版，第905页。

大危害。因此市井社会风气的衰败，也就影响到了士人阶层风气的好与坏。对此明人也观察到了，姜宝就说："闻漳人则好利而不畏法，士大夫家子弟多招纳群不逞之徒，或以罔利而致乱。至于生儒之无籍者，亦往往自同于群不逞之徒，或亦好利而敢于为乱，风俗因人心而日以坏也。"① 当市井下层小民与士人阶层的位置颠倒过来，为恶的主体一但变为士大夫阶层，风俗日坏的始作俑者就由市井无赖转向士人阶层，这更关乎国家的治乱兴衰。

当士人无法坚守道德底线于是便会有这种情况出现：官场上的贪墨之风。"弘、正间，闽俗淳厚，仕宦以富腴为耻。有洪都御使归，囊仅以五箧自随，其友郑阁鄙之，绝不与交。今士夫竞尚奢华，娥姣溢闻，高筵骈都，婚嫁矜逾，非广厦千间，良田万顷，不足以供之。一迹仕途，此念随踵，匪是则无与连姻。游宴者捆载而归，由于耻尚失所故也。"② 官场成为捞钱的场所，捞到的油水又可以成为步步高升的筹码，这一套为官的诀窍自然是士人"寡廉鲜耻"的表现。难怪当时官场流行一句谚语："命运低，得三西。"三西是指山西、陕西、江西，这三省土地贫瘠，生产凋敝，在这里做官势必无油水可捞。"居官辄求善地"③ 成为官场上的一种风气。

至此，明代士人对社会现实的观察到达了终点，即市井社会的风俗衰败固然可怕，但更可怕的是由此引发的士风甚至仕风的浇薄。这是明代士人痛心疾首的现实，更是关乎国家盛衰的关键。那么明代士人追求儒家教化氛围的社会因素，不单纯是社会市井风俗的变迁，更核心的是明代士风与仕风的衰退。以士人为主体的明代小说家必然会对士风与仕风的衰退特别的看重，通过小说表达对社会安定、国家兴衰的关注就成为了他们的首选。

---

① 姜宝：《寄戚南塘》，《姜凤阿文集》卷12，四库全书存目丛书集部127册，齐鲁书社1997年版，第658页。
② 陈益祥：《木钺》，《陈履吉采芝堂文集》卷13，四库全书存目丛书集部195册，齐鲁书社1997年版，第548页。
③ 陈玉辉：《语录》，《陈先生适适斋鉴须集》卷1，四库全书存目丛书集部182册，齐鲁书社1997年版，第23页。

三 明代小说观念中的教化思想

明代建国后推崇儒家的氛围、教育和科举制度，以及士大夫阶层观察社会的视角共同塑造了明代的小说观念。这种观念表现出来的更多是对历史的一种继承，缺乏理论上的创新。从士大夫角度看，他们生活在儒家教化的氛围中，自小就接受儒家教育，出仕之途也与之紧密捆绑，造成了他们对社会治乱的认知标准完全是儒家式的。面对社会发展过程中出现的一些现象，他们总是以儒家旧有的准绳衡量，符合要求的行为越来越少。为了扭转社会上诸多僭越行为，他们总是把儒家教化挂在嘴边，并认为这是防止社会风气变坏的唯一且有效的途径。在这种心理作用下，明代小说观念也就完全承袭了前代小说观念中的教化目的，小说的功利性再一次被提了出来。

以教化为目的的小说观念在明初就已经初现端倪，瞿佑在他写的《剪灯新话》中说："虽于世教民彝，莫之或补，而劝善惩恶，哀穷悼屈，其亦庶言乎者无罪，闻者足以戒之一义云尔。"[1] 教化虽然不是《剪灯新话》的创作重心，瞿佑也认为小说对"世教""劝善惩恶"起不到实际作用，不过他说"闻者足以戒之"却也暗含了小说的教化功能。

瞿佑之后，明代士人对小说的认识更加明确。祝允明就强调自己作品需要有"知所以趋避，所以劝惩。"[2] 的教化作用。张献翼也说《禅寄笔谈》："足以成务，大都补世教。"[3] 认为小说必须于"补世教，端风轨"大有益处。

邹元标更是站在扭转社会风气衰败的角度，对小说的作用期许甚高。他说："今世教凌夷，如物生于秋，受气渐薄，则灌溉培植之力必什倍于春。庶可以完其真性，遂其生机。抑任世道之责，有不容己焉者乎？余友潘去华氏，冥心探讨，著述颇丰。常慨世俗浇漓，作《闇然堂类纂》。余窃得而读

---

① 瞿佑：《剪灯新话·序》，上海古籍出版社 1981 年版，第 3 页。
② 祝允明：《志怪录自序》，四库全书存目丛书子部 246 册，齐鲁书社 1995 年版，第 528 页。
③ 张献翼：《叙禅寄笔谈》，四库全书存目丛书子部 103 册，齐鲁书社 1995 年版，第 563—564 页。

之，……要以动人真性，发人生机，归于厚道。"① 在邹元标看来，当时社会道德沦丧、人心不古，需要下大力气去进行教化改善，好友潘去华的《闇然堂类纂》正好可以承担起教化的功用，"动人真性，发人生机"最后使人"归于厚道"，社会风气也会随之好转。

对小说教化功能认识的统一，会进一步确立小说优劣的价值评定标准。张孟敬在为《花影集》所写的序言中开头便说："夫文词必须关世教、正人心、扶纲常，斯得理气之正者矣。……虽风月其态，月露其形，掷地而金玉其声，犹昔人所谓虚车无庸也。"② 认为小说必须符合"关世教、正人心、扶纲常"的标准，那些"惑人耳目"的小说都是没有价值的。

但小说毕竟是一门虚构的艺术，特别是"鬼小说"，描写"风月其态，月露其形，掷地而金玉其声"本就是题中应有之义。如果对它进行否定，小说开篇便大谈教化，"鬼小说"只能变为客观死板的记录。有幸的是明代士人并没有胶柱鼓瑟，相当一批士人还是认识到了"鬼小说"的这一美学特征并对教化观念做出了变通。他们认为"鬼小说"的创作必须在儒家教化的目的之下，有条件地追求艺术上的虚构，要利用好小说虚构带来的心理冲击，为儒家教化服务。

陈良谟便认为经传子史所记载的事无非要"垂鉴万世"，使人为善去恶而已，但"其辞文其旨深，文人学士外罕习焉"。而"里巷小生"也根本不会去体会经传子史中的微言大义，达不到警戒人心的作用，反倒是那些"俚俗常谈一入耳辄终身不忘"。他书中记述的"俚俗常谈"有关世教，可以达到"警动其云而于为善去恶"的目的，符合儒家教化小说观的要求。③ 侯甸也说"鬼小说"在"使人可惊可惩可劝"的同时也可以达到"粗显箴规而有补风教者"④ 的目的。赵弼在解释为什么会写出"幽冥鬼神之类"的"荒唐之事"

---

① 邹元标：《闇然堂类纂序》，四库全书存目丛书子部242册，齐鲁书社1995年版，第598页。
② 张孟敬：《花影集序》，中华书局2008年版，第7页。
③ 陈良谟：《见闻纪训·引》，续修四库全书子部1266册，上海古籍出版社2002年版，第551页。
④ 侯甸：《西樵野记叙》，续修四库全书子部1266册，上海古籍出版社2002年版，第727页。

时也认为："其于劝善惩恶之意，片言只字之奇，或可取焉。"① 王同轨的认识更加透彻，他说："民不可以正说者也，帝典孔训，炳若日星而听之藐藐，语鬼神之事则慑，语德报则善。"② 所以他专写"鬼神"德报之事，期望于民间教化大有益处。

这些小说家对"鬼小说"中的虚构奇幻描写并没有完全否定，而是在儒家教化的前提下给予一定程度的肯定。由此"鬼小说"的奇幻描写就有了一个取舍的标准，王象晋说那些荒唐不根，无助于劝诫的小说都应该弃之不顾，而那些"虽蝉噪蛙鸣无当钟吕之奏，而褒善戒恶，聊以称谕俗之资焉耳"③ 的小说则可以保留。即使小说内容"博闻广识，足超玄览"，具有一定的虚构性也不会碍事，因为这些虚幻描写可以达到"亦足以关世教，镜后来"④ 的目的。

总之，社会氛围、政策制度和社会现实作用于明代"鬼小说"创作主体，使明代士大夫观察社会的视角和解决社会问题的思路被限制在了儒家教化的范围中。造成了明代小说观念特别强调突出儒家教化思想，前代功利性的小说目的在明代又得到了加强，教化小说观念弥漫文坛并成为小说家的共识。但是明代教化的小说观念并没有停留在宋代单纯的"补史阙""助名教"层面，士人对小说中的虚构特征，特别是针对"鬼小说"的虚构有着清楚的认识。如果仔细比较一下，就会发现宋代的教化小说观念对小说虚构的美学特征基本是排斥的，而明代教化小说观念则没有将这两者完全对立起来，相反明代小说家在教化的前提下试图将小说虚构的美学特征融入进来。这无疑为"鬼小说"的创作尽可能地拓展了空间，为"鬼小说"审美目的的多样化创造了前提条件。

---

① 赵弼：《效颦集后序》，古典文学出版社1957年版，第118页。
② 王同轨：《耳谈类增·自叙》，续修四库全书子部1268册，第9页。
③ 王象晋：《剪桐载笔序》，四库全书存目丛书子部243册，齐鲁书社1995年版，第463页。
④ 顾伯翔：《西台漫记序》，四库全书存目丛书子部242册，齐鲁书社1995年版，第63页。

第二节 娱乐诉求

一 "鬼小说"的娱乐目的

虽然"鬼小说"自产生之初就带有了功利性的审美目的，至明代这种功利性目的得到了前所未有的加强，但小说的创作与阅读之间并非始终契合如一。毕竟"鬼小说"的创作并不完全是为功利性服务的，在小说的阅读过程中与功利性目的一起被读者感知的始终有娱乐审美目的，对此明代小说家也有着清晰的认知。因此，"鬼小说"除去教化的目的外还带有了娱乐审美目的。

造成这种差异的原因与人们自古就有的猎奇心理有关，《论衡·奇怪》就说："世好奇怪，古今同情。"人们对世间离奇之事天生就带有好奇之心，而"鬼小说"本身具有离奇幻化的特征很容易勾起人们这种心理，读者通过阅读获得奇幻的审美感受也属自然之事。

对于这种心理前代的小说家早已了熟于胸，唐代段成式的"滋味"论，沈既济"著文章之美，传要妙之情"的论述之中也都包含了这种娱乐审美目的。至宋代，这种认识并没有消失，后人论之："宋人小说写作的主要目的在于为社会提供娱乐和消遣，重点已不再于劝诫；志怪传奇所涉及的宗教或是准宗教色彩的内容已倾向于戏剧化（或曰戏谑）而不尽是为了宣扬宗教而设。"①

从当时对小说接受的程度来看，消遣娱乐确实成为了一种共同追求。《归田录》记载钱惟演"平生惟好读书，坐则读经史，卧则读小说，上厕则阅小辞"。文人不比市井小民可以随意出入勾栏瓦舍以资消遣，因而卧读小说就成了他们的娱乐方式。于是当时小说受到普遍欢迎，王明清声称"齐谐志怪，

---

① 凌郁之：《走向世俗——宋代文言小说的变迁》，中华书局2007年版，第72页。

縣古至今，无虑千帙，仆少年时性所嗜读，家藏目览，鳞集麇至，十逾六七"①。上官融也说："余读古今小说洎志怪之书多矣。"可见当时读小说已成为士大夫一种休闲娱乐的方式，娱乐的小说观念也成为一种共识。

明代的很多小说家吮笔创作"鬼小说"便是因为感受到了娱乐的"魔力"。"鬼小说"以供日常谈资，娱乐休闲为主要审美目的。侯甸就说他写作《西樵野记》的动机是："少尝从侍枝山、南濠二先生门下，其清谈怪语，听之靡靡忘倦。"② 作为当事人的祝允明也承认："况恍语惚说，夺目警耳，又吾侪之所喜谈而乐闻之者也。"③ 另一位当事人都穆也说："斋居无事，客有过我，清言竟日，漫笔之。"④ 斋居无聊之时与好友谈天说地，并把其中有意思的故事记录下来，此时创作目的中休闲娱乐的成分居主流。据此我们可以推断侯甸在《西樵野记》中记录的"鬼小说"有不少都是从祝允明与都穆清言怪语中得来。可见"鬼小说"带给他们的不只是"夺目警耳"和"靡靡忘倦"的审美经历，娱乐休闲的审美目的也随着这些故事形诸笔端而进入小说观念领域。

与侯甸一样从"鬼小说"身上获得奇幻的审美经验的明人不在少数。胡侍就说他"他值异闻，辄喜而笔之。"⑤ 施显卿说自己"读书遇事之奇异者，必以片纸录之"。⑥ 杨起元也说王兆云"以遨游湖海，往往求其奇事，谈而录之"。⑦ 这些小说家有意识地收集那些离奇的"鬼小说"，把它们记录下来以作为日后谈资并从中获得"夺目警耳"的审美体验。他们还意识到读者也可以从中获得同他们类似的审美经验。潘之恒就说江盈科的创作"猥拾鄙俗咳唾余沥，安于卑论浅见，村竖皆为解颐"。⑧ 此时"鬼小说"虽然从儒家教化

① 王明清：《投辖录序》，文渊阁四库全书 1038 册，台湾商务印书馆 1982 年版，第 428 页。
② 侯甸：《西樵野记叙》，续修四库全书子部 1266 册，上海古籍出版社 2002 年版，第 727 页。
③ 祝允明：《志怪录自序》，四库全书存目丛书子部 246 册，齐鲁书社 1995 年版，第 528 页。
④ 都穆：《听雨纪谈序》，四库全书存目丛书子部 102 册，齐鲁书社 1995 年版，第 207 页。
⑤ 胡侍：《珍珠船序》，四库全书存目丛书子部 102 册，齐鲁书社 1995 年版，第 313 页。
⑥ 施显卿：《古今奇闻类叙》，四库全书存目丛书子部 247 册，齐鲁书社 1995 年版，第 2 页。
⑦ 杨起元：《湖海搜奇序》，四库全书存目丛书子部 248 册，齐鲁书社 1995 年版，第 70 页。
⑧ 潘之恒：《四小书序》，《雪涛小说·附录三》（外三种），上海古籍出版社 2000 年版，第 270 页。

的角度来看是"鄙俗"的"浅见",但是它却带给读者一种"解颐"的审美经验。可见"鬼小说"带给人们的除去儒家的说教外,还有娱乐审美的体验。

"鬼小说"的娱乐目的甚至可以改变一个人自小就建立起来的鄙视"怪力乱神"的传统观念,正如杨仪所说,他原本见到"凡编简中所载神仙诡怪之说,心窃厌之,一见即弃去。虽读之,亦多不能终其辞"。但在京师与"大贤君子"一起"言神怪异常之事"后,也逐渐认识到了"鬼小说"带来的巨大审美感受,在自己养病期间"每举所闻以解予病怀"。① 杨仪的心路历程颇具有代表性,同时也说明"鬼小说"创作观念的特征,它不是固定不变的,而是有着动态的综合过程。

进一步说,"鬼小说"的娱乐目的与教化功能并不是水火不容,如果我们仔细读明代士人对小说娱乐功能的论述,就会发现"鬼小说"娱乐目的的一个细微而隐含的前提。从侯甸、祝允明、都穆的私人小圈子,到胡侍、施显卿、王兆云、杨仪对"鬼小说"的喜爱,我们可以看出明代士大夫谈及"鬼小说"的娱乐性时都有意无意地把它限定在了私人领域。侯甸、祝允明、都穆谈及"鬼小说"是平时私人宴谈时的娱乐需求,胡侍、施显卿、王兆云、杨仪诸人大体也是在类似的环境中接触到了"鬼小说"。小说家的私人宴谈并不涉及国家社会层面的教化问题,"鬼小说"的教化目的在私人领域也就失去了对象。如果一味地坚持教化目的会混淆私人领域和国家社会的界限,那么"鬼小说"又如何有的放矢呢? 所以我们看到,明代小说家在谈及"鬼小说"的教化功能时无一例外地强调"鬼小说"对社会国家的功利性作用,而一旦涉及私人领域时娱乐目的便被放在突出位置。士人提到娱乐目的也只是说这是个人喜好问题,言下之意是说"鬼小说"的娱乐目的并不是针对国家社会层面而发。综上,明代士人对"鬼小说"娱乐目的的认识有一个前提范围,与教化功能相比娱乐目的更加私人化。这两个目的并不构成矛盾关系,从不同的层面出发教化目的和娱乐目的都是明代小说家吮笔创作的基本动因。

---

① 杨仪:《高坡异纂序》,《说库》下册,王文濡编,浙江古籍出版社 1986 年版。

二 "鬼小说"娱乐小说观念的表现

正是因为"鬼小说"在私人领域中具有娱乐审美目的，使得对"鬼小说"娱乐观念和考察必须依靠小说文本，"鬼小说"中有一部分作品单纯的记异传奇，并没有多少微言大义。这些作品形态各异且大多数无法归入具体的故事类型中去，这里借助这些独具娱乐性的作品对"鬼小说"的娱乐目的做简单的介绍，主要表现在以下几个方面：

其一，"鬼"现形。

"鬼"具有千变万化的形态，这一认知产生时间虽较早但真正让"鬼"具有千变万化形态还得归功于佛教，佛经中有云：

> 昔外国有沙门，于山中行道。有鬼变化作无头人，来到沙门前。报言："无头痛之患。目所以视色，耳以听声，鼻以知香，口以受味。了无头，何一快乎！"鬼复没去，复化无身，但有手足。沙门言："无身者，不知痛痒；无五藏，了不知病。何一快乎！"鬼复没去，更作无手足人，从一面车转轮来至。沙门道人言："大快！无有手足，不能行取他财物。何其快哉！"鬼言："沙门守一心不动。"鬼便化作端正男子来，头面着道人足，言："道人持意，坚乃如是。"今道人所学，但成不久，头面着足，恭敬而去也。①

这个佛教故事中"鬼"变化万端，忽而作无头人，忽而作无身有手足人，忽而又作无手足人，像车轮一样旋转。虽然一切变化都是为了扰乱沙门的心意，目的是为了说明"守一心不动"的修行之道和宣传佛教具有"头面着足"的感召力量。但是对"鬼"形态千变万化的描绘却无疑为"鬼小说"的描写拓展了想象的空间。在佛教这种"鬼观念"的刺激下，"鬼小说"中的"鬼"逐渐以各种各样的形态出现在人们面前。

---

① 康僧会译：《旧杂譬喻经·鬼变化喻》卷下，《杂譬喻经译注》，孙昌武等译注，中华书局2008 年版，第 79 页。

有通过"降神"出现的，例如：

> 陕人有请仙者，箕动问为谁，乃书数鬼字。又问："既为鬼，何不托生?"乃书一诗云："一梦悠悠四十秋，也无烦恼也无忧。人皆劝我为人去，只恐为人不到头。"是鬼不愿为人而愿为鬼，岂为鬼乐于人耶?①

这个故事中的"鬼"颇有些看破红尘的"仙气"，做鬼做得"也无烦恼也无忧"，竟然连人都不想当，难怪作者要感叹道："岂为鬼乐于人耶?"乍一看鬼似乎不愿做人，暗含了某种讽刺或者言外之意。但是由于小说根本没有出现具体的批评性话语，所以我们无法断定这篇小说背后的写作目的。如果我们换个思路，以娱乐的目的考察之并把它放在士人宴谈的环境中，那么这篇"鬼小说"的创作目的就很好理解了。它只是士人在宴谈中谈论"鬼"这件事物的一个反映，是士人探求离奇的"鬼"世界的一个反映。

明代对"鬼"的形态表述千奇百怪，其中最有特色的就是"鬼"能变化为人的模样，欺骗人类，例如：

> 海门县东社陈家，雇一工人张三。有所往，日暮舡被暴风打坏，独张三未死，余人尽亡。家人闻信做斋追荐，设供灵床招魂。即有一鬼假托张三，凭托其妇，声音咲语与张三无异。不二更，真张三敲门，家中反疑是鬼，不肯开门。将门打破进入，鬼始退去。②

这里的"鬼"不光外形似人，连人的声音笑貌都可以模仿得一丝不差，以至于真的张三出现时家人反倒认为张三是鬼。这个故事我们同样无法看出其中有何教益，小说无非就是向我们说明"鬼"的某种形态而已。此外，在故事的结尾，张三气愤之极破门而入赶走了"鬼"。这种极具喜感的结局，使得整个故事处于一种戏谑气氛中，看完让人忍俊不禁，娱乐目的更加明显。

其二，"鬼魂"归来。

① 侯甸：《西樵野记》卷3，续修四库全书子部1266册，上海古籍出版社2002年版，第699页。
② 王兆云：《挥麈新谭》卷下，四库全书存目丛书子部248册，齐鲁书社1995年版，第176页。

这类故事主要讲的是有些人在死后不是去阴间，而是依然留在家中，过着与家人无异的生活。这类"鬼小说"早在魏晋南北朝时期就已经出现："夏侯恺，字万仁，因病死。宗人儿苟奴，素见鬼。见恺数归，欲取马，并病其妻，着平上帻，单衣，入坐生时西壁大床，就人觅茶饮。"① 与上一类故事相似，这类故事主要还是在向人们描述"鬼"的一种形态，只不过"鬼"具有了家人朋友的身份，拉近了"鬼"与人之间的距离。这类故事在唐宋时期也时常出现，例如：《太平广记》中注出《纪闻》的《赵夏日》叙述人死后不愿离家，② 注出《广异记》的《裴昢》叙述裴昢死于外地，"鬼魂"千里回家之事。③

明代"鬼小说"也不例外，对人死后鬼魂归来多有描写，例如：

王纶，字缙文，庆阳人。弘治末进士，至江西参政，以受宸濠伪命伏法。死后二日，友人闻叩门声，启之则纶也。问："君见囚，何由至？"纶曰："吾尚忆得罪在狱，不知何由，体飘飘然，任其所之。今日偶念及故人如君者，不可不一面。身即驰赴千里，顷刻吾亦不自知。"问："何所需？"曰："无也，得一静室，容我避喧于内，饥渴之想已绝，毋用他物为。"友如其言，亦为设酒食，但嗅之而已。仕途闻着，多来问讯，相与对榻谈辨，其英发不异生时。或及江西事，则黯然泣下。居数日，其形渐小。踰月，大才如婴儿。问何以然，答云："不自觉。"历两月缩至数寸而灭。④

这个故事讲述王纶死后还惦记着朋友，鬼魂不散，至朋友家居两月而灭。就故事本身而言，它与上述夏侯恺的故事都是在记述"鬼魂"归来，但这个

① 干宝：《夏侯恺》，《搜神记》卷16，《汉魏六朝笔记小说大观》，上海古籍出版社1999年版，第400页。
② 李昉等：《赵夏日》，《太平广记》卷332，中华书局1961年版，第2639页。
③ 李昉等：《裴昢》，《太平广记》卷336，中华书局1961年版，第2671页。
④ 王兆云：《说圃识余》卷上，四库全书存目丛书子部248册，齐鲁书社1995年版，第260—261页。

故事更加具体丰满。从故事的意义内涵看，两个故事区别不大，都是在表述一种对"鬼"的认知。所谓"鬼"由气组成，气历久便会消散，这是"鬼"的一种形态而已。如果非要找出一些不同的话，王纶鬼魂的故事中我们能感受到一丝友情。但是小说显然没有把歌颂友情当作创作的中心思想，对友情的表达是漫不经心的，甚至是被动的。可见作者只是单纯地记录一则世间的奇异事件，而记录这种"有意思"的故事也只是为了休闲以资娱乐之用。

类似目的的还有《祝子志怪录》中的记载："横塘之王生既死，而英爽不昧。空中仍闻笑语有声，即王之素也。第不见其形体，凡家有休咎，辄谆谆预以道之，是以家日亨裕。至设谯，必虚一坐，以为王席。既久人亦不为异也。将岁余家，云：'吾魄散矣。'遂泯。"① 这篇小说中王生的鬼魂不散，除去在家中生活外，还可以预知祸福，家中也因此获利无数。故事里面王生与他人的关系没有交代，与家人的关系我们也一无所知。使得这个故事要想通过王生的鬼魂归来去表达亲情就显得十分生硬和突兀，导致王生鬼魂带给家庭真金白银好处的描写也不具有特殊的意义，充其量只是为了表达"鬼"能带给家庭祸福这种古老的观念。从这一点来看，这篇小说还是本着记异传奇的娱乐目的进行创作，算是明代此类"鬼小说"的一大特征。

其三，"鬼"作祟。

最后还有一类故事："鬼"作祟，它并不像后文论及的报应故事类型那样具有极强的目的性，这里"鬼"的出现带有一定的随意性，它骚扰、打乱人的日常生活。例如：

> 张子容言居工部官舍时。夜大雪，坐书室中玩之。忽一妇人白衣仓皇入门，云："只为二十两银，令我大雪立树下。"亟问之，已不见。始知为鬼媪也。或云，此妇因失银缢死树下。②

---

① 祝允明：《祝子志怪录》卷1，续修四库全书子部1266册，上海古籍出版社2002年版，第600页。

② 陈良谟：《见闻纪训》卷上，续修四库全书子部246册，上海古籍出版社2002年版，第672页。

正如张子容看到的那样，鬼媪的出现并不为复仇，更没有对人造成伤害，甚至在故事结束前张子容都不知道白衣妇人的身份。文末记录鬼出现的原因也只是记录人们的猜测之词。这里鬼的出现并没有明确的目的性，如果说小说有什么教益的话，那这个教益是非常模糊的，让人无法清楚感知。试想有哪位小说家会如此的糊涂，连教化中心思想都表达不清楚？显然，作者创作这篇小说目的并不是教化，而是为了告诉大家"鬼"的形态，对"鬼"这个新奇事物记上一笔以资娱乐而已。

即使故事中的"鬼"会扰乱人们的生活，甚至危及人们的生命，但这个目的依然不会发生变化，例如：

> 盛旱为吴世医家，官正科。其家故无恙，忽有鬼啸于梁者。旱以为祟，命羽士治之。方步虚而瓦砾随至，昼夜扰扰，室家靡宁。或以猪首献刲而食之，辄吃吃有声，类能言者。家人欲穷治之，而莫之能也。厥后，三子相继夭折，祟亦寝。①

这篇小说"鬼"的出现对人产生了极大的危害，盛旱也因为"鬼"而失去了三个儿子。一般我们都视这种行为为"鬼"报仇，但这则故事中并没有交代盛旱与"鬼"的"爱恨情仇"，所谓的报仇无从谈起，想通过报仇情节进行说教的目的也就不可能达成。因此，这篇小说虽然具有报仇这一表象，但是缺乏报仇的内在道德逻辑，也就无法从中提炼教益。读过这个故事的人大多只会产生对"鬼作祟"的恐惧心理，但这恰恰是该小说创作目的所在，作者是为了营造一种胆战心惊的审美效果。

综上所述，在娱乐审美目的作用下的"鬼小说"创作表现出了一种更为自由的特征。它的内容可以不受儒家教化、佛教因果等思想的限制。暂时放下了教化社会、惩恶扬善的宏大目标，以一种怪诞的美学风格，给人以想象的快感，猎奇的满足感。没有了"微言大义"，"鬼小说"成为了士人们茶余

---

① 伍余福：《苹野纂谈》，四库全书存目丛书子部240册，齐鲁书社1995年版，第105页。

饭后消遣娱乐的必备之品，它是小说艺术在明代士人审美理想内化的结果，代表了明代文言小说观念的理论高度。

第三节　博物传统

一　儒家博物观念

儒家历来教导士人们要博学，《论语·阳货》中孔子就说《诗》除去兴观群怨的功能之外，还可以"多识于鸟兽草木之名"。历代儒家之士也都遵循夫子教导，对世界的本源进行了积极的探索，并以此为契机不断充实自己，形成了人格培养中的"博物"传统。魏晋时期张华作《博物志》，内容除了山川地理、飞禽走兽、草木虫鱼，还有不少神话传说、方术之事，自然也少不了死而复生的"鬼"故事。整部书内容驳杂，开创了所谓的杂记博物文体，作者的创作目的也十分明确："博物之士，览而鉴焉。"① 期望士人们可以遵循孔子"多识鸟兽草木"的教导，具有广博的知识储备，"鬼小说"创作也因此与儒家士人的博物传统联系起来。

明代士人普遍追求"君子博学"的气质，小说家对"鬼小说"的认识也会从博物的角度切入。胡侍说他的创作是"概于博弈，良以勤矣"，进而担心自己所作之书"井见不广"，无法达到博物的目的。② 乔世宁也说胡侍的创作：

> 夫自书契以来，天运世道人事物理，其变化莫可究其极矣。此岂六艺所能穷，恒理所可俟者哉？故闲览之士，各以所闻见，著书咸可施于后世也。顾近时所传诸小说，率多虚恢失实，世遂以六艺之外，或可罢

---

① 张华：《博物志》卷 1，《汉魏六朝笔记小说大观》，上海古籍出版社 1999 年版，第 184 页。
② 胡侍：《珍珠船序》，四库全书存目丛书子部 102 册，齐鲁书社 1995 年版，第 313 页。

弃弗观也。斯与孔氏博文之旨何也。余览濛溪胡子近著《野谈》一书，其体虽不异于小说，乃其事则当实可据，足以证往籍，备时事，稽故体，研物理，固六艺之绪学而博物之洪资也。斯不可以经世传远者邪?①

按照乔世宁的说法，胡侍的《野谈》与其他专求"虚恢失实"小说有本质上的区别。即《野谈》具有"证往籍，备时事，稽故体，研物理，固六艺之绪学而博物之洪资也"的作用，是除去"六艺"外人们博物研理的又一种手段。也正是因为"鬼小说"具有"君子博物"的功用，乔世宁认为胡侍的创作必然可以"经世传远"。

所以除去教化、娱乐外，"博物"就成为明代"鬼小说"的又一"共识"。钱允治说祝允明所作的《志怪录》是："若曰宇宙大矣，洪纤高下，何所不有。……不知物有常变，理无迥互，常不为常，常不为变，变不为变，变不为常，常常变变，递相隐显，或常或变，迭为呈露，常不足言，变始为怪，岂理也哉。"② 言下之意祝允明所记的"鬼小说"就是天下"物理"的反映，通过它们可以了解到"物有常变，理无迥互"的道理及宇宙之大何所不有的现象，对君子博物有助万分。

相同的论调还有华汝砺评论《古今奇闻类记》时说："言明有徵验允，至理所寓，可以为诙博之资，非蒐冥涉化之枯谭也。"③ 杨起元则是根据儒者博物的传统对那些一味排斥"鬼小说"的人提出批评，他说："拘儒尽视为乌有，绌而不谭，嗟乎! 是恶足以尽道体之大全耶。"④ 汪云程也有相似的思路，他也说"鬼小说"是不能否定的，因为它可以起到"博雅可称归之于君子"的作用。⑤

由此可知，明代士人在进行创作或者阅读"鬼小说"时总是带着"博物"的眼光，把"鬼小说"看作是记录天下"物理"的载体。虽然它具有荒

① 乔世宁:《野谈序》，四库全书存目丛书子部102册，齐鲁书社1995年版，第370页。
② 钱允治:《枝山志怪录》，续修四库全书子部246册，上海古籍出版社2002年版，525—527页。
③ 华汝砺:《古今奇闻类记叙》，四库全书存目丛书子部247册，齐鲁书社1995年版，第2页。
④ 杨起元:《湖海搜奇序》，四库全书存目丛书子部248册，齐鲁书社1995年版，第69页。
⑤ 汪云程:《逸史搜奇序》，四库全书存目丛书子部249册，齐鲁书社1995年版，第17页。

诞不经的外表，但其内在的物理则属于真知灼见，需要人们去掌握。对这些知识的了解掌握就成为士人修养广博见闻人格中重要的组成部分。在这个逻辑下，明代士人还为"鬼小说"的价值进行多方面辩解。传统儒学只是一种政治伦理学，长期以来缺乏严密的逻辑，程朱理学吸收了佛、道两家的思维模式，建立起了现实政治伦理与细致思辨相结合的思想体系。明代儒学独尊程朱一派，程朱理学这种深刻冷静的理性精神渗透到了明代士人的心里。程朱理学认为"理"是宇宙万物的起源，而且它是"善"的，"理"将"善"赋予人便成为人的本性，将"善"赋予社会便成为"礼"。而人在世界万物的纷扰交错中，很容易迷失禀赋自"理"的本性，社会便失去"礼"。所以要修养、归返并伸展上天赋予的本性，即存天理。天理包括自然界的法则和社会伦理，上至天地，下及万事万物，人类社会的一切关系之中都有"理"。程朱认为"理"是个体追寻的终极目标，只有"穷理"才可"尽性"，也就是说："诵诗、书，考古今，察物情，揆人事，反复研究而思索之，求止于至善，盖非一端而已也。"① 简单来说就是"格物"才能"致知"。

对"理"的探寻，形成了明代士人冷静、理性、形而上的思维方式，习惯以理性、思辨的眼光去看待世间事物。这种理性思维使明代儒家博物观念进一步明确化、目的化、学理化，博物不仅仅是宏观上的"多识鸟兽草木"，还要通过"格物"达到对世间万事万物之"理"的认知。所以他们总是从客观实在的角度去理解认识"鬼"，总是在寻找蕴含在"鬼"之中的万事万物之"理"。于是"鬼"属阴阳、"鬼"属气之类的理论被着重强调，成为了士人理解"鬼"的基础，更是成为了"鬼小说"存在的基础。

明人甚至以"穷理"作为"鬼小说"存在的借口。例如，罗鹤认为盲目地否认鬼魂的存在是不正确的："俗儒不知阴阳之理，便言无鬼神。有阴阳则有造化，有造化则有鬼神。子曰：天地明察鬼神彰，宗庙致敬，鬼神著矣。天神人鬼各有功用，聚散有神之神，有鬼之鬼，且人之生有魂魄，只魂魄二

---

① 程颐、程颢：《论学篇》，《河南程氏粹言》卷1，《二程集》，中华书局1981年版，第247页。

字已属鬼字,为之又说何事?"① 因为"鬼魂"就是阴阳二气的产物,否定"鬼魂"的存在就是否定阴阳二气这一世界本源。

本着对"鬼"的穷理所得,明人认为"鬼魂"是真实存在的:"或问人死为鬼,信然乎?盖有之矣,但不尽然也。观孔子曰:精气为物,游魂为变。子产曰:用物精多,则魂魄强,是以有精爽。至于神明,匹夫匹妇强死,其魂魄依凭于人,能为淫厉,可以见矣。……凡死于水火刀兵,其魂魄不散,皆能为鬼,以至阴房鬼火,天阴鬼哭,高明之家,鬼瞰其室,皆不可诬者。大抵鬼者,魂魄之余也。魂魄者,二气之灵也。其气久而渐散,则其鬼不灵。"② 这里为"鬼"的真实性搬出了孔子、子产这样的儒家圣贤,但是立论的基础依然还是阴阳二气之说。作者在意的不是"鬼"的种种表现,而是从"理"的角度向我们阐释"鬼"为何物,其表现有何特征等一系列问题。对有关"鬼"的本源探索问题,而且举一反三,明人把这个问题扩展开来,例如明人认为"鬼"属阴气,阴气存在于万事万物中,那么世间万物皆有"鬼"的存在。如"夫天下何物无鬼神。自天神地祇而下,风雪云雨山岳川渎皆有神焉。人死而灵爽如在,或以夜号,或以昼见,则人之鬼神也。若夫鸟兽草木树石,岁久为妖,则鸟兽草木树石之鬼神也。此犹有生气,若居屋堂庑门厕亦有神焉,此何说也"。③ 至此明代士人对"鬼"的穷理达到了一个新的高度,更与魏晋时期对"鬼"的盲目崇拜有着本质的区别。

综上所述,明代"鬼小说"博物的观念建立在两个基础上:一个是儒家自古就有的君子博物传统,它是儒家人格修养的必备条件;另一个是宋代以来程朱理学所强调的"穷理"传统。前一个为"鬼小说"保留住了一片生存的天地,后一个则从理论上证明了"鬼小说"存在的价值。当然这些都是通过明代士人对"鬼"这个事物的探索分析表现出来的,在这个过程中士人纷

---

① 罗鹤:《鬼神》,《应菴随录》卷2,四库全书存目丛书子部104册,齐鲁书社1995年版,第135页。

② 敖英:《绿雪亭杂言》,四库全书存目丛书子部102册,齐鲁书社1995年版,第440页。

③ 詹景凤:《鬼神》,《詹氏性理小辨》卷14,四库全书存目丛书子部112册,齐鲁书社1995年版,第224页。

纷斥责排斥"鬼小说"的态度，认为在"鬼小说"之中包含着他们探寻的"物理"。如果对"鬼小说"一味斥责，那么人们将无法对"鬼"这个事物穷理，这有悖于儒家先圣的教导。所以明代"鬼小说"的博物观念与其教化、娱乐观念不同，它从学理上肯定了小说的研究价值，并且认为研读"鬼小说"是"尽性"的必由之途。博物的观念无形中提高了"鬼小说"的地位，"鬼小说"通过这种理由堂而皇之地进入到士人们的视域之中。

二 博物目的在"鬼小说"中的表现

在"鬼小说"博物观念的作用下，明代"鬼小说"出现了学理化倾向。作者在这类小说中总是站在理性的角度来看待和记述"鬼"的离奇幻化，通过对"鬼"现象学理化的解释来揭示儒家之士应该具有的知识。正是这种具有学理化特征的考察视角，"鬼小说"的奇幻离奇不再是为了教化或娱乐，作者看重的是对"鬼"的"格物致知"，是其中的有关"鬼"的理。例如：

> 余居住京师安福巷，邻有庶吉士妻甚妒，挞其妾死。已而夜夜为厉，排辟门户，挥击砖瓦。家人宵行，或致败面，遂移而之他。继寓是者，辄不宁居而去。最后有白监生者，买居之。数日，以苦告余。余谓当是冤气遏郁所致，教以遍彻屋壁，发洩畜滞者。久之，宅遂不凶。①

这篇小说开篇按照报应的思路对"鬼"的复仇进行描述，然而随着故事的推进，报应的主题离我们越来越远，作者转而向我们说明宅中"鬼气"是如何消散的。这显然与"鬼"属气的观念有关，作者明显带有了"格物"的动因。先说明"鬼"乃阴气所聚这一"知"，从而进一步向人们"普及"这种知识，从理性的角度为"鬼"作祟寻找解决之道。

这种对"鬼"进行理性分析的小说，极大地限制了小说的虚构性特征。

---

① 胡侍：《凶宅》，《野谈》卷1，四库全书存目丛书子部102册，齐鲁书社1995年版，第373页。

但是它并不排斥虚构,在这类作品中依然可以出现虚构夸张的记述。作品中总是以阴阳、气等观念为依据对这些离奇现象进行解说,甚至会利用情节的走向向人们表达这样的观点,这几乎成了一种"定式"。例如王兆云的《宅中有故气》就记载了这么一个鬼故事:休宁县万安街,吴士勇家有鬼"常日空中抛掷瓦砾。其家心惊"。本来这是一个"鬼作祟"的故事,作者大可发挥娱乐的精神为士人留下一段谈资。可他偏偏没有谈说奇异的雅兴,在叙述完"鬼"的千般作为后笔锋一转,向我们说明碰到类似现象的解决办法:"使暴烈日中。……盖其阴气已散故也。"① 把"鬼"暴晒于烈日之下,使其阴气散去,如此解决之道反映出当时士人对"鬼"的认知。此刻作者放弃了娱乐原则,津津乐道于说明"鬼"存在之理,恰好说明此类"鬼小说"中蕴含的学理博物化的倾向。

再如:"万历丙申秋,市民邹六儿有子妇病瘵,气尤奄奄,即付之烈焰。旬余作祟,其言哓如平生,延术士辈治之,皆不验,已而自灭。盖其生气尽耳"。②这篇小说开篇明显带有了复仇的因素,如此草菅人命的行为正好可以从道德的角度进行批判。作者却放弃了这个目的,而是通过叙述与术士辈祛祟方法的对比,反衬出自己解决之道的高明。作者放弃了教化的原则,只是从学理的角度去看"鬼"复仇的故事,所要表达的无非是对"鬼"这个事物穷理之所得。

此外还有一类"鬼小说"记述的是有关"鬼"的禁忌,可以看作是对"鬼"知识的普及。例如《志怪录》中的这条记载:

> 成化末,有一卖钉人。晓从府学前来,其地多祟物。方行间,闻二人在后逐之,意甚怒。回顾乃二鬼也。益□骇,将奔避,鬼迫其身乃反,打奔惊去,且相谓曰:"此□有钉在身边,奈何不仔细便赶他,几乎坏了

---

① 王兆云:《宅中有故气》,《说圃识余》卷下,四库全书存目丛书子部 248 册,齐鲁书社 1995 年版,第 300 页。
② 王兆云:《邹家鬼》,《挥麈新谭》卷下,四库全书存目丛书子部 248 册,齐鲁书社 1995 年版,第 178 页。

事。"予因记向年有农人告予，暑天昏夜从田中还舍，独行陇上。忽闻二人在后，缓步追之，最后者曰："可上前。"人曰："有钉。"后人复曰："上前。"人答之如初。三四问答，二人竟舍农而去焉。盖此农偶带一钉在腰间也。①

这篇小说将故事主人公置于一个紧张的情景中，对"鬼"的行为语言描写突出一个事实："鬼"怕铁器。作者生怕读者抓不住重点，还补叙了一个故事，强化这篇小说的主旨。整篇小说的叙事都是围绕这个主题，作者的意图十分明显，是为了向读者普及"鬼"怕铁器的知识。有关对"鬼"禁忌的探寻，在民间传话中也有表现："钟馗出门总随身带着一把三两重的小铁戒尺，只要一碰到鬼作怪，便抽出铁戒尺狠揍一通。久而久之，鬼只要一见到铁制成的东西，便四下逃命。"② 或者引用原始人类学的观点，认为"鬼"怕铁器是由于原始社会时期国王与祭祀厌恶铁器，而"这种厌恶为人们提供武器，在适当时机用来反对神灵。由于人们看到神灵憎恶铁器、不肯接近有铁器保护的人和物，于是人们就想到铁器显然可以用来禁制鬼怪和其他危险精灵"。③ 不管是出于哪种观念，"鬼"怕铁器在今天看来只是古人的一种想像，并不能成为一种知识。但这样以今照古不免苛求古人，毕竟古代的知识水平不能和今天等量齐观。对于"鬼"的认知，古人虽然荒诞不经、不值一提，但在古代却也被人们认为是一种正确解说。我们在研究"鬼小说"的观念时自然要尽量贴合古代的认知水平，所以叙述"鬼"怕铁器的知识是无可怀疑的。

总而言之，"鬼小说"的创作目的是建立在对世间事物认识基础之上，"鬼小说"完全是以君子博物的目的进行创作的。它们或解释"鬼"的现象，或提供"鬼"的只是。此时读者阅读"鬼小说"得到的是一种获得知识的审

---

① 祝允明：《鬼畏钉》，《祝子志怪录》卷5，续修四库全书子部1266册，上海古籍出版社2002年版，第636页。

② 胡龙华：《中国鬼文化》，上海文艺出版社1991年版，第98页。

③ ［英］J. G. 弗雷泽：《金枝》，徐育新、汪培基、张泽石译，新世界出版社2006年版，第222页。

美感受，是一种理性思维发生作用的感受。这种知识不但可以满足明代士人们"格物致知"的修养要求，还为"鬼小说"的价值提供了最大的辩护，为创作留出了空间。博物的小说目的带给"鬼小说"的不只是理论上的贡献，还为"鬼小说"开拓出一片新的创作天地。

第四节　宣泄功能

我们介绍了明代"鬼小说"的教化、娱乐、博物目的，从作家的角度看，这三者偏重于"鬼小说"的功能，即小说的创作主体可以根据不同的需求在这三者之间任意转换或者重叠。但是这样做会使"鬼小说"完全沦为一种工具，缺乏创作主体独特的灵魂。明代小说家也没有止步于此，他们在"鬼小说"创作中还追求一种心理诉求，一种情感宣泄。明代"鬼小说"的创作目的在教化、娱乐、博物之外，还有一个更加内化的心理因素，我们称为"鬼小说"的宣泄目的。

宣泄作为一个心理学概念最初应用于医学治疗，1880 年布洛耶对女病人安娜进行治疗，在安娜表达了内心中愤怒、厌恶情感之后，她的厌水症就消失了。布洛耶因此把这种治疗方式称之为"泄导"，其主要是针对人类的情感表达。有学者认为泄导涉及一种受压抑的不愉快体验的再生和与此有关的情绪表现，通常认为这种发泄可以减轻对人格的压力，通过体验的再生而产生情绪的释放。[1] 张桂琴在研究明清梦幻小说的审美作用时认为梦幻小说具有泄导作用，[2] 这个泄导作用与本文所说的宣泄相似，都是在说把一种压抑的情感发泄。

本书所说的宣泄是指创作主体把压抑的心理能量和郁结的怨气加以释放和发泄，进而趋于心理上的平衡。作者把日常不得实现的理想，郁结在内心

---

[1]　详见孙海法《心理治疗中的情绪功能》，《心理科学》1991 年第 5 期。
[2]　详见张桂琴《明清文言梦幻小说研究》，吉林大学出版社 2011 年版，第 202—217 页。

的情感通过"鬼小说"加以再现，运用小说虚构的艺术手法来完成日常不能
完成的事情，实现日常不能实现的理想。

中国古时没有严格意义上的心理学，对心理宣泄的认识达不到西方理论
的水平。不过孔子有"兴观群怨"的说法，其中"怨"就初步表达了宣泄内
心情感的作用。之后司马迁的"发愤著书"，韩愈的"不平则鸣"，李贽的
"发愤"说都是在此基础上的进一步发展，不断完善"怨"的理论。我们可
以看出，"怨"具有两个方面的条件，一个是"怨"必须是情感的宣泄，一
个是"怨"产生的前提必须是创作主体受到了某种形式的压抑。

从主体受到压抑角度看，明代是压抑的时代，虽然经历了明代中晚期
"王学"对人性的解放，可是在人们依然面对来自各个方面的限制。自小接受
儒家教育的士人，习惯于儒家"温柔敦厚"的表达方式，本来被压抑的情感
更加受到抑制。朱光潜先生就说："作者自己的'表现'的需要有时比任何其
他目的更重要。情感抑郁在心里不得发泄，近代心理学告诉我们，最容易酿
成性格的乖僻和精神的失常。文艺是解放感情的工具，就是维持心理健康的
一种良剂。"① 对于明代小说家而言，内心郁积的情感平时没有正常的发泄途
径，借助"鬼小说"来宣泄情感就成了一个重要的途径。在这个过程中他们
可以获得一种审美满足，达到缓解精神紧张的目的。

明代"鬼小说"宣泄的表现为何，其宣泄的情感又有哪些？对此问题本
书打算从以下几个方面考察。

一　对女色的宣泄

通过"鬼小说"对女色宣泄其实并不是明代的独创，前代作品中对此就
多有表现，最突出的表现就是小说对"女鬼"的美色进行描写，男主人公被
"女鬼"吸引也大多是从美色开始的。以《太平广记》收录的"鬼小说"为
例，《谈生》中的"女鬼""姿颜服饰，天下无双"；《钟繇》中的女鬼"美
丽非常"；《李仲文女》中的"女鬼""颜色不常"；《李陶》中的"女鬼"

---

① 朱光潜：《文艺心理学》，复旦大学出版社2005年版，第117页。

"貌既绝代";《王玄之》中的"女鬼""姿色殊绝";《李元平》中的"女鬼""容色甚丽";《窦玉妻》中的"女鬼""祆丽无比";《曾季衡》中的"女鬼""乃神仙中人";《崔书生》中的"女鬼""乃二八绝代之姝也""丽艳精巧,人间无双";《郑绍》中的"女鬼""容质殊丽,年可初笄"。这些描写中大多使用了"非常""无双""绝""甚"等词语以突出"女鬼"异乎寻常的美丽,"女鬼"以出色的容貌吸引男主人公,一段艳遇之旅才得以开始。

而爱情也都是建立在对"女鬼"美色之悦的基础上由色生爱。如李陶见到"女郎貌既绝代"便"深悦之",李陶之母令其离开"女鬼",李陶亦不顾。鬼妇"自尔流连,半岁不去";再如王玄之对"女鬼"也"情爱甚至""宠念转密",虽然知其为"鬼",也"不复嫌忌";又如李元平与"女鬼""相见忻悦,有如旧识",当"女鬼"身份被揭穿后,反而"情契既洽,欢惬亦甚";郑德懋刚见到"女鬼"时"欲拒之",可看到"女鬼""年十四五,姿色甚艳,且所未见,被服灿冠绝当时"时,"郑遂欣然"。这些"鬼小说"能在男女之间色相吸引的基础上升华出爱情,使男性对"女鬼"色相的欣赏被爱情的崇高所代替。使得在观察这些小说时,往往注意后者而忽略了前者的表现。导致这些男主人公初见"女鬼"时表现出的对女色的欲望被爱情掩盖了。

"好色"本是人性的表现,前代如此明代亦然,只是在明代"存天理,灭人欲"的儒家氛围中,对女色的喜好成为道德修养过程中的头号敌人。明代士人大多遵循"灭人欲"的教条,压抑自身的情感,这个过程中的坚忍与苦痛外人很难想象,甘苦只有自知。明代正统年间大学士曹鼐,高中状元,为官清正廉洁,后殉难于"土木之变",因此为后人所推崇。可谁又能想到曹鼐"为泰和典史,因捕盗,获一女子,甚美,目之心动。辄以片纸书'曹鼐不可'四字火之,已复书,火之。如是者数十次,终夕竟不及乱"。[①]在后代看来如此"完美"的一个人,面对女色时还要做出如此举动以守住最后的道德底线。一时做到不难,可要始终如一,其中的艰难自是巨大,稍有不慎便功

---

① 焦竑:《玉堂丛语·行谊》卷1,中华书局1981年版,第8页。

亏一篑。我们可以感叹曹鼐的自律功夫确实高人一等，当得起后人称颂，也可以见出士人在色欲中的压抑挣扎。

这种压抑欲望情感的做法很快受到了挑战，明中期以来，社会上一股对物质享受和感官刺激的欲望潮流对儒家道德准则发起挑战。儒家士人看到的是这样的情况：社会上性病流行，卖春画、卖春药的淫店随之出现，好男风的习俗也盛行起来。① 正如《万历野获编》中所言："国朝士风之敝，浸淫于正统，而縻溃于成化。……至宪宗朝万安居外，万妃居内，士习遂大坏。万以媚药进御，御史倪进贤又以药进万。至都御使李实，给事中张善，俱献房中秘方，得以废籍复官。以谏净风纪之臣，争谈秽媟，一时风尚可知矣。"② 上行下效，"好色"之风弥漫社会。山西阳城人王国光，官至吏部尚书，据说此人善房中之术，老而不衰。王国光致仕在家时年过七十，但御女仍如少壮之时。八十岁时，听说李氏乃国色天香，王国光托人说媒，诱之以利，威逼之下，李氏以刀自刎，此事一时传为奇闻。③ 王国光渔色老当益壮的气概在明代并不属于特例而是一种普遍现象，是这股好色的社会风气的具体体现。

在前代"鬼小说"好色传统，人性的申张以及社会风气转变的共同作用下，明代"鬼小说"表现出了对女色的宣泄。小说着力描写"女鬼"的美貌和男主人公对美色的沉溺，例如：

> 蕲阳王太守之佐宰荆山时，有书役张延，业写文册于其郡别驾署中。月夜清寂，忽有女盛妆来窥己。延固美少年，出与语。女称是本衙官人女，相慕故来奔耳。延始惧而竟莫能自制，相与欢。④

这篇小说具有"鬼小说"艳遇故事类型的所有基本特征，关于小说故事类型特征下文将论及，这里只考察小说观念层面。从一个接受儒家教育的士

---

① 陈宝良、王熹：《中国风俗通史·明代卷》，上海文艺出版社2005年版，第720—733页。
② 沈德符：《士人无赖》，《万历野获编》卷21，中华书局1959年版，第541页。
③ 沈德符：《老人渔色》，《万历野获编》卷11，中华书局1959年版，第297页。
④ 王同轨：《张延》，《新刻耳谈》卷10，四库全书存目丛书子部248册，齐鲁书社1995年版，第649—650页。

人角度来说，接近女色是大忌，作者一定深知此事。符合儒家要求的小说情节描写应当是对女色描写避而不谈或尽量简练，以淡化"人欲"的侵扰。可是我们看到在这篇作品中，张延面对盛装而来的"女鬼"虽然害怕但还是"莫能自制"，最后与"女鬼""相与欢"。这个心理变化过程显然与"灭人欲"的要求相距甚远，甚至反其道而行之。之所以如此，除去"鬼小说"创作传统、时代环境等外界因素外，士人心理上的宣泄无疑是主要因素。在"鬼小说"描写男子沉迷于"女鬼"美色的这一段情节时，小说的创作目的不是儒家教化、不是博物致知，而全然是人性欲望的表达。这点古今皆然，只是古代的"鬼小说"在人性欲望表达之外升华出爱情，走向了崇高，例如唐传奇中描写的人鬼恋。与之相较，明代"鬼小说"只停留在"相与欢"的层次中，其中的原因后文将详细讨论，这里我们只讨论艳遇情节中的人性欲望表达。

这种表达人性欲望的情节在明代"鬼小说"中普遍存在，例如《庚巳编》中记载的蒋生，在会试途中寓于民家，家中有女郎"韶颜稚齿，殆若天仙"，蒋生"一见为之心醉"，在与其吃饭间"谈谑稍狎，抵夜同入小阁，遂偕缱绻"。[①] 而在另一个故事中，张某看见路过门口的少妇容貌艳丽，便"张目挑之"，两人不久就"遂偕枕席"了。[②]《西樵野记》中刘天麟也是在见到"女鬼"有着"靓粧缟服，肌体娇腻，真绝色也"的美色之后，"天麟恍惚不敢为语。"最终"已而揽其祛，遂莞尔纳之"。[③] 从这些描写中男子抱着渔色的心态，目的明确而单一，沉迷于美色进而有肌肤之亲。从情节走向看，男子与"女鬼"之间不可能有爱情，他们之间的关系始终定格在艳遇的层面。

可见明代"鬼小说"中对"女鬼"美色的描写以及男子沉迷于美色的情节只是为了发泄男性对艳遇的向往之情，这样的情感不可能为外人道，只有

---

① 陆粲：《蒋生》，《庚巳编》卷 3，中华书局 1987 年版，第 28 页。
② 王同轨：《穆小琼》，《新刻耳谈》卷 10，四库全书存目丛书子部 248 册，齐鲁书社 1995 年版，第 646 页。
③ 侯甸：《南楼美人》，《西樵野记》卷 6，续修四库全书子部 1266 册，上海古籍出版社 2002 年版，第 712 页。

在荒诞不经的"鬼小说"中通过沉迷"女鬼"美色这样的情节曲折地反映出来。这是人性欲望备受压抑的一种表现，是明代士人"白日梦"心理的一种表现。例如有一个叫陶璜的人，晚上在床上梦想着能有一个女子枕着他的手臂，投入他的怀抱。① 对女色的欲望似乎只有通过虚幻梦境加以表达才能避免道德上的拷问，因为士人大可把这种欲望归之于虚幻，归之于子虚乌有，从而说明现实中不可能出现。

从心理学角度来说，心里越是向往在现实中反而会越趋于保守。因为男性的这种向往是"性冲动活跃的一种不可避免的结果"，同时这种"白日梦也和性的贞操有相当的关系，大抵守身如玉的青年，容易有白日梦。就最普通的情况说，梦境总是梦境，做梦的人也明知其为梦境，而不把梦境转变为实境的尝试"。② 明代士人从小便接受儒家系统化的教育，其人性长期受到儒家道德伦理的压抑，生活中他们严守儒家桓镬，不敢稍有逾距。但人性欲望不会被磨灭，在日常规矩的行为中隐藏的是一种离经叛道的白日梦。他们通过"鬼小说"中的艳遇情节和对女色的描写将"白日梦"心理表达出来。在这一刻，"鬼小说"的创作目的就是宣泄。

二 对功名的宣泄

明人在面对功名时的情感是复杂的，"修齐治平"中把"治国平天下"作为最高的追求，士人对其向往是不容置疑的。但上文在论及明代士风以及仕风时向我们透露出明代功名的另一面，社会现实造就出了另一种名利追求。科举与程朱理学是一种形式与内容，或手段与目的的关系。从科举的内容看，其价值取向与基本特征是由经义学习到德行修养，但理想与现实往往会出现一些偏差。儒家教导士人对名利要采取超然的态度，但他们一味地沉迷于理想境界，对追求名利的士人往往大加痛斥，却没有指出追求名利应有的正确

---

① 魏濬：《峤南琐记》卷下，四库全书存目丛书子部 243 册，齐鲁书社 1995 年版，第 556—557 页。

② ［英］霭理士：《性心理学》，潘光旦译，读书·生活·新知三联书店 1987 年版，第 127—128 页。

法则和措施。如此不加以区分地排斥，造成的后果便是理想与现实脱节。明代每一个读书人抱着对功名的理想进入仕途，现实很快就带给他们不同于理想的人生体验，促使士人改变了当初的理想，教育科举由德行修养的手段退变为士人追求名利的途径。

明代规定监生就享有一系列特权，不但有国家提供衣服巾靴，春节、元宵等节日还可以领赏钱。国家给已经成婚的监生提供粮食，没有结婚的则赏赐钱粮以供他们娶妻。如果在京长时间学习，还可以领路费看望亲人，待遇可谓十分优厚。"国家恩典，惟养士为最隆。一入庠序，便自清高。乡邻敬重，不敢欺凌。官府优崇，不肯辱贱。差徭概州县包当，词讼各衙门存体。岁考搭棚、饼果、花红、纸笔，何者非民脂民膏；科年酒席、彩乐、夫马、盘缠，一切皆荣名荣利。"① 可见从经济利益、个人地位来说，读书人一当上生员就与普通百姓有了区别。"荣名荣利"便是明代读书人在"仕途"初期感受到的最为直观的人生体验。

生员的"荣名荣利"固然优厚，但与举人相比就差了一截。中举带来的不只是地位上的变化，更是一种真金白银式的利益改变。就如清代小说《儒林外史》中的范进一样，一天之内冰火两重天，明人对此早有感受：

> 今吴越士子才得一第，则美男靡为仆，美女靡为妾者数百。且厚赍以见，名曰靠身，以为避征徭，悍外侮之计，亦有城社为奸者。故今一趾贤科，不得入官，便足自润。②

这是一幅典型的名利图，里面没有圣人教导和道德自律，只有个人名利的改变提升，不用做官就可以过上"逍遥日子"。明代教育科举制度设置的初衷在这一刻被现实彻底颠覆，读书人接受教育参加科举的目的也被现实利益诱导，留下来的是儒家一直所不齿的"利"。

---

① 吕坤：《贡士出身》，《吕公实政录》卷1，四库全书存目丛书子部164册，齐鲁书社1995年版，第339页。

② 陈益祥：《木铖》，《陈履吉采芝堂文集》卷13，四库全书存目丛书集部第195册，齐鲁书社1995年版，第552页。

生员、举人的地位尚且如此，进士的情况更不用说。尤其是明代中晚期科举地位日益重要，明初实行的荐举、贡举等手段让位于科举，进士的地位越发受人重视。考中进士之后不只得到官位，名利上的提升相较生员、举人更甚。所以读书人参加各级考试，由生员到进士，伴随着的不只是身份名气的改变，更是地位利益的进一步提升。由此带来的危害包括两方面："一方面，进士自恃出身，不求上进，气常盈满，乃至日骄，袭取而寡实；另一方面，举人自视日轻，气常怯懦，乃至日沮，堕志而恬行。"① 顾炎武直接把这种情况视为"国事大坏"的根本原因。② 可见儒家高尚的道德理想在这个进阶过程中被消耗、削弱、偏置，经由教育科举培养出来的士人具有了更为复杂的品性。

参加科举、博取功名、追求名利成为了士人的普遍共识，这里有道德理想的感激，也有现实利益的思考。毕竟"禄与位，世所慕以为荣者也。父母以是望其子，子之欲孝者，以谓非是无以慰悦其父母之心，读书为学，纂言为文，凡以为仕禄之具而已。故虽有贤者，不能以自振也。"③ 贤者对此尚且不能不心动，更何况那些十年寒窗的平凡士子。

所以，我们看到那些饱读儒家典籍的士人，踏入官场之后便暴露出教育科举制对其人格塑造所产生的这种偏差。明代有很多士人对功名利禄的追求远远大于对道德的自律，贪恋禄位的士人数不胜数。严嵩从一个"读书钤山十年，为诗古文辞，颇著清誉"的士人转变为"惟一意媚上，窃权罔利"④ 的奸臣是因为此；万安"惟日事请托，结诸阉为内援"，巴结万贵妃，只会山呼"万岁"，向孝宗进献房中术以固宠，罢官后还频频回望三星台，以期复用，⑤ 也是因为此；更不用说"纸糊三阁老，泥塑六尚书"中的刘吉，凭借

---

① 陈宝良：《明代儒学生员与地方社会》，中国社会科学出版社 2005 年版，第 268 页。
② 顾炎武：《进士得人》，《日知录集释》卷 17，黄汝成集释，上海古籍出版社 2006 年版，第 978 页。
③ 严嵩：《赠胡用甫序》，《钤山堂集》卷 19，四库全书存目丛书集部第 56 册，齐鲁书社 1997 年版，第 174 页。
④ 张廷玉等：《明史·严嵩传》卷 380，中华书局 2000 年版，第 5300 页。
⑤ 张廷玉等：《明史·万安传》卷 168，中华书局 2000 年版，第 3007—3009 页。

自己的聪明，善附会，自缘饰，营私自利，被言路数次弹劾，稳居内阁十八年，人取外号"刘棉花"，以其耐弹也。① 这些士人为了保住禄位，不惜降低人格，甘愿自沉，这是教育科举制对士人人格塑造偏差的极端表现。

　　既然明人对功名产生了不同于"致君尧舜上，再使风俗淳"的认识，那么怀才不遇的感慨就带有更多现实意义上的利益计较。士人内心中渴望金榜题名、功成名就，除去追求儒家道德理想外还应该加上对现实利益的渴求。这两者共同作用，支撑起了明代士人对功名的欲求。然而现实往往是士人们在科举的大门外步履蹒跚，现实与理想、欲望的偏差使他们的理想往往化为泡影。欲望得不到满足，便会产生一种压抑。压抑需要宣泄，"鬼小说"自然承担起这项任务。我们看到在一些表现命运的"鬼小说"中，"鬼"所启示出的个人命运基本集中在科举仕途之上，例如祝允明《周希载闻鬼哭》中的"鬼哭"预示了周希载日后"中第授官"的命运;② 王同轨《新刻耳谈》中"姚汝循"条也是借"鬼"来预示人中第之命运。③ 同书"戚侍郎"条亦通过"鬼"避主人公戚存心向我们预示戚存心日后官至工部侍郎的命运。④ 这些小说对人生的预测集中在科举做官上并不是偶然，而是理想、欲望需要宣泄的必然。正如作者在"戚侍郎"命运被揭示出来后所感叹的："国家大臣自有鬼神护佑之"，一语道破了这样的心理。

　　进一步来说，"鬼"对一些"国家大臣"的态度描写与这种向往功名之情有关。例如一些"鬼小说"的主人公是邵玘、景清、薛瑄等人，"鬼"在这些人年轻时或尚未显达时都表现出害怕避让的态度，其原因除去这些人身上的特殊品质外，更主要的应该是这些人都是当时著名官员，官员的身份成为决定"鬼"态度的重要因素。但也有些"鬼小说"的主人公是张公淮、王

---

① 张廷玉等：《明史·刘吉传》卷168，中华书局2000年版，第3009—3012页。
② 祝允明：《周希载闻鬼笑》，《祝子志怪录》卷3，续修四库全书子部1266册，上海古籍出版社2002年版，第609页。
③ 详见王同轨《姚汝循》，《新刻耳谈》卷4，四库全书存目丛书子部248册，齐鲁书社1995年版，第578页。
④ 详见王同轨《戚侍郎》，《新刻耳谈》卷5，四库全书存目丛书子部248册，齐鲁书社1995年版，第598页。

一麟这类名不甚著的人，小说中描写"鬼"躲避他们时也都强调他们御史、尚书的官职。综合这两类"鬼"避人的故事，有两个因素值得注意：一是预示个人命运聚焦于仕途。说明明代士人关注命运的视角非常的狭窄，或者说明代士人衡量人生成功的标准非常明确，就是个人仕途的穷通。二是对这些人的命运揭示过程中着重强调了官职。官职的高低表现为一个人地位的高低，同样也可以决定一个人的财富多寡。这里我们不排除儒家道德理想通过仕途得以实现的可能，但是明代现实告诉我们利益问题更为重要，士人对利益的关注一点都不比道德理想低。

在理想与利益的双重作用下，面对仕途的不顺利，明人的情感宣泄变得激烈起来，这里面既有理想不得实现的无奈也有失去利益的激愤，例如：

> 中州有一少年生，得与科举，临场不欲去，其父强之。至夜，神人示以梦曰："汝第去，临场自当别有遇。"少年勉强行，不晓神人所谓别有遇者云何。及入场，仅能成书义三篇，经义全不晓。阁笔茫然，忽一生来，至其号舍，问少年何所苦，少年以实告。其生曰："君勿忧，吾正与君同经，我之命已是偃蹇不能中，君当执笔，我当口授于君。"字字句句皆如夙构者。少年遂得完场，感激不已。因询其所寓，其生曰："吾所寓，在城外，僻远难寻。惟舍弟某，见寓布政司前某家。君三场毕，可去访之，既见舍弟，即知我所在矣。然三场未毕，不可去也。"少年如其言，访其弟相见，遂询尊兄所寓。其弟问："君何由与家兄相知？"少年告以场中导指事，弟问："君是何号舍？"乃云："家兄某本中州名士，上科入场在此号舍病热死。"拊膺大恸，嗟叹不已。少年此科遂登第。①

故事描写了一个梦兆由"鬼"应验的故事，把"鬼"的命运与人的命运进行对比，抒发了命运带给人的极大不平感。个人才学在命运面前显得微不足道，"不学无术"者能在宿命的帮助下取得功名，"真才实学"者却病死考

---

① 王兆云：《鬼代试卷》，《挥麈新谭》卷下，四库全书存目丛书子部 248 册，齐鲁书社 1995 年版，第 167—168 页。

场成为助人之"鬼"。小说在强烈的对比中，抒发了作者对科举考试以及命运的极大不平。在这种不平中，如果我们注意小说中的一些细节，就会发现这篇小说与之前揭示命运的那些"鬼小说"一样。中州少年参加科举是因为神人的启示，但神人之所以做出这番启示自然是中州少年命中自有富贵，所谓"国家大臣自有鬼神护佑之"就是说的这些人；而"鬼"之弟得知真相后的"抚膺大恸，嗟叹不已"，如此激烈的情感表达其原因也是失去功名之后的痛恨，如果结合明代士人面对功名的实际心理，那么在这个痛恨中就不仅仅是对实现理想的渴望。所以这篇小说自然是明代士人宣泄功名欲望的结果。

总之，明代"鬼小说"表达出了士人对功名的复杂情感，其中较多的是一种对功名的艳羡之情，对名利的渴求之心。表现在小说对士人命运揭示过程中聚焦于官身、官职上。通过对这些人命运的揭示，"鬼小说"较为隐晦地抒发了对名利的追求，这完全是一种对功名的情感宣泄。

三　对社会不平的宣泄

明代士人刻苦读书追求功名，一方面出于现实利益的考虑，为了改变自身命运；另一方面则是儒家出世思想带给他们的激励，是为了实现自己报效国家的理想。上文详谈了前者，这里我们来分析一下后者。

儒家自古就追求一种理想的社会形态，历代儒家士人为此百转千回而初心不改。理想要实现并不是一件容易的事，抛却理想社会是否能实现的理论问题不论，古代政治现实就带给了儒家士人非常大的麻烦。具体到明代，当时政治现实黑暗，士人的理想变得脆弱不堪，且不说能否通过科举拿到打开仕途大门的"敲门砖"，就是踏入官场也面临着政府中腐朽势力、皇帝昏庸、宦官专权、党争不断等问题，随便哪一样都会使士人感受到美好理想与残酷现实之间巨大的落差。但他们在现实中又很难直接表达不满之情，久而久之便形成一种感情的压抑，只能借助于"鬼小说"看似荒诞不经的描写，宣泄其对现实不公的愤懑。正如余英时先生说的："天下愈是无道，愈是黑暗，'士'的改造世界尔尔责任也愈大。……中国的'士'不能坐视世界的衰落而无动于衷，他们无论在平时还是在乱世，都不能忘情于变无道为有道。"①对社会不平之情的宣泄背后隐藏的是明代士人积极求治的心情和理想。

这种积极求治心理在"鬼小说"入冥故事类型中表现得比较集中，特别是对冥吏的描写，寄寓了作者对官场中"鬼蜮伎俩"的讽刺与揭露，宣泄出强烈的情感色彩。例如赵弼《效颦集》中记录的这个故事，主人公胡迪魂游冥间见到在地狱受到审判而受罚的人，按说世间作恶者皆在地域受罚，所以胡迪见到的人有秦桧父子、万俟卨、秦桧之妻王氏、章惇、蔡京父子、王黼、朱勔、耿南仲、吴拜、莫俦、范琼、丁大全、贾似道。这些人都是历史上有名的奸臣，胡迪能在地狱见到这些人明显不是偶然，作者有意让这些奸臣贼子接受残酷刑罚，就是借此讽喻现实社会。作者之所以安排这种情节，不只是为了单纯反映恶有恶报的因果思想。作者把恶有恶报限制在很小的范围内，接受地狱惩罚的人无一例外都是曾经的执政者，他们做的恶多是从国家政治层面确定的，祸国殃民将受到地狱的惩罚显然就把批判的矛头指向了执政者。作者通过奸臣受罚的情节向人们传达出自己对现实生活中一些为官者的否定态度，表达出自己对不平之事的不满情绪。

如果说上面这篇小说宣泄不平情绪的手法稍显隐晦，那么瞿佑在《令狐生冥梦录》中记录令狐譔入冥的故事就要直白得多。故事里令狐譔在冥间直斥阎王"威令所行，既前瞻而后仰；聪明所及，反小察而大遗。贫者入狱而受殃，富者转经而免罪"。② 阎王是地府的长君，如果把地狱看作是人间的投射，作为地狱统治者的阎王对应的便是人间的统治者即皇帝。作者在这里直接谴责阎王的昏聩失职，便是在曲折委婉地批评人间的统治者。现实中作者的胆量再大也不能直接指责当时的统治者，只有利用虚构的地狱才能把内心的不满宣泄出来。类似的"鬼小说"还有李昌祺的《何思明游酆都录》，也是利用相似的情节借何思明之眼描绘了地狱的情况，有所不同的是这篇小说描写了地狱的见利忘义、卖官鬻爵、虐待良善等现象，以及阴间之人"皆人

---

① 余英时：《士与中国文化》，上海人民出版社 1987 年版，第 214—215 页。
② 瞿佑：《令狐生冥梦录》，《剪灯新话》卷 2，上海古籍出版社 1981 年版，第 35 页。

间清要之官,而招揽纳贿,欺世盗名,或于任所阳为廉洁,而阴受苞苴,或于乡里恃其官势,而吩咐公事,凡瞒人利己之徒,皆在其中"。①之前那篇小说揭露了阎王的昏聩,这篇小说则将笔端对准了冥间的官吏,正好与上一篇一起构成一幅冥间的"官场图"。正是由于阴间长君昏聩才导致了阴间丑恶现象丛生,读了此篇小说的人都会联想到现实社会中官场的风气——正是由于君主的暗昧才致使黑暗想象层出不穷,社会不公事件屡禁不绝。我们可以从中感受到小说作者的沉痛及对社会黑暗的愤懑。

与这类入冥故事不同的是数量众多的报应故事,这些故事的主人公是杀人越货的恶人、不守妇道的妻子、不敬父母的子女,这些人的所作所为造成了社会诸多的不公。作者借助"鬼"所具有的惩恶扬善功能,在小说中使这些人得到了应得的处罚。虽然这类小说确实抒发了作者对这些行为的愤恨之情,以及对受害人的同情,但是其中的教化劝善目的更为浓重。就士人的角度看,个人仕途上的穷通是引发对社会不公情感宣泄的主要因素,所以对报应小说的探讨就留待后文继续了。

综上所述,"鬼小说"所起到的宣泄作用,主要从三个方面表现。其一,是通过艳遇故事类型中对女鬼美色的描写以及男主人公与女鬼之间缺乏爱情的情感描写,抒发了对女色的向往之情,作者在这种白日梦式的幻想中完成一次对艳遇的情感宣泄。其二,是通过对命运故事类型中贵人命运的揭示过程,抒发了对功名的向往,进而在一些"鬼小说"表达出强烈的"名利"之情。其三,是通过对阴间丑恶现象、长君昏昧的批评,抒发了作者对社会黑暗、现实不平的感慨与愤懑。需要说明的是,明代"鬼小说"情感的宣泄并没有走向泛滥,对女色的向往并没有走向情色,对功名的向往也没有走向谩骂,对现实社会的批评更没有走向诅咒,"鬼小说"对情感的宣泄始终保持在儒家"温柔敦厚"的范围中。

"鬼小说"的宣泄作用具有个人化同时也最具时代化特征的,是明代"鬼小说"有别于其他时代的主要特征。之所以如此,是因为每一位作家根据不

---

① 李昌祺:《何思明游酆都录》,《剪灯余话》卷1,上海古籍出版社1981年版,第157页。

同的审美需求、现实需要，有倾向性地进行小说创作。可惜多数作家不能按照创作之初设定的目的完成创作，其原因十分复杂，一部分是因为作者根本无法完全掌控创作的整个过程。具体来说就是明代一部分"鬼小说"从创作之初到创作完成，目的发生一些转变，让我们今天看来一些小说创作意图显得多样且矛盾。另一部分是因为作者在进行创作时受到了不同程度的外界因素影响，导致了"鬼小说"创作目的的多样性和不稳定性。比如明代士人所处的儒家氛围，既要求他们对社会进行教化，又要求他们在个人修养上格物致知，同时明代社会上的士风和仕风以及"好色"之风都对小说创作产生了影响。无论如何，明代"鬼小说"的创作目的总体上分为教化、娱乐、博物和宣泄四个方面是没有问题的。而且这四个方面有时相互重叠，甚至相互矛盾。在四个方面中如果说非要有一个核心的话，那教化目的无疑占据了主要位置，这也就是为什么"鬼小说"宣泄情感时总是被限制在儒家"温柔敦厚"的范围里面。

第四章　明代"鬼小说"的故事类型

"故事类型"最早源自于芬兰学者阿尔奈在 1910 年出版的《民间故事类型》中对各民族民间故事进行比较分析时所使用的"type"这一概念，它与类型学中所说的"type"一词意义基本相同，同时也与"母题"研究中的母题（motif）概念有一定的联系。美国学者汤普森对类型与母题之间的异同做了清晰地分析，他说：

> 一个类型是一个独立存在的传统故事，可以把它作为完整的叙事作品来讲述，其意义不依赖于其他任何故事。当然它也可能偶然地与另一个故事合在一起讲，但它能够单独出现这个事实，是它的独立性的证明。组成它们可以仅仅是一母题，也可以是多个母题。大多数动物故事、小说和轶事是只含一个母题的类型。标准的幻想故事则是包含了许多母题的类型。①

按照汤普森的说法，类型与母题有着明显的区别，母题是一个故事中最小的、能够持续在传统中的成分。类型则是由一系列按照某种顺序组合并相对固定的母题构成，它所依据的是一个独立的叙事完整的故事。据此可知小说类型是指"一组具有一定历史，形成一定规模，通常呈现出较为独特的审美风貌并能够产生某种相对稳定的阅读期待和审美反映的小说集合体"。②

---

① ［美］斯蒂·汤普森：《世界民间故事分类学》，郑海等译，上海文艺出版社 1991 年版，第 499 页。

② 葛红兵：《小说类型学的基本理论问题》，上海大学出版社 2012 年版，第 32 页。

综合上述概念，本书所说的故事类型并不是单纯指题材内容而言，它是指小说的故事结构，包含小说故事的内容和小说情节结构两方面因素，同时又具有独特的审美风貌。故事类型不是一个静态、僵化的概念，它随着小说的发展而不断扩展，既包含旧有的故事类型，又会有时代新"内容"加入，从而使故事类型在量的积累上逐渐发生新的变化。然而这些新变是微小的、类型进展缓慢的，它不会引起全面的质变，却是质变的前提与准备。

明代"鬼小说"历经千年的发展，它的故事类型就是在继承前代"鬼小说"传统之上缓慢的突破、超越、创新，呈现在我们面前的似乎是对前代"鬼小说"的模仿，可这种模仿之中却蕴含着新变。

第一节　报应故事类型

每当社会发展过程中出现各种不公平现象或个人遭受不公平待遇时，人们除去抗争、妥协、无奈、失望之外，还会以"恶有恶报"的观念抚慰心灵，汲取力量。在恶行得到应有的报应时，这种心理抚慰也得到最大的满足。在好人善行得到回报的结局中，作者又寄予了对社会正义、公平的肯定以及渴望。总之，不管报应善恶与否，报应成为了中国人的一种普遍认识。

如果追本溯源的话，它的出现时间甚早。《易经》中就有："积善之家必有余庆，积不善之家必有余殃"的话；《尚书·商书·伊川篇》中说："惟上帝无常，作善降之百祥，作不善降之百殃。"《国语·周语》也有"天道赏善而罚淫"的表述，可见早在先秦时期古人就具有了报应思想。

佛教传入中国后，因果轮回之说与中国先秦时期的善恶报应说相互影响、融合，形成一种新的报应观念，也就是我们现在所熟知的因果报应思想。这种思想最突出的特点就是带有了因果轮回之说。轮回之说源于古代印度"万物有灵""灵魂不灭"并能够转化再生的宗教观念，这种观念认为人肉体死亡后，灵魂并不会消亡，而是转生到另一个实体上，转生的归宿要取决于在世时的行为。佛教继承了这种轮回的观念，进一步阐发为"六道轮回"的思想。所谓"六道"是指"三恶道"（地狱、恶鬼、畜生）和"三善道"（阿修罗、人、天）。佛教认为人轮回遁入何种"道"，要根据其"业"的不同，即生前的所作所为来决定。这"六道"轮转不休，贯通前生后世，现世之苦难尊卑、妍媸好恶、福祸寿夭、人兽殊途都是前世"业"所引起的报应。现世的行为言行，又将决定来世的诸多命运，如此轮回不断，成为生命轮转的动力。

佛教这种因果轮回观念，迎合了人们渴望生命永恒的心理。特别是在魏晋南北朝时期，国家陵替，时局动荡，战乱不断，灾祸延绵。人们危机意识加重，普遍感受到朝不保夕，急需一种思想学说对其苦难进行解说、关怀、慰藉。儒家思想并不具有慰藉心灵的作用且此时已经风光不再，呈现衰退之势。民众心灵的困惑痛苦无法从儒家获得，佛教恰逢其时地出现了："自后汉灭亡到三国、两晋，中国社会和思想界发生了深刻的变革。后汉时代开始流入并逐渐为社会所接受的外来佛教，幸运地抓住了这个机会，从而在魏晋的中央文化领域实现了新的跃进，并为'中国佛教'奠定了重要的基础。"①

魏晋时期的佛教通过轮回报应之说，为人们解释了现世苦难的根由，驱使人们寄希望于来世，契合了时代精神危机，满足了人们心中的渴望，抚慰了人们心中的恐慌。所以佛教的流布速度是相当快的，很多上层文人乃至帝王都成为了佛教的忠实信众，因果轮回观念也随之进入了知识界，像梁武帝《手敕江革》中说："世间果报，不可不信。"② 王褒著《幼训》中写道："释氏之义，见苦断身，证灭循道，明因辩果，偶凡成圣，斯虽为数等差，而义归汲引。"③

统治阶层的士人们信仰佛教也影响到"鬼小说"的创作，此时因果报应故事增多，故事类型逐步形成。正如孙昌武先生所言："由于佛教的一些观念进入小说，由于小说借用了佛教的思维方式和表现技巧，使得它在艺术上也

---

① ［日］冢本善隆：《魏晋佛教的展开》，引自《日本学者研究中国史论著选译》，中华书局1993年版，第216页。

② 姚思廉：《梁书·江革传》卷36，中华书局1973年版，第524页。

③ 姚思廉：《梁书·王规传》卷41，中华书局1973年版，第584页。

开拓出新的局面。"① 也就是胡应麟所说的："魏晋好长生，故多灵变之说；齐梁弘释典，故多因果之谈。"② 和鲁迅所指出"张皇鬼神，称道灵异"的"鬼神志怪之书"盛行。一时间用鬼神谈因果形成一股潮流，例如颜之推《冤魂志》，王琰的《冥祥记》，侯白的《旌义记》，刘义庆的《幽明录》和《宣验记》等书都是如此。这些书被称为"释氏辅教之书"，正好说明了佛教报应轮回观念之于"鬼小说"的影响。

此后这类"释氏辅教之书"的创作一直绵延不绝，唐代王毅著有《报应录》，明代有蔡善继的《前定录》以及无名氏的《轮回醒世》等书，都是具有相似功能的小说集，而分散在各小说集中的因果报应故事更是多得难以数计。

通过以上宏观考察，我们可以把体现报应观念的"鬼小说"创作看作是佛教思想在不同历史时期流行的反映，但如果从小说故事类型上来说，报应型的"鬼小说"数量能够在每个历史时期保持稳定的状态，单就佛教思想的流布来解释似不足以说明问题。毕竟宗教思想影响的深度和广度并不完全通过小说创作来体现，更重要的是就我们观察到的情况看，在佛教和"鬼小说"之间还有一个媒介性的因素在起着重要的作用。

本节所要弄清楚的就是这个因素是什么，以及这个因素是如何影响"鬼小说"此类型创作的？对这个问题进行探讨之前，首先我们得先了解报应故事类型的基本特征是什么。人们的行为大体可以分为善恶两大类，两大类中又因为善恶之行引发来世姿态各异的不同结果，所以我们就从善报和恶报两个方面来考察报应故事类型的创作。

一　善有善报

中国古代较早的善报故事是《左传》中记录的"结草报恩"，全文如下：

---

① 孙昌武：《佛教与中国文学》，上海人民出版社1988年版，第273页。
② 胡应麟：《少室山房笔丛·九流绪论下》卷29丙部，上海书店出版社2009年版，第283页。

初，魏武子有嬖妾，无子。武子疾，命颗曰："必嫁是。"疾病则曰："必以为殉。"及卒，颗嫁之，曰："疾病则乱，吾从其治也。"及辅氏之役，颗见老人结草以亢杜回，杜回踬而颠，故获之。夜梦之曰："余，而所嫁妇人之父也。尔用先人之治命，余是以报。"①

这个耳熟能详的故事，说的是魏武子在生病前和生病后分别发出两道自相矛盾的命令，儿子魏颗以"疾病则乱，吾从其治也"为由，保住了魏武子妾的性命。之后在秦晋大战中，魏武子妾的父亲为了报答魏颗对女儿的活命之恩，帮助魏颗俘虏了秦国著名的战将杜回。"结草报恩"的故事流传很广，后来还形成了一句成语叫"结草衔环"。

故事里魏颗得到鬼的回报无疑是对他不擅杀善行的一种肯定与褒扬，这个主题的表达十分明显，对此无须多论。但需要我们注意三点：首先，善报的施行者是"鬼"，虽然故事里面并没有直接说明魏武子妾的父亲是"鬼"，但是从故事的情节来看这里结草绊倒杜回的绝不是人。根据本文对"鬼"的界定，这里可以把魏武子妾的父亲视为"鬼"；其次，善报之所以施行是魏颗的行为符合臣下对君主的规劝原则，他的行为暗含了一种政治行为中善的原则；再次，故事里出现了梦境，通过梦境这个载体一方面揭示出报恩行为的缘由，另一方面则为故事营造出虚幻的氛围，起到了耸动人心的目的。

再来看下一例，上文说过先秦这种善报思想经过佛教的改造更加流行，使"鬼小说"这一类型的创作更具有佛教的特色。东晋郗超在《奉法要》中说："全五戒则人相备，具十善则升天堂。"② 想要得到善报就得持"五戒"，守"十善"，信奉佛教。为此佛教教导人们善不分大小，只要有一点点善，都会得到相应的福报。"鬼小说"也随之变为了这种面貌：

桓恭与桓安民参军，在丹阳，所住廨，床前有一陷穴。详见古冢，视之果有坏棺。恭每食，常先以饭投穴中。如此经年，忽见一人在床前，

---

① 左丘明：《左传·宣公十五年》卷11，上海古籍出版社1997年版，第620页。
② 转引自石峻等编《中国佛教思想资料选编》，中华书局1981年版，第16页。

云："吾没已来七百余年，嗣息绝灭，烝尝莫及。常食见餐，感君之德，报君以宁州刺史也。"未几果迁。①

按说桓恭给古冢投掷食物的行为并不算什么大的"善行"。但在魏晋南北朝时期，"无鬼论"与"有鬼论"争辩激烈的背景下，桓恭这类带有祭祀意味的行为就具有"敬鬼"的含义。在支持"有鬼论"的人们眼中桓恭的行为虽微不足道但足以说明一切，特别是微不足道的行为在"鬼"口中成为避免"七百余年，嗣息绝灭，烝尝莫及"的大恩德，对此报之以官爵也没有什么不合适。

就这篇小说善报主题来说，与上一篇"结草报恩"故事没有什么不同，主旨十分明显，即宣扬"有鬼论"的观点。与上面我们提示注意的三点进行对照会发现：首先善报的施行者依然是"鬼"；其次是善报之所以施行的原因不再是符合某种政治行为上的原则，而是变为一种不具有任何重大意义的行为；再次是淡化了梦境，使得小说的虚幻感减弱。

这些变化是在"鬼报恩"的大框架下出现的具体细微的改变。"鬼报恩"整体的故事走向并没有发生重大的改变，都是"鬼"对于某种善行的回报。但是从一些细节看这一时期的"鬼报恩"故事聚焦于极为普通细微的善行，引发善报的行为不再具有宏大深刻的政治意义，显得普通平常。这是因为佛教倡导众生平等，不管是帝王将相、达官贵人，还是三教九流、平民百姓，只要他们做了善事都会得到神灵的护佑和回报，哪怕是再小的善事也会得到回报，所以"鬼报"针对的行为已经不再具有重大的政治道德意义。

此时"鬼小说"的创作目的已经不再是为了向人们灌输某种政治信条，而是为了宣扬因果报应思想、宣扬佛教。"鬼"报的原因从留人一命的善行变为了祭祀"鬼"的义举。正是因为创作目的的变化，使先秦时期通过塑造虚幻氛围以打动人心的手法变为追求一种真实的情景营造。毕竟梦的虚幻感并不能很好地起到宣传宗教的作用甚至会适得其反，而让"鬼"直接现身，则

---

① 李昉等：《桓恭》，《太平广记》卷320，中华书局1961年版，第2539页。

更让人易于理解。

综上所述，善报故事的发展受到两方面的制约，一是它所产生的时代环境，一是"鬼小说"功利性的目的。在这两者的共同作用下，善报类型的"鬼小说"基本上都会保持情节、结构的稳定性，其改变、发展之处也大多体现在一些具体细微的描写和情节中。

在明确了明代之前善报故事的基本特征后，我们来看明代同类型的"鬼小说"创作又表现出什么样的特征？先看一例：

> 邳州潘宗者，本富族。施材种德，宅心仁厚。途遇骸骨辄瘗之，病伤者施以药饵，人多籍是以生。比潘死日，空中惟闻泣声，哀哀甚众，但未觌其形。人谓潘死，泽及枯骨，众鬼为之送葬云。①

中国有句话叫："为富不仁"，显然潘宗不是这样的人，他富厚殷实且宅心仁厚。故事中潘宗"仁"的表现有两点："途遇骸骨辄瘗之"和"病伤者施以药饵"。富人能够救济穷人本就是一件大"功德"，更不用说他还收集穷人骸骨并安葬，更是一种仁厚的善行。于是当潘宗去世之时，戏剧性的一幕出现了，群鬼竟然齐聚哭泣为潘宗送葬。这个情节的出现使原本对一个善人的简单记述一下变得不简单起来，作为读者显然会对小说结束时"鬼"报恩的情节记忆犹新。从情节看，这篇小说借鬼来宣扬善报思想与前代并无不同，我们从中很难察觉到太多的宣传佛教的意味，似乎它只具有一个佛教报应故事的外壳，却没有精致的佛教思想内里。它所传递出来的是一种表层的、浅显的报应思想，与之前同类型的故事相比，明代"鬼小说"在表现佛教思想方面的进步简直微乎其微。但是有一个细节值得我们注意，这篇小说着意地突出了"善"。之前的同类型小说更突出"善行"，即"善"是通过"善行"来体现的，无须在小说中将"善"刻意点破，而这篇小说开篇则向我们强调

---

① 祝允明：《鬼送葬》，《祝子志怪录》卷2，续修四库全书子部1266册，上海古籍出版社2002年版，第599页。此故事亦见侯甸《鬼送葬》，《西樵野记》卷3，续修四库全书子部1266册，上海古籍出版社2002年版，第699页。

主人公身上"施材种德，宅心仁厚"这种"善"的品质，善报发生了偏移，从行为偏移到了个人品德。像这样的情况在明代是偶尔出现还是具有一种普遍性？我们再看下面这篇"鬼小说"：

> 锡山乡民蒋容，虽（居）都鄙，善行素若。弘治癸亥春，往惠山焚香而还，行及半途，会大雨风晦黑，咫尺莫辨。容度寝夜不能前进，附入荒墓，祷塚云："即寄宿焉。"忽夜半闻林外一人呼吴照云："前村某家施斛，可偕往乎？"林间一人应声曰："有善人假宿于此，不得行矣。"翌早，容拜塚而去，质诸左右，是塚即吴照所瘗也。①

这个故事开始只有对蒋容"善行素若"的简单描述，把笔墨集中在蒋容的一次外出事件上，因为大雨而错过了宿头，他只能暂时在荒冢中躲避。墓主人叫吴照，正是因为蒋容历来行善，使吴照放弃了去邻村享受贡祭品的机会，转而借出自己的墓穴为其避雨遮风。小说情节没有什么波折，唯一令人印象深刻的是吴照所说的："有善人假宿于此，不得行矣"，这句话向我们传达出了一个明显的信息：善人出行都有鬼神护佑或者鬼避让善人。

上文在谈及"鬼小说"宣泄功能时我们就谈到过类似的情节，只不过鬼所护佑或避让的是官员。如果进行简单的比较，就会发现在相同情节中小说只是将被护之人的身份进行转换，进而改变了"鬼小说"所要表现的主旨。两者的不同在于作者利用相同的情节表现出不同主旨的创作逻辑，如果说"鬼"护大臣的原因只是因为被护之人现在或是未来的身份是官员，那么"鬼"护善人的原因就不是因为善人的身份，而是他的行为和品质。

造成这种变化的原因是前者为士人向往功名的个人化宣泄，这时"鬼"的所作所为没有必要顾及其他人的所思所想，"鬼"的作为颇有点任性的色彩，行为背后的动机也颇有些不讲道理。而后者是具有广泛民众基础的观念反映，它所依据的是中国自古就出现的报应思想，从善恶报应的逻辑上来说

---

① 侯甸：《鬼护善人》，《西樵野记》卷8，续修四库全书子部1266册，上海古籍出版社2002年版，第719页。

"鬼"报并不针对特定身份的人群，不论是有钱人还是乡间小民只要行善就会得到"鬼"的回报。"鬼"所报的就只针对行为，而善报思想也恰恰是针对人们的行为而言的，此类善报"鬼小说"比功名宣泄的"鬼小说"更具有鲜明的主题，受众面更加宽广，内在的逻辑也更具有世俗化的色彩，不再是士人自抬身价的妄想了。

明乎此，我们则需要看刚才提出的那个问题，表层化的佛教思想是否会通过对个人品德的强调来体现？小说开始就提到了蒋容的"善"的品德，并通过鬼的复述对此再次强化。在报应故事中明白地提到"善"成为一种固定模式，如"方公（王耿光）三十二岁时，梦一道士呼之曰：'王小仙，尔寿宜止此。乃尔阴行一善，上帝辄赠寿十年。殆赠四十年矣。'而公寿果七十有二也"。①

这类善报"鬼小说"旨在树立一种世俗的典型，通过对"善"的强调，用一种世俗生活中不易察觉的品德去宣扬报应思想，对"善"的界定更加细微，一个人的言行思想，小到一念之起、一言之发、一事之作，都会造成日后的善果。这是佛教思想深入人们意识底层后才会有的表现，虽然明代善报故事并没有在佛教思想的深度上有所体现，但却向我们标示出了更为宽广的世俗层面。它是不易被察觉的，"鬼小说"也因此表现出稳定的叙事形态。

二　恶有恶报

善报故事虽然具有个人善行以及品德的感召力量，可现实中的人们往往不完全受这种道德感召力量的控制。于是另一种力量出现了，它与道德感召不同，是通过对人进行恐吓来完成导善的目的。这就是恶报故事，与善报殊途而同归，是一个事物的两面。总体来看，恶报有以下几种：

其一，杀生得报。

在佛教中与十善相对应有十恶的观点，具体是：杀生、偷盗、邪淫、妄

---

① 顾天埈：《新城岱泉王公传》，《顾太史文集》卷4，清代禁毁书丛刊，台湾伟文图书出版有限公司1977年版，第310—302页。

语、两舌、恶口、绮语、贪欲、瞋恚、邪见。杀生位列十恶之首,可知对这个问题佛教的重视程度以及防范之严。在现实生活中杀生也确实是最残暴的行为之一,大到群体的战争小到个体的暴力行为,杀生是人类始终需要面对的问题。

在"鬼小说"诞生初期,《左传》中记载有彭生复仇和伯有复仇的故事,它们都表现出了对草菅人命暴行的控诉与否定。至魏晋南北朝时期,随着佛教的流行更是助长了这种"风气"。颜之推所著《冤魂志》中很多都是对杀生问题的描述,例如以下两则:

> 汉时游殷字幼齐,汉世为羽林中郎将。先与司隶校尉胡轸有隙,轸遂诬搆杀之。殷死月馀,轸得病目精脱,但言"伏罪伏罪,游幼齐将鬼来"。于是遂死。①

> 晋大将军王敦枉害刁玄亮,及敦入石头,梦白犬自天下而噬之。既还姑苏,遇病,白日见刁乘轺车导从吏卒来,仰头瞋目,乃入摄录敦,敦大怖,逃不得脱,死。②

从报应的模式看,两则故事与《左传》中的记述大同小异,都是"杀生—得报"模式,报仇主体也都为被杀之人的鬼魂。通过被杀之人亲自报仇的情节所要表达的主题是十分明显的,这种"手刃仇人"是恶报故事中最主要的叙事模式。

明代"鬼小说"对这种叙事模式的运用颇为自如,例如《野谈》中记录有一位庶吉士,因为其妻悍妒,害死了自己所娶的妾。于是妾化为"厉鬼",对庶吉士家进行了报复,"夜夜为厉,排辟门户,挥击砖瓦。家人宵行,或致败面。"最终逼迫庶吉士举家迁往他处。③ 又如《闇然堂类纂》中的梁昉,"遇狱囚辄捶杀之"。后来这些囚犯对梁昉进行了复仇,"昉恍惚见数囚前呃其

---

① 颜之推:《游殷》,《冤魂志校注》,罗国威校注,巴蜀书社2001年版,第17页。
② 颜之推:《王敦》,《冤魂志校注》,罗国威校注,巴蜀书社2001年版,第31页。
③ 胡侍:《凶宅》,《野谈》卷1,四库全书存目丛书子部102册,齐鲁书社1995年版,第373页。

喉,大叫数声卒"。① 再如《濯缨亭笔记》中的吴璋因与其县丞赵某有怨,诬陷赵某至死罪。一天吴璋外出,求宿民舍,入门看见堂中有一具棺材,其铭旌曰:"山阴赵某之柩。"吴璋"不觉洒淅毛戴,行未及家死"。② 这样的故事在明代"鬼小说"中不胜枚举,王同轨《耳谈》中的《赵林》《蓟镇戍军》,伍余福《苹野纂闻》中的《叶湘尸》,陆粲《庚巳编》中的《盛氏怪》,钱希言《狯园》中的《医遇鬼》等都是。

"鬼小说"自诞生之初就确立的恶报叙事模式一直为明代小说家接受并坚持创作。表现了明代"鬼小说"对古代小说传统的继承一以贯之,除去宗教思想的作用外,明代小说家对古代叙事模式不加改变的运用,说明了怎样一种问题呢?

在上一章明代"鬼小说"创作目的部分我们谈到过,虽然明代"鬼小说"创作意图多样,但是有一个核心内容,那就是教化目的。我们在思考这个问题时就再次遇见了这个核心内容。明代小说家采用古代叙事模式是一种面对现实教化压力下的主动选择,因为从实际效果出发,这种模式无疑具有简单明了、易于理解的特征,更重要的是它能更好地达到教化目的。在普遍要求小说进行教化的环境中,小说家选择简单易行的模式无须考虑更多问题,这一点明代小说家心知肚明,否则我们将无法解释为什么会出现数量如此之多且模式单一的恶报"鬼小说",更无法解释何以处于不同时期的小说家都具有这一种"共识"。

很多后代研究者都看到了明代"鬼小说"具有的这种创作模式,可是他们对其中的原因却讨论不深入,只是简单地归结为明代"鬼小说"模拟古人而不知变通,进而认为明代"鬼小说"艺术水平不高。对此本书无意评价"鬼小说"艺术水平的高低,仅就其形成的原因做出说明。

从教化的创作目的看,明代"鬼小说"采用一种成熟稳定的叙事模式,

① 潘士藻:《杀因得报》,《闇然堂类纂·徵异》卷6,四库全书存目丛书子部242册,齐鲁书社1995年版,第665页。此事亦见黄瑜《狱囚冤报》,《双槐岁钞》卷8,中华书局1999年版,第168页。

② 戴冠:《濯缨亭笔记》卷2,四库全书存目丛书子部103册,齐鲁书社1995年版,第151页。

对作者来说风险最小。他们不用担心过多的叙述会妨碍读者对儒家教化思想的接受，从实际教化效果来看，这种模式也是具有一定的优势。所以在记述恶报故事时小说作者们始终围绕这个要求，小说叙述的各种艺术技巧也都要以此为中心。这样做在保证了达到教化目的同时必然影响到了小说艺术水平的表现，不是明代小说家艺术水平不高，而是他们太刻意突出教化的主题忽视了小说的艺术表达，例如下面这篇小说，情节颇为曲折：

> 市人杨某贩药致富。尝因索债殴死马某。马某之妻诉县而周吴令杖杀之，一子才数岁，亦杖杀之。当时但咎令听之不聪，刑而不中，而莫知其故也。越十载而杨之长子中乡试，人多讶之。无何而杨某病，忽作马某语曰：“汝逼债杀我，又送周吴令银五百两，杀我妻子，绝我嗣。汝速将次子改我姓，奉祠我，姑宽汝。”其家不从而杨某苦楚特甚，始从之。病少间，复曰：“汝。我仇也。我子岂可与汝同居，移之别室乃可。”亦从之，又曰：“汝杀三命，不可不偿。”言讫而死。①

故事里马某“鬼魂”的复仇行为步步紧逼，其间经历了揭露丑闻、改子奉祀、迁于他室等不同阶段，杨某的病情也与之相对应的恶化或好转。这里对人物态度的描写颇有用心之处，杨某为富不仁，恃财害人性命，面对“鬼”的报仇开始还仗着自己有钱没当回事，一旦认识到“鬼报”的厉害方才听话了许多。“鬼”的报仇也颇具层次感，因为杨某贿赂县令五百两银子而杀了自己一家三口，所以“鬼”复仇时并没有一上来就要杨某的性命，而是让杨某的次子改姓并分开住以报自己绝嗣之仇，让杨家奉祀自己是报那五百两贿赂之仇，最后要了杨某性命是报一家三口遭灭门之仇。当读者在看到“汝杀三命，不可不偿”的最终结局时，就会明白杨某病情的好坏外在与“鬼”报仇的阶段相对应，内在与杨某之前所做之事相对应。

按照恶报“鬼小说”模式，只需要突出“手刃仇人”的结果，把恶报的

---

① 伍袁萃：《林居漫录》前集卷6，清代禁毁书丛刊，台湾伟文图书出版有限公司1977年版，第183—184页。

前因后果表述清楚就行。但是这篇小说对"鬼"复仇过程的铺叙曲折跌宕，通过语言描写把一个原本简单的鬼报故事叙述得摇曳多姿。相比于同类其他"鬼小说"，显然更具有"小说的意味"。对此作者是清楚的，他生怕读者因为小说情节的曲折而忽略了去恶扬善的教化主题，所以在结尾处特地亲自"登场"强调："噫！可畏哉！杀人之恶，能逃于王法而不能逃于天理。"

由此可知，明代小说家不是没有小说技巧，更不是审美趣味低下，只不过是在确保教化的前提后才会适当考虑小说艺术上的表现问题。明代小说家并不是对小说技巧麻木不仁，毫无感受，他们有能力写出情节曲折的作品，但过分强调教化目的造成了他们对此视而不见。造成了很多明代"鬼小说"写得粗疏简略但又主题鲜明，这不是创作者整体审美水平不高或艺术审美能力的退化，而是在儒家教化氛围里所有的小说艺术技巧都得为教化让路，产生了明代"鬼小说"艺术水平不高的现象。

我们再来关注下善报故事中一再提及的佛教因素。佛教也会借助这类故事对读者进行佛家的教化。从去恶从善的层面，佛教其实与儒家并无区别，只不过儒家关注人在现实的行为，而佛教关注的范围则要更为广阔一些。

佛教认为众生一律平等，动物与人一样，杀人与杀动物都是十恶之首。于是明代之前"鬼小说"的恶报故事中除去对杀人得报的描写外，还有对杀动物得报的描写。例如何薳《春渚纪闻》中的《牛王宫铓饭》中写张觐家人梦中见到姨母因生前多食牛肉而在牛王宫受苦，极尽惨烈。① 正所谓"佛学只是以生死恐动人。"② 目的不外乎借此推销宗教。

明代"鬼小说"于此方面也多有描述，例如：

> 昆山王给事，好食犬。前后杀犬数百头。一夕在邸舍时，坐灯下读书。忽闻小犬嗥嗥毄（声），环其榻而吠之。觅看无所见，既坐又闻，起觅杳然。呼左右共相寻，听其声，乃出灯檠之中，历历可辨，一家惶骇。

---

① 何薳：《牛王宫铓饭》，《春渚纪闻》卷3，《宋元笔记小说大观》，上海古籍出版社2001年版，第2393页。

② 程颐：《河南程氏遗书》卷1，《二程集》，中华书局2004年版，第3页。

给事后虽断食，竟成疾而卒矣。①

这个恶报故事与前面的最大不同在于，报仇的主人公从人变为动物，具体来说就是把王给事的死因归之于他食犬，从而受到了阴司的报应。熟悉儒家学说的人一定记得孔子"未知生，焉知死""未能事人，焉能事鬼"的教导，儒家关注现实的出发点是人，对人如何去恶扬善的关注自然是题中应有之意，人的前世来生都不是儒家关心的问题，所以对这个问题比较关注的还是佛教。

以儒家和佛教的区别来看这个故事，就可以了解到将报应的主人公描述为动物显然带有佛教的影响。佛教把世界划分为三个时空：前世、现世和来世，前世的"因"造就现世的"果"，现世的所为又是来世的"因"。于是人在每一个时空都会因为前一世的"因"而受到惩罚，这就使人有可能不再是人而变为动物。现世中杀动物，就有可能是杀前世的人。所以这类杀动物得报的恶报故事，并不能单纯以儒家教化目的去解释它的形态，这里还应当考虑佛教的因素。

虽然教化目的表现都是恶报，但是恶报所依据的思想根基却有所区别。类似的明代"鬼小说"基本也都是这种情况，例如《狯园》之中《屠儿前生公案》这篇小说，记叙了村民顾甲以杀猪为业，死后在阴间见到了"有群猪来索命"，因而得到了阴司的审判。② 这里群猪索命的情节无疑是佛教报应思想的反映，他与儒家追求的"善"旨趣是不一样的。

总之，不管报应的主体是人还是动物，此类恶报故事都是以"鬼"或阴间的报应让人们明白善恶得报的道理，以此规劝世人去恶扬善。它们与前代同类型小说相比较，叙事模式比较稳定和单一。造成这种现象的原因可以归结为在明代"鬼小说"的创作目的中教化的目的占据了核心位置，而教化的

---

① 钱希言：《王给事食犬报》，《狯园》卷7，四库全书存目丛书子部247册，齐鲁书社1995年版，第618页。

② 详见钱希言《屠儿前生公案》，《狯园》卷9，四库全书存目丛书子部247册，齐鲁书社1995年版，第646页。

目的又可以分为两个层次：一个是儒家，一个是佛教。这两者都强调去恶扬善，都在利用"鬼报"的情节进行自我理论的宣扬。所以明代报应类型的"鬼小说"首先表现出来的特征就是杂糅了儒家和佛教报应思想，在我们阅读分析小说时应该进行综合考察而非独偏一家之说。

其二，轮回报应。

轮回报应故事与杀生报应故事很像，这里把它独立讨论是基于这种认知：杀生故事更注重行为恶的报应，轮回报应故事则在杀生故事的基础上多了一层"转世"的情节。它的基本表现见下面这则小说：

> 吴城盛明卿者，家本富族。恃势豪横不可条举，其庄邻张木匠者，有田数十亩，与彼连属。明卿欲谋并之，乃赂心腹，伪为券契及菁讼诸证一辞，张莫能辨，郁郁愤懑而卒。后二年，盛明卿生一儿，七岁不语。一日老妪携至庄所，儿子忽语云："此乃吾家故地也。"妪急告明卿，盛明卿对曰："汝岂张木匠耶？"儿子应曰："非我而谁？"既长，酗酒赌博，无籍百端。及扃钥密室，窃视之，俨然张木匠也。明卿大悟，开扉出，任浮浪馨破其家家业。①

小说叙述盛明卿制造假证谋取张木匠的十亩田地，害得张木匠家破人亡。正当盛明卿志得意满，满足于自己得儿又得地时，张木匠"鬼魂"的报仇行为也悄无声息地展开了。盛明卿得报是通过张木匠转世为自己的儿子来实现的，张木匠托生为盛明卿之子，再次回到盛的身边并且"酗酒赌博，无籍百端"，最终把盛明卿的家产挥霍干净。再如：

> 龚僎，本棣人。成化庚子八月间，行次扬子江中。会大风雨震作，

---

① 祝允明：《盛明卿》，《祝子志怪录》卷 2，续修四库全书子部 1266 册，上海古籍出版社 2002 年版，第 602 页；此事又有诸多作者记载，详见侯甸《盛明卿》，《西樵野记》卷 7，续修四库全书子部 1266 册，上海古籍出版社 2002 年版，第 712 页；王同轨：《盛明卿》，《新刻耳谈》卷 13，四库全书存目丛书子部 248 册，齐鲁书社 1995 年版，第 648 页；王兆云：《盛设阴谋》，《白醉琐言》卷下，四库全书存目丛书子部 248 册，齐鲁书社 1995 年版，第 218 页。

遇一富商，尽攘其舟所有，且推是商，纳之江中乃归。舍于扬州某处，建高楼密室，改事生殖，以享祐焉。后僎生一子，抚育既长，视父甚于仇隙。一日，某家有祈鸾者至，僎即叩首曰："敢请大将，何吾□子不相得之甚耶？"箕书云："八月狂风何太恶，扬子江中深浪作。二十年前即此人，请君试把心头摸。"僎凛然，惧生大祸。尽赀其有于子，远窜而去，更不复返。①

与盛明卿一样，龚僎通过非法手段获取他人财产而致富。被害之人转世，投胎于仇家进行报仇，龚僎所获财物又一次以"转世"的形式回到了原来主人的手中。类似的故事还有陈师《禅寄笔谈》中记载的"金陵贾客"，也是在说一贾客谋取他人财物，后被害人的鬼魂轮回投胎成为其子，荡尽家资，作恶者终得到报应。

综上可见，轮回报应故事能在"杀生—报应"的模式之中，嵌入一个轮回的情节，从"手刃仇人"变为了"自作自受"。这样的改变将读者的视角从恶行转移到自身上，恶报故事经过这种改变后，鬼报的目的更加明确，故事所要表达的主题也更加明晰。此时宗教的宣传已经完全控制了小说创作的核心位置，特别是轮回情节的加入，沟通了所谓的今世来生。使人们认识到报应的持久性以及不可逃脱性，从警戒劝惩的角度以及宣扬宗教的角度看，轮回报应故事的主题更加单一纯粹。

其三，触"鬼"得报。

这一类故事相较于上两类有点特殊，主要是故事中得报之人并没有做出极恶之事，他们只是触犯或冒犯了"鬼"而已。先看一例：

王弼注《易》，辄笑郑玄为儒，云："老奴无意。"于时夜分，忽闻外阁有著屐声，须臾便进，自云郑玄，责之曰："君年少，何以轻穿凿

---

① 祝允明：《龚僎》，《祝子志怪录》卷2，续修四库全书子部1266册，上海古籍出版社2002年版，第603页。此事亦见侯甸《龚僎》，《西樵野记》卷6，续修四库全书子部1266册，上海古籍出版社2002年版，第709页。

文句，而妄讥诋老子也。"极有愠色，言竟便退。弼恶之，后遇疠而卒。①

王弼只是嘲笑了一下"鬼"，便得到"鬼"的报复。他的行为怎么看都不算是恶行，但从佛教中的妄语、恶口之诫看，王弼受到"鬼"的报复也算是"罪有应得"。结合这篇小说写作的时代背景，这里无疑又是为宣传佛教而设，而且带有佛教对非议的一种反击。类似的还有：

> 宗岱为青州刺史，禁淫祀，著《无鬼论》。甚精，无能屈者。邻州咸化之。后有一书生。葛巾，修刺诣岱。与之谈甚久，岱理未屈。辞或未畅，书生辄为申之。次及无鬼论，便苦难岱，岱理欲屈。书生乃振衣而起曰："君绝我辈血食二十余年。君有青牛髯奴，未得相困耳。今奴已叛，牛已死，令日得相制矣。"言绝，遂失书生，明日而岱亡。②

故事中宗岱只是禁淫祠，执"无鬼论"而已，从大是大非的善恶标准看，他并没有什么恶行。充其量只是绝了"鬼"的血食，但这样的行为却得到了"鬼"的报复。结合上两条例证，创作此类故事的目的就是为了说明世间"有鬼"的存在，以此反驳"无鬼论"者的攻击并通过这样的故事教导人们"敬鬼神"，进而信奉佛教。

明代"鬼小说"中也可以见到因为触犯"鬼"而遭到报应的故事，《志怪录》中就记述道：

> 吴皋桥河下骚人严亮，秋日曳舟送婺，行至横塘。见水中浮一尸首。亮素惨刻，遂掷一篙，适中其首。滔滔而去，莫知所之。亮既归，呓语云："我丧水中数十年，未尝致取祸于人。尔伤吾首，藉甚托生？"其言

---

① 李昉等：《太平广记》卷317，中华书局1961年版，第2512页。
② 同上书，第2508页。

矗矗无闲，具酒治馔焚帛奠遣不瘥，语及夜半而卒。①

故事本身还是在触犯"鬼"而得报的模式中展开，不过通读之后明显可以感受到这篇小说与魏晋时期的同类型小说存在着一定的不同。在这篇小说中对严亮"素惨刻"性格的描述，以及他"掷一篙"而中鬼首的行为明显带有恶的成分，他之所以得到报应也是因为他平日的"惨刻"。从这一点看，他得到"鬼"的报应要比王弼更"罪有应得"。这一刻，我们又看到了对人的行为的重视，对去恶扬善的追求，对教化的刻意突出。

明代"鬼小说"恶报故事中普遍存在一种固定的叙事模式，这种模式一般都可以在前代小说中找到直接的源头，但在看似一样的表面下有一些细微的变化。不管是为了突出儒家的教化还是为了宣扬佛教的功用，这些变化无疑更加符合善恶报应的原则，善和恶都被置于突出的地方。特别是第三种类型黜"鬼"得报，魏晋南北朝时期那种因为单纯触犯"鬼"而得到"鬼报"的故事在明代已经很少见到，取而代之的是刻意突出恶行之于人的终极决定性因素。从这一变化中可以看出，明代"鬼小说"报应故事类型表面上都是在宣扬佛教报应观念，报应方式更加集中在对善恶行为引发报应的方面，这自然是出于教化社会目的所做出的变动。

最后让我们看本节开头提出的那个问题，即宗教与"鬼小说"之间的媒介性因素。在对报应故事类型进行分析之后，我们发现这一类型的"鬼小说"有着极为稳定的叙事模式，在这种稳定的叙事模式背后是当时小说家对于"鬼小说"功能的认知在发生着作用。这个媒介性因素也存在明代之前的"鬼小说"创作中，只是在明代这个媒介性因素被发挥到了极致，以至于宗教思想必须经过小说观念的改造才能进入到小说创作的领域中。所以在明代，"鬼小说"的故事类型与其说受到前代小说模式的限制，不如说是当时士人小说观念的反映。这种观念与创作的极端同步是前代所不具有的现象，为了说明

---

① 祝允明：《祝子志怪录》卷2，续修四库全书子部1266册，上海古籍出版社2002年版，第600页。

这个问题，我们还得考察其他故事类型，看看是否如我们总结的那样。

第二节　入冥故事类型

人的生命是短暂的，终究有一天会离开这个世界。人死之后将去往何处，古人大体有两种认识：一种是人死之后就什么也没有了，所谓"人死神灭"；另一种是人死之后会以另一种形态也就是以"鬼"的形态继续存在。这些"鬼"会生活在与现实世界相对应的另一个地方。在两种认识中我们只关注后一种。

在后一种认识中这个与现实世界相对应的世界到底是什么？《左传》中著名的"郑伯克段于鄢"一篇给了我们思路。郑庄公把母亲武姜流放城颍时说了一句话："不及黄泉，无相见也。"杜预注曰："地中之泉，故曰黄泉。"细玩文意，以及从后文庄公后悔，颍考叔献计"阙地及泉"的情节来看，庄公所誓"黄泉"之言，与后来秦王对燕太子丹所发的"天雨粟""乌白头""马生角"之类的誓言相似，均指不可能发生之事。虽然在后人看来"黄泉"应该就是指人死后的另一个世界，即冥间的表述，但是这里所谓的"黄泉"还不能理解为冥间世界，至多只能说其中包含了一些关于冥间认识的因素。

中国人对冥间认识的基本成型要到战国时期，屈原在《招魂》中咏叹道："魂兮归来，君无下此幽都。"东汉王逸注曰："幽都，地下后土所治也；地下幽冥，故曰幽都。"此前《山海经·北山经》中也有"幽都"的记载："西望幽都之山，浴水出焉。"可见最晚至战国末期中国人才初步具有了冥间观念。

至汉代冥间观念更加具体，《神异经·东荒经》中提到了"鬼府"："大荒之东极，至鬼府山、臂沃椒山，……"① 还有"东北有鬼星石室。三百户

---

① 东方朔：《神异经·东荒经》，《汉魏六朝笔记小说大观》，上海古籍出版社 1999 年版，第50 页。

共一门,石榜,题曰:鬼门"。① 罗振玉《贞松堂集古遗文》录汉代镇墓文说:"生属长安,死属泰山,生死异处,不得相防。"这些记载表明,此时所谓的"鬼府""鬼门"都是这一时期有关冥间整体认识的表现,特别是"泰山"的出现,已经具有了冥间的基本功能,无疑是后代冥间描写的先声。

与后代认知的冥间相比,这一时期对"幽都""泰山"的认知还处于一种初级阶段,只是一个整体模糊的观念,其中很多细节还有待完善和发展,所以它的整合还要等到佛教的传入才算完成。季羡林先生就说:"我们当然不能说,在佛教输入以前,中国就没有阴间的概念。但是这些概念是比较渺茫模糊的,支离破碎的,把阴间想象得那样具体,那样生动,那样组织严密,是印度人的创造。"② 看来中国人日常所熟悉的"阴间"还是一件舶来品。

在了解了古代冥间观念形成的整体情况后,我们还得关注一下复生问题。所谓复生,也就是死而复生。从医学角度来说,复生只是一种假死状态,持续时间是有限的。但是从古人认识角度来说,对复生的理解就带有了奇幻虚构想象的色彩。

追本溯源,中国远古神话中出现过很多复生描写,但复生者均非人类。如《括地图》五启民百年复生,《蜀王本纪》鳖灵尸复生等。我们一般把它视为古代先民的生命永恒观念反映。大体到魏晋南北朝时期,人死而复生的故事才大量出现。例如《博物志》中"汉冢宫女复生"的故事:"汉末关中大乱,有发前汉时冢者,宫人犹活。既出,平复如旧。魏郭后爱念之,录著宫内,常置左右,问汉时宫中事,说之了了,皆有次序。后崩,哭泣过礼,遂死焉。"③ 此外同书之中还有"范明友复生""奚依息女复生"两则复生故事。同时期另一部志怪小说集《搜神记》中也大量记录了复生故事,如《河

---

① 东方朔:《神异经·中荒经》,《汉魏六朝笔记小说大观》,上海古籍出版社1999年版,第58页。
② 季羡林:《比较文学与民间文学》,北京大学出版社1991年版,第102页。
③ 张华:《博物志》卷7,《汉魏六朝笔记小说大观》,上海古籍出版社1999年版,第215页。

间郡男女》《史姁》《李娥》《贺瑀》《戴洋复生》等。

后来随着人们认识逻辑的提升,复生观念与冥间观念相互融合,入冥故事类型在这一时期逐渐定型。其基本模式就是在人死而复生的过程中加入了人在冥间所见所闻的描写,根据所见的不同内容,又可以划分出三个方面,现分别叙述如下。

一 冥间地狱

佛经对地狱功能、情状的描述可谓十分详尽,依据《长阿含经》卷十九"分世记经地狱品第四"的记载,人死后会被带到阎王那里接受审讯,生前作恶之人就会被罚至地狱接受刑罚。具体来说有:"善恶之变不相类,侮父母,犯天子,死入泥犁。中有深浅,大(火)泥犁有八,寒泥犁有十。入地半以下火泥犁,天地际者寒泥犁。有前恶后为善不入泥犁,杀人,盗人,欺犯人妻,欲使人死,望得其财物,垢过失,嫉妒言怒,所使怒发,鬲逆天地鬼神之类,殊失寿死,下入恶泥犁中。"这里的"泥犁"就是地狱,生前犯罪之人都要在地狱中接受惩罚。

针对不同的罪行,各层地狱会用不同的刑罚来处置有罪之人。比如第四层地狱,如一大城"人入其中,赤如烧铁。……其身肌尽烂,无岁数不得息,不得卧,肌骨尽燋"。第五层"坑大深谷满其中火,守犁者用铁杖捶而内其中烧燋,人身尽燋,无岁数又不死,积烧而不死,而抱火着人身,死出一谷复入一谷,如是无数"。① 通过如此细致地划分,佛教徒们构建起一个完整的冥间世界。这个世界的存在有赖于佛教精微的逻辑,更有赖于中国人对冥间世界的古老认知心理。

魏晋南北朝时期"鬼小说"中的地狱描写深受佛经模式的影响。一方面突出惩罚人间罪恶的冥间职能,例如刘义庆《幽明录》中巴丘县舒礼作巫师时需要"杀牛犊猪羊鸡鸭",因此被招入阴间遭受到了地狱的刑罚:"使吏牵

---

① 安高世译:《佛说十八泥犁经》,《乾隆大藏经·小乘单译经》第58册,中国书店出版社2007年版,第220—221页。

著熬所。见一物,牛头人身,捉铁叉,叉礼著投铁床上,宛转身体焦烂,求死不得。经一宿二日,备极冤楚。"① 在得到泰山府君"勿复杀生"的告诫后,舒礼复生并且不再作巫师。另一方面则对阴间地狱的描写极为详细,如下所述:

> 晋赵泰字文和,清河贝丘人也。……说初死之时,梦有一人,来近心下。复有二人,乘黄马,从者二人,夹持泰腋,径将东行。……乃遣泰为水官监作吏,将二千余人,运沙裨岸,昼夜勤苦。后转泰水官都督,知诸狱事。给泰兵马,令案行地狱,所至诸狱。楚毒各殊。或针贯其舌,流血竟体。或被头露发,裸形徒跣,相牵而行。有持大仗,从后催促。铁床铜柱,烧之洞然。驱迫此人,抱卧其上,赴即焦烂,寻复还生。或炎炉巨镬,焚煮罪人,身首碎坠,随沸翻转。有鬼持叉,倚于其侧。有三四百人,立于一面,次当入镬,相抱悲泣。或剑树高广,不知限极,根茎枝叶,皆剑为之。人众相訾,自登自攀,若有欣竞,而身体割截,尺寸离断。……出此舍,复见一城,方二百余里,名为受变形城。地狱考治已毕者,当于此城,更受变报。……②

这则小说突出了冥间对罪行的惩罚职能,也对作恶者在地狱遭受的刑罚细致描述,与前面小说相比更为突出的是在地狱描写中刻意对惩罚环节进行的恐怖渲染:"杀生者当作蜉蝣,朝生暮死;劫盗者当作猪羊,受人屠割;淫逸者作鹤鹜鹰鹿;两舌作鸱枭鸺鹠;捍债者为骡驴牛马。"读之令人毛骨悚然。

这样做的目的小说中说得很清楚,是为了表明"唯奉法弟子,精进持戒,得乐报,无有谪罚也"的观点和发出"已见地狱罪报如是,当告世人,皆令作善。善恶随人,其犹影响,可不慎乎"的告诫。

由此,我们对魏晋南北朝时期此类型的"鬼小说"有了一个明确的印象,

---

① 刘义庆:《幽明录》,《汉魏六朝笔记小说大观》,上海古籍出版社 1999 年版,第 706—707 页。
② 李昉:《赵泰》,《太平广记》卷 377,中华书局 1961 年版,第 2996—2997 页。

即依靠佛经中有关地狱的描述，渲染地狱惩罚的恐怖，以此来达到宣传宗教的目的，也就是后来我们称之为"释氏辅教之书"的这一类创作。

唐宋时期入冥故事在前朝恐怖血腥、推销宗教的基础上，还加入了儒家教化功能。从去恶扬善的角度看，佛教与儒家都以此为标榜，只不过两者所服务的最终目的各不相同罢了。也因此，儒家教化在借助冥间地狱描写模式时不由自主地带有了佛教的种种特征，反之亦然，两者往往很难分辨清楚。例如《夷坚志·郑邻再生》中描述的地狱是这样一番景象："殿下铁柱，系者甚众，五木被体，赢瘠裸立，绝无人状。柱上立粉牌志其罪，某人咒咀，某人杀生，某人鬪杀。狱户施金钉，图大海兽张口衔之。两庑皆鞫狱官，内有戴牛耳幞头者，周览而旋。"①而郑邻之所以被摄入阴间，就是因为他"不作善事"。以上的情节描写，从佛教徒的角度理解自然是在宣扬信仰佛教会助人脱离地狱苦海；从儒家士人的角度理解则是为了向人们灌输"善"的原则，以此达到人心向善、移风易俗的目的。

可见这一时期的"鬼小说"对地狱毛发森立的景象描写，除去宣传佛教的作用外，也起到了教化社会，惩恶扬善的作用。明显地表现出对儒家、佛教思想的融合特征。

经过历朝历代的创作实践，明代"鬼小说"对这种手法的运用颇有心得，表现出来的自然是延续了前朝对地狱描写的极尽铺张，及融合诸家思想的特征。例如赵弼《效颦集》中胡迪看到的地狱是这样一番景象：

"缚于铜柱，一卒以鞭扣其环，即有风刀乱至，遝刺其身，桧等体如筛底。良久，震雷一声，击其身如齑粉，血流凝地。少焉恶风盘旋，吹其骨肉，复为人形"；溟泠之狱："夜叉以长矛贯桧等沉于寒冰中，霜刀乱斫，骨肉皆碎。良久以铁钩挽而出之，仍驱于旧所，以钉钉手足于铜柱，用沸油淋之，饥则食以铁丸，渴则饮以铜汁"；奸回之狱："举身插刀，浑若蝟形。上有铁鸟十余如鸥鸦之状，往来啄其面背，下有毒蛇噆

---

① 洪迈：《郑邻再生》，《夷坚志》卷4，中华书局1981年版，第28页。

其身足，血流盈地，有巨犬三五食之。"在东壁"男女以千数，皆裸身铣足，或烹剥刳心，或挫烧舂磨，哀痛之声，彻闻数里"。①

这则小说与上述前代入冥故事中的地狱描写相比，并无多少区别。千百年来地狱依然阴森恐怖、惨淡血腥，让人仿佛置身其中，亲眼目睹，亲耳听闻，毛骨悚然。

其与前代小说有所不同的地方在于，主人公胡迪在地狱中见到的受刑之人都是历史上的大奸大恶之徒。小说刻意突出受刑人特殊的身份，我们虽然可以从佛教对地狱认识的角度去解释，但胡迪"神鬼明察，善恶不能逃其责也"的感叹却向我们透露出了作者的创作目的不在于宣传佛教思想。作者是有意让这些奸臣在地狱受罚，借此寄予自己对忠奸的认知，其中儒家道德教化的成分显然要比佛教宣扬善恶报应的目的更为浓重和突出。

二　冥间审判

地狱固然可怕，但是人在遭受残酷的刑罚之前，还要接受冥间的审判。冥间审判与上文所述故事的区别在于地狱描写重在刑罚的实施，审判描写则重在对于受罚缘由的揭示。有关明代之前冥间审判的创作情况，还是以《赵泰》为例：

> 经两重门，有瓦室，可数千间。男女大小，亦数千人。行列而吏著皂衣，有五六人，条疏姓字。云："当以科呈府君。"泰名在三十，须臾，将泰与数千人男女，一时俱进。府君西向坐，阅视名簿讫，复遣泰南入里门。有人著绛衣，坐大屋下，以次呼名。问生时何作罪，行何福善，谛汝等以实言也。此恒遣六部使者在人间，疏记善恶，具有条状，不可得虚。泰答："父兄仕官皆二千石。我少在家，修学而已，无所事也，亦不犯恶。"乃遣泰为水官监作吏，将二千余人，运沙裨

---

① 赵弼：《续东窗事犯传》，《效颦集》卷中，古典文学出版社1957年版，第61—62页。

岸，昼夜勤苦。①

在这一段冥间审判的情节中，我们看到审判场所"经两重门，有瓦室，可数千间"，受审的男女大小犯人依照顺序等候审判，审判过程中允许"人犯"陈述平生善恶为自己"辩解"。故事里赵泰因为平生"亦不犯恶"，阴司判他成为了一名阴间官员。

这则故事令人印象深刻的是冥间审判没有给人以恐惧之感，冥间法庭一如人间的衙门一般，整个审判过程表现出的秩序性以及公正性与阳间没有区别。但随着故事的发展定型，除对冥间审判的描写越加详细外，对善恶的分辨也越加明晰与突出。

明代"鬼小说"中的冥间审判，受审之人生前必定犯有恶行，像赵泰那样生前清白无罪之人在冥间审判中很难再见到。祝允明《志怪录》中记载了长清儿入冥目睹的一起案件审判：

> 后一妇人，貌妍冶，得马革。妇人大喧辩曰："念某前生为指挥妻，幸受朝廷章诰，秩至淑人，恩荣一世，不敢为恶，何乃受此罪报耶？"王笑曰："汝尚自辩如此乎？汝既恩同夫受，乃何背之而窃与某人行淫耶？我今以不义定汝罪，非畜生而何哉？"妇始语塞，更哀诉云："既蒙定罪，不敢辩矣。但某女人平生娇弱，安能受人之骑坐平伏，望善处之而已。"王良久乃云："此说亦可以减汝为骡可也。"妇又哭告："马骡等耳。"王哀怜，更为之地。王乃顾吏曰："阴间何骡得逸？"吏云："惟梓潼帝君庙下之骡得逸。"王因命吏籍为某州县梓潼庙骡几十年，妇始蒙皮而去。②

故事里妇人的大声喧辩，冥间对她不守妇道之事的揭露，以及后来妇人灰溜溜地"蒙皮而去"，这些略带喜剧的情节无疑让枯燥的审判富有了一丝趣

---

① 李昉等：《赵泰》，《太平广记》卷 377，中华书局 1961 年版，第 2996—2997 页。
② 祝允明：《长清儿说冥事》，《祝子志怪录》卷 4，续修四库全书子部 1266 册，上海古籍出版社 2002 年版，第 625—626 页。

味。让我们感兴趣的是审判的整个过程，与赵泰故事相比会发现这则故事对审判环境毫不涉及，而是聚焦于审判过程中审判缘由的揭示。将冥间对妇人淫行的揭示置于妇人的大声抗辩的背景中，无疑是对妇人这种行为的批判。妇人最终接受惩罚就更凸显出对生前淫行的认罪，其中教化的意味不难体味出。又如：

> 正德中，平阳有庠生周震，恃才无忌。甫秋试，语父曰："我等贵子非尔所生。"父忍之。忽然双目并盲，作驴鸣数声而卒。又梦震见阎王，王命吏籍之作驴，震喧辩曰："何罪？"王曰："汝忤逆不孝，非畜而何？"震曰："既尔应堕畜产，愿求益地。"王曰："尔眼界自大，更覆双目，俾行磨受箠。"震语塞，蒙皮而去。易维效谈。①

周震对自己的父亲不尊重，在儒家礼法看来这无疑是忤逆之罪。周震因此受到了冥间的审判——来世变驴受鞭笞之苦，以此来偿还他的罪孽，这则故事显然对"孝"的教化意味更加明显。

为了有效达到教化目的，入冥故事类型中的阴间审判与地狱惩罚还会形成融合互补关系，它们共同承担起了对世间善恶进行报应的职责。再如：

> 临潼殷富之弟贵，素不弟。嘉靖初，死三日复生，气息尤惙惙，辄匍匐向富叩头曰："弟自今再不敢慢兄矣。"富讶问故，贵曰始贵病革，被二卒拽之赴城隍庙，及门见东街某秀才，枷项立门侧。执簿唱名，以进群罪人。及贵，乃讶曰："汝亦至此邪？"咨嗟顿足久之。顾贵人已升阶，卒捽贵令跪，贵不敢仰视。俄闻殿上厉声曰："汝何得慢汝兄，罪合杖百。"当有数狞鬼捽贵下阶，盖将杖之墀中。贵不胜惶恐，捱首向殿上大呼曰："贵愚蒙不知礼法，请自今改过，再不敢慢兄。"即闻殿上召贵还曰："汝果能改，姑免汝杖。"遂纵贵令归。及墀中则见北街郑优一家

---

① 王圻：《周震变驴》，《稗史汇编》卷176，四库全书存目丛书子部140册，齐鲁书社1995年版，第686页。

皆遭拷掠，备极惨毒。又以铁钩钩其家长脊梁挂树枝上，痛楚之声，所
不忍闻。……①

小说中殷贵本是一个不守儒家礼法的人，冥间把他捉了去是要对他惩戒
一番。由于殷贵的认罪态度较好，阴司令他改过自新，让他亲眼见识了一番
地狱的可怕："及墀中则见北街郑优一家皆遭拷掠，备极惨毒。又以铁钩钩其
家长脊梁挂树枝上，痛楚之声，所不忍闻。"最终殷贵认识到自己的错误，真
心悔改，匍匐叩头说："弟自今再不敢慢兄矣。"小说将冥间审判以及地狱惩
罚的情节合二为一，共同完成对"犯人"的教化，表现出了冥间审判与地狱
惩罚融合互补的特征。

冥间审判除去生前恶行外，善行也同样要接受审判。例如：

"荆南俞一郎，专好放生。及塑佛，后忽病，见二鬼追之。前路多有
禽兽迎接，又遇千余僧引道至一大殿，上有王者坐，二判官持文簿侍侧。
王命检簿：'有何善业。'判官云：'此人赎物命之功，所放者已受生人身
三十余，合赠寿二纪。'命青衣童子送回。后左掌内有朱字数行，盖批判
语也。"②

小说中俞一郎生前"放生"的善行决定了他在冥间所接受的判决是延长
寿命。类似这样的"鬼小说"还有侯甸《西樵野记》中的吕琪三善，王同轨
《新刻耳谈》中的江钟廉入冥故事，屠隆《鸿苞》中李仓之入冥故事，祝世
禄说冥事，陆粲《庚巳编》中郑灏入冥故事，兖州狱庙等。这样的情节从教
化的角度来说，与对恶行的审判起着相同的作用，这里就不赘述了。

综上所述，明代"鬼小说"对冥间审判的描写与对地狱描写一样，都突
出了人们在世上的善恶行为与阴间审判结果的必然联系。这样做无疑使入冥

---

① 胡侍：《阴谴》，《真珠船》卷1，四库全书存目丛书子部102册，齐鲁书社1995年版，第
315页。
② 李长科：《放生赠寿》，《广仁品》，四库全书存目丛书子部150册，齐鲁书社1995年版，第
744页。

故事所具有的社会教化意义更加浓厚，有时为了这个目的会将两者融合以达到最佳效果。而最初为宣传佛教设定的目的逐渐退居次席，"鬼小说"也由此摆脱了佛教的"控制"投入了儒家的怀抱。

三　冥间官吏

如果说入冥故事对冥间地狱和审判的描写是抱着宣扬佛教和儒家思想的目的，那么对阴间官吏的描写则更多地带有了小说家个人的好恶情感。在这类"鬼小说"中作者把现实官场中的腐败现象投射到冥间中去，让原本秩序井然、赏罚分明的冥间世界也出现阳间魑魅伎俩，表现出作者鲜明的爱憎观念和对现实吏治腐败的不平，极大地讽刺了那些贪赃枉法的官吏。

要达到这样一种目的，首先需要将冥间与阳间官场形成准确的对应。唐宋时期"鬼小说"中所表现出的阴间，就已经是一个相当完整的世界了。例如《宣室志》中娄师德的所见："行路数里，见有廨署，左右吏卒，朱门甚高，曰地府院。惊曰：'何地府院而在人间乎？'紫衣者对曰：'冥道固与人接跡，世人又安得而知之。'公入其院，吏卒辟易四退。见一空室，曰司命署。问职何如，对曰：'主世人禄命之籍也。'公因窃视之，有书数千幅，在几上，傍有绿衣者，称为桉掾。……"① 这里冥间一如人间官府，长官自然是阎罗王、判官，设有司命署专掌"世人禄命"，此外还有管理生死簿的"桉掾"，守门的"吏卒"，俨然是人间官府衙门的翻版再现。

正因为冥间机构是按照阳间官府的模板进行设置的，两者本身就有了一种准确的对应关系。明代"鬼小说"才会在地狱、阴间审判描写之外"开辟"一处新天地：对冥间的描述集中在冥吏身上，这些冥吏的表现各式各样，组成了一幅冥间的官场现形图。

这幅官场图中"污吏"多一些。按说冥间掌人生死，徇私枉法、阿谀欺诈、偷奸耍滑之事绝对不会出现。可在很多的明代"鬼小说"中，冥吏带有了阳间官吏的习气。例如，王兆云《陈媪入冥》中的冥吏就向陈媪公开索贿：

---

① 李昉等：《娄师德》，《太平广记》卷277，中华书局1961年版，第2194页。

"吾二人一路伏事妈妈到此，今又送归，如何不将些小草鞋钱相酬？"陈媪没钱，冥吏便不让她还魂，这番所作所为与人们认识中清正廉明的冥吏形象反差巨大。

事实上这些冥吏索要钱财手法老道，往往利用手握阴司之权对人要挟，如："贺生者，高邮医士也。夜卧。闻人扣门声，启之见二隶立庭下，一称卫能，一称宋清，能言：'冥司唤汝，可急去。'……贺即许还，鬼言：'欠吾钱二千四百文，吾行甚饥，更具酒肉。'贺亟呼妻具之，又令奴市得纸钱三千焚之。"① 小说中的冥吏仗着阴司"勾人"之权，凭一己之词便上门索钱，甚至对生人进行恐吓，得逞后还说："吾行甚饥，更具酒肉。"如此"连吃带拿"，可谓胆大妄为。但生人对此并没有什么办法，所能做的只有"亟呼妻具之"了。

如果说卫能、宋清二冥吏"敲诈"钱财并没有伤人性命，还算"手下留情"，那么下面这个故事中的冥吏以权谋私，简直是"玩人性命于鼓掌"之上："黄邑学师李公某，寿州人。尝自言居家时为鬼摄取，因问鬼：'许大世界，岂无有人逸脱者？倘肯为我谋，愿饶焚钱报汝。'鬼曰：'可姑为谋之。'掌刑者亦许之。于是死去复生，极力焚钱。后每岁，鬼必一至索钱，转眼及来黄邑已数岁，意谓得脱，方与诸生候大吏于河浒，忽堕马，异归。先伯兄侍御己暨诸君为所厚，往视之，回前言所言：'鬼复至此摄我去，然幸尚许我转限。'即日设殽酒地上，与对拱揖而烧焚钱。公亦愈。"② 这则故事可谓更新了我们对冥吏的认识，在李某的利诱下，冥吏为其在阴间"走门路"，竟然连掌刑之人都被其"打通关节"，让李某这个本该死掉的人成为"漏网之鱼"，延长了好几年的寿命。与之相对的就是李某"极力焚钱"，以此供给冥吏作为公关费用。这一刻"钱权交易"代替了冥间的法律和原则，剩下的就只有与阳间一样的龌龊勾当了。

---

① 王兆云：《冥隶索债》，《说圃识余》卷上，四库全书存目丛书子部 248 册，齐鲁书社 1995 年版，第 255—256 页。

② 王同轨：《李博士》，《新刻耳谈》卷 2，四库全书存目丛书子部 248 册，齐鲁书社 1995 年版，第 562—563 页。

冥吏既然可以用钱来打通，随之而来的就是行贿之风的盛行，正如俗语云："有钱可使鬼推磨。"再如：

> 予所识锦衣江君谈其叔潮，颇饶裕。有二当房，而潮忽暴卒。明日复活，曰：在冥途语摄者青面鬼曰："死诚无恨，第柜簿不明，及瘗金未及告妻子耳。倘得缓期一日，必厚报子。"鬼曰："然。"引见冥君故呼曰："勾得徽郡江潮到。"冥君检簿怒曰："合死者，京师江潮，何误耶？"挞鬼数十，令押转再摄，遂得归。而焚金银钱锭无算，检理家事才毕，而鬼至，潮又泣曰："期到矣，但幼子往沧州未归，何能得一面。"鬼曰："汝欲缓几日？"曰："缓十日，死无恨矣。"鬼便索钱锭去。潮与妻妾亲友欢宴累日，子亦归而摄者至，非前青面鬼，曰："前卒不知何去，我新卒也。"刚暴如虎，潮遂死。盖青面鬼故匿作稽延计耳，鬼亦黠哉。①

故事中江潮主动行贿，把自己的死期一推再推，而冥吏也从中暗饱私囊，公然舞弊。在双方的配合下，冥君受到蒙蔽，真可谓鬼蜮伎俩，连作者都不禁感慨道："鬼亦黠哉。"但与上文李某故事不同的是，冥吏收受贿赂并不能一直延续人的生命，到时还是会将人勾走。对于阳间的人来说，虽然冥间可以说情，但最终还是不免"人财两空"。所以不管是勒索还是行贿，主动权始终掌握在冥吏手中，它们翻手为云覆手为雨，玩弄生人、上司于股掌之上，聚敛钱财，难怪明人不解："阴司亦贵此阿堵耶？"②

通过这几则故事我们了解到明代"鬼小说"中对冥间官吏形象的描写特征，与前代"鬼小说"相比明代的冥吏徇私舞弊的情况更加普遍，这无疑是对现实官场的一种讽刺。而在众人皆污我独清的环境中那些坚持操守、拒绝请托，以冥间本来面目示人的冥吏就更加具有这种讽刺的力量了。例如钱希

---

① 王同轨：《江潮》，《新刻耳谈》卷7，四库全书存目丛书子部248册，齐鲁书社1995年版，第618页。

② 王同轨：《胡若虚》，《新刻耳谈》卷2，四库全书存目丛书子部248册，齐鲁书社1995年版，第552页。

言《狯园》就记述了一位名叫黄九阳的秀才发现有个冥吏勾去自家多位亲戚，黄遂向冥吏求情，冥吏道："吾奉帝命，籍有名数，乃悉听子居间，将蔑弃乎？"拒绝了黄九阳的请托。① 与那些操守卑污的冥吏相比，这样的廉正之吏显得鹤立鸡群。之所以有这种感觉，是因为守法冥吏在明代"鬼小说"中实在少见，所谓物以稀为贵，在众多贪赃枉法之辈中清廉之吏的稀有更是人间丑恶的反讽。

由此可见，冥间在明人的笔下并非是一个纯洁的、毫无贪欲的世界，这里于阳间一样充斥着对金钱的向往，权力的腐败。众多"鬼小说"作者有意如此塑造冥间官吏的形象，就是为了把阳间官场投射到阴间，借对冥吏伎俩的揭露抒发对冥间腐败现象的讽刺，以及对阳间官场腐败的讽刺。

综上所述，入冥故事类型向我们描绘出了古人对冥间的总体印象，这个印象是建立在千百年来人们的想象以及想象的累积之上。当这种冥间印象的累积发展至明代的时候，"鬼小说"就呈现出了颇为稳定的三个方面——地狱刑罚、冥间审判和冥间官吏，每一方面单挑出来都与前代小说并无大异，但如果综合起来看就会发现明代小说作者在进行这一类型的创作时，有意地挑取了前代对冥间印象中极具有教化和讽刺色彩的内容，通过这些内容，一个具有教化意义和现实意义的世界被建构出来，或者说被刻意突出，其中的缘由自不用多言。

第三节　离魂故事类型

爱情是人类情感永恒的主题，也是文学永恒的主题，更是小说永恒的主题。可惜现实中的爱情并不像一些诗歌作品中所描写的那样风花雪月，其历程往往坎坷艰难。两情相悦的男女在封建礼教、世俗观念、家庭环境等诸多

---

① 钱希言：《鬼笼》，《狯园》卷 13，四库全书存目丛书子部 247 册，齐鲁书社 1995 年版，第695—696 页。

因素的干扰下,常常被"拆鸳鸯在两下里"而劳燕分飞。因而"鬼小说"中用离魂这一非现实情节表达对爱情的真挚向往,就凸显了爱情的至高无上和追求情感自由的理想精神。离魂故事由此成为了"鬼小说"中的一种重要类型。

一 离魂故事类型的滥觞

离魂故事的"鬼小说"在魏晋南北朝时期出现。在此之前,中国有关鬼魂离体的认识还很模糊,大多归之于梦的作用且少有记载。直到佛教传入中国,印度有关魂魄游离人身的观念与中国"魂魄不灭"的观念相结合,魂魄离体的观念才算成熟。

古代印度认为人的魂魄可以离开身体自由行走,死后也可以独立存在,例如《旧杂譬喻经》中记载的这个故事:

> 昔有人,死已后,魂神还自摩挲其故骨。边人问之:"汝已死,何为复用摩挲枯骨?"神言:"此是我故身。身不煞生,不盗窃,不他淫、两舌、恶骂、妄言、绮语,不嫉妒,不瞋恚,不痴。死后得生天上,所愿自然,快乐无极,是故爱重之也。"①

要知道此时无鬼论与有鬼论的争论还在继续,可势力单薄的是无鬼论,已处于劣势。两派实力的消长表明社会上大多数人已经相信"鬼"的存在,这就为魂魄离体奠定了思想上的基础,魂魄离体自然成了人们普遍相信的观念。受其影响,"鬼小说"中出现了魂魄离体的故事。

现存较早的离魂故事是《太平广记》注出《搜神记》的《无名夫妇》:

> 有匹夫匹妇,忘其姓名。居一旦,妇先起,其夫寻亦出外。某谓夫尚寝,既还内,见其夫犹在被中。既而家童自外来云:"即令我取镜。"妇以奴诈,指床上以示奴,奴云:"适从郎处来也。"乃驰告其夫,夫大

---

① 康僧会译:《旧杂譬喻经·魂神摩挲故骨喻》卷下,《杂譬喻经译注》,孙昌武等译注,中华书局2008年版,第78页。

愕。径入示之，遂与妇共观，被中人高枕安眠，真是其形，了无一异。虑是其魂神，不敢惊动，乃徐徐抚床，遂冉冉入席而灭，夫妇愧怖不已。经少时，夫忽得疾，性理乖误，终身不愈。①

这是一个颇为单纯的魂魄离体故事，这样说是因为故事中人的形体与魂魄分离，魂魄留于家中，从而引发了人的恐慌。从我们通常理解的离魂类型角度看，这则故事没有爱情的因素，明显是对佛教离魂观念的反映，离魂故事类型此时只初具形态。

真正意义上的离魂故事是刘义庆《幽明录》中记载的石氏女，全文如下：

钜鹿有庞阿者，美仪容，同郡石氏有女，曾内睹阿，心悦之。未几，阿见此女来诣阿。阿妻极妒，闻之，使婢缚之，送还石家，中路遂化为烟气而灭。婢乃直诣石家，说此事。石氏之父大惊曰："我女都不出门，岂可毁谤如此？"阿妇自是常加意伺察之。居一夜，方值女在斋中，乃自拘执以诣石氏。石氏父见之，愕眙曰："我适从内来，见女与母共坐，何得在此？"即令婢仆于内唤女出，向所缚者奄然灭焉。父疑有异，故遣其母诘之。女曰："昔年庞阿来厅中，曾窥视之。自尔仿佛即梦诣阿，及入户，即为妻所缚。"石曰："天下遂有如此奇事。"夫精情所感，灵神为之冥著，灭者盖其魂神也。既而女誓心不嫁。经年，阿妻忽得邪病，医药无征，阿乃授币石氏女为妻。②

小说本来的创作目的在于记异，意在说明："夫精情所感，灵神为之冥著，灭者盖其魂神也"的道理，但不经意间却开创出了男女之间"魂牵梦绕"的爱情模式。后代离魂故事类型中所有的基本特征在这则小说中都已经得到了完整的表现，"定情→离魂→合体"的小说叙事结构，两次执缚石氏女的曲折情节，庞阿对石氏女"心悦之"与石氏女"昔年庞阿来厅中，曾窥视之。自尔仿佛即

---

① 李昉等：《无名夫妇》，《太平广记》卷358，中华书局1961年版，第2831页。
② 刘义庆：《幽明录》，《汉魏六朝笔记小说大观》，上海古籍出版社1999年版，第734页。

梦诣阿"的细节心理描写，以及生动的语言都预示着此类型故事的勃勃生机。

二　唐代离魂故事类型的顶峰

唐代中晚期，陈玄祐《离魂记》的出现标志着离魂故事类型的"鬼小说"正式成熟。全文如下：

> 天授三年，清河张镒因官家于衡州。性简静，寡知友。无子，有女二人，其长早亡，幼女倩娘，端妍绝伦。镒外甥太原王宙，幼聪悟，美容范，镒常器重，每曰："他时当以倩娘妻之。"后各长成，宙与倩娘，常私感想于寤寐，家人莫知其状。后有宾僚之选者求之，镒许焉。女闻而郁抑，宙亦深恚恨。托以当调，请赴京，止之不可，遂厚遣之。宙阴恨悲恸，决别上船。日暮，至山郭数里。夜方半，宙不寐，忽闻岸上有一人行声甚速，须臾至船。问之，乃倩娘，徒行跣足而至。宙惊喜若狂，执手问其从来，泣曰："君厚意如此，寝食相感，今将夺我此志，又知君深情不易，思将杀身奉报。是以亡命来奔。"宙非意所望，欣跃特甚，遂匿倩娘于船，连夜遁去。倍道兼行，数月至蜀。凡五年，生两子。与镒绝信，其妻常思父母，涕泣言曰："吾曩日不能相负，弃大义而来奔君。向今五年，恩慈间阻。覆载之下，胡颜独存也？"宙哀之曰："将归无苦。"遂俱归衡州。既至，宙独身先至镒家，首谢其事，镒曰："倩娘病在闺中数年，何其诡说也？"宙曰："见在舟中。"镒大惊，促使人验之。果见倩娘在船中，颜色怡畅，讯使者曰："大人安否？"家人异之，疾走报镒。室中女闻，喜而起，饰妆更衣，笑而不语，出与相迎，翕然而合为一体，其衣裳皆重。其家以事不正，秘之，惟亲戚间有潜知之者。后四十年间，夫妻皆丧，二男并孝廉擢第，至丞尉。事出陈玄祐《离魂记》云。玄祐少常闻此说，而多异同，或谓其虚。大历末，遇莱芜县令张仲覗，因备述其本末。镒则仲覗堂叔，而说极备悉，故记之。①

---

① 李昉等：《王宙》，《太平广记》卷358，中华书局1961年版，第2831—2832页。

小说描写倩娘与王宙两小无猜，但随着年龄增长两人之间的感情出现不和谐的声音，对此两人无计可施。王宙无奈之下辞以远调，但在船上夜宿时"忽闻岸上有一人行声甚速，须臾至船。问之，乃倩娘，徒步跣足而至"，于是两人结合为夫妻。数年之后，王宙偕妻子回乡，再见到张镒时却发现之前跟随自己的倩娘只是一个鬼魂，鬼魂与真人见面即合二为一。

我们把它与《幽明录》中的"庞阿"相比较，发现《离魂记》在故事情节上明显是"庞阿"的复制，两个故事都是在描述女方为了追求爱情而离魂，故事主题也都是摆脱礼教束缚，追求爱情婚姻自由。但细审《离魂记》情节，其结尾却与"庞阿"有着不小的区别，倒与前一则"无名夫妇"十分相似，两女"翕然而合为一体"的细节显然是借鉴了"无名夫妇"中类似的情节。

虽然《离魂记》故事情节融合演化前代小说的痕迹十分明显，只能视为对前代创作的"模拟"，缺乏新意。但如果从表达情感、展现人性、人物塑造以及细节描写等方面看，《离魂记》无疑取得了巨大的成就。且不论它描写倩娘之魂与王宙在蜀中生活长达五年之久，单是倩娘之魂与王宙生育两儿的情节，就已经是对魏晋南北朝同类型"鬼小说"的一种超越了。

因为"人鬼殊途"的传统观念，一个"鬼魂"与人长期生活且为其生子的情节在之前的"鬼小说"中不曾出现。但是《离魂记》描写的"倩娘"已经不再具备"鬼"的特征，她很好地融入到了现实社会中。"鬼"因此获得了更为深刻的社会意义和作用。

整篇作品情节跌宕有致，前叙倩娘与王宙爱情的顺利发展；中叙两人爱情受挫，倩娘离魂；尾叙倩娘思念父母，回家魂体合一故事结构紧凑，能在虚实之中对主人公行为环境做出说明，使倩娘离魂不但没有沦为荒诞之说，反而具有了一种合理性。同时，文中设置悬念又给读者以巨大的情感震撼，使鬼魂在社会伦理的压迫下表现出了人性的光辉。

在人物塑造上更具有质的飞跃，"庞阿"中的人物塑造尚属扁平，但在《离魂记》中，倩娘与王宙得知婚事不谐时的"郁抑"和"恚恨"，表现出两人对对方的忠贞与深情；当倩娘鬼魂来奔时的"徒行跣足而至"，王宙"惊喜若狂，执手问其从来"，又把倩娘勇敢、执着的性格和王宙从失望到惊喜的神态形象地表现出来；当两人在蜀中生活时，倩娘又"常思父母"，表明她并没有因为追求爱情而泯灭了亲情。作者在小说中并没有把人物脸谱化，而是在不同的场景突出人物性格的多个侧面，从而塑造出了生动、典型的人物形象。

陈玄祐《离魂记》在离魂故事中的地位非常重要，它确立了此类故事类型的基本表达方式，在人物形象、情节结构等方面都对后代同类型的"鬼小说"创作产生了巨大的影响。所以在此之后，离魂故事类型的"鬼小说"创作蔚然大观，渐成气候，有李伉的《独异志·韦隐》，张荐的《灵怪集·郑生》等优秀之作。但这些作品从描写结构到人物塑造鲜有能超越《离魂记》者，以至于后代戏曲家取材时都以《离魂记》为本，例如金诸宫调的《倩女离魂》，郑光祖的《倩女离魂》，无名氏的《倩女离魂》等。

三　明代离魂故事类型创作的难乎为继

唐代风光一时的离魂故事类型，在经历了宋代为数不多的几篇作品之后，进入到明代基本停止了创作。这一创作的衰落之势从宋代的作品就可以看出端倪：孙光宪《北梦琐言》中对男女之间追求爱情的描写极度淡化，情节平直，叙述也客观冷静直白。全文见下述：

> 光化中，有文士刘道济，止于天台山国清寺。梦见一女子，引生入窗下，有侧柏树、葵花，遂为伉俪。后频于梦中相遇，自不晓其故。无何，于明州奉化县古寺内，见有一窗，侧柏葵花，宛是梦中所游。有一客官人，寄寓于此室，女有美才，贫而未聘，近中心疾，而生所遇，乃女子之魂也。①

我们已经看不到《离魂记》中那种对爱情的主动追求与歌颂，小说中甚至不能理解人的灵魂如何能够脱离躯体，为了将故事说得更"合理"只好设

---

① 孙光宪：《刘道济幽窗梦》，《北梦琐言》卷7，中华书局2002年版，第170—171页。按此故事亦收入《太平广记》卷282，《情史》卷9，《艳异编》卷22，《古今闺媛逸事》卷7。

计了一个梦中的情节。这样离魂就带有了梦的虚幻,《离魂记》中将离魂真实化、现实化的处理手法在此变为与之相反的虚构化处理手法。这种改变不只是对离魂故事类型创作手法的改变,更是人们面对此类故事时心态变化的反映。于是我们看到男子对女子离魂也只是被动地接受,甚至"自不晓其故",这一刻爱情的因素消失殆尽。

宋代郭彖《睽车志》中的《李通判女》则通过两女离魂后魂体错位的情节描述使离魂形式更加复杂,小说故事中突出的是民间趣味,场面热闹,尽量避免不符合现实的描写。唐代离魂故事类型中灌注的爱情、自由、人性等因素都变了味道,在宋人眼中离魂的情节充其量只是一件奇异事件而已。唐代《离魂记》所开创出来的故事类型新局面不复存在,宋代的离魂故事大都属于以上模式,整个故事类型并没有多大的发展,在人物塑造上也退步许多。

这种情形在明代依然存在,明代的离魂故事首推瞿佑《剪灯新话》中的《金凤钗记》。故事描述了崔兴哥与兴娘两小无猜,定亲之后因崔家搬迁,兴娘思念不已,染疾而亡。崔兴哥返乡欲完此亲事,却发现兴娘已亡。兴哥受邀住在兴娘家中,兴娘鬼魂以金凤钗为信物附着在妹妹庆娘身上与兴哥欢会多时,最终两人私奔。两年之后,两人回家说明真相,兴娘鬼魂离去,兴哥与庆娘结为夫妻。

从《金凤钗记》内容看,兴娘为了追求爱情而让自己的鬼魂与兴哥生活,这一点与《离魂记》并无多少区别。从故事结构看,一人一魂发展成为一人二魂,多少受到了《睽车志》中的《李通判女》的影响,但总体来说并没有多少发展。"定情→离魂→合体"的故事结构极为稳定,对人物形象的塑造虽然生动,但与《离魂记》相较笔力却弱了许多。

李昌祺《贾云华还魂记》以超长的篇幅叙写了魏鹏与贾云华的爱情故事,只不过从整体看离魂并不是故事的主要情节,全文四分之三的篇幅都在描写魏鹏与贾云华的日常交往、诗词答复,细致地刻画了两人爱情的发展过程。在故事后半段,贾云华借尸还魂也完全是因为冥君感魏鹏"不娶之言,以为义高刘庭式"和"不可使先参政(魏鹏之父巫臣)盛德无后"。这样的情节处理，使原本女子离魂所要表达的向往自由爱情和精神的主题被儒家道德伦理替代，唐代注入离魂故事类型中的爱情因素被抽离，只剩下一副离魂的躯壳而已。自此以后，离魂故事类型在明代"鬼小说"创作中难以为继。

通过上文的梳理，我们可以看到，离魂故事类型在唐代发展到了一个顶峰，唐之后这个类型的创作逐渐被抽离了其核心的爱情因素。及至明代，在儒家道德教化的小说观念的作用下，这一类型的"鬼小说"创作由于缺乏必要的心理基础，在故事情节结构以及人物形象上都缺乏积极探索的动力，最终导致了此类型的"鬼小说"创作在明代并不引人注目，甚至乏善可陈。

第四节　艳遇故事类型

中国古代不光恋爱受到儒家礼教的限制，婚姻也是如此，男女必须听从"父母之命，媒妁之言"。现代自由结合的婚姻在古代近乎理想和奢望，这在上节谈论离魂故事类型时就已经涉及了。男女为了追求爱情婚姻的自由而离魂，通过非现实婚姻一抒胸中的郁结之气。可惜的是，离魂故事类型在明代"鬼小说"中的创作趋于沉寂和边沿。但明人所受到的婚姻压迫却并没有比前朝有所缓解，相反日趋严厉。于是艳遇故事类型代替离魂故事类型承担起了明人对封建婚姻制度的认识表现功能。

一　艳遇故事类型的基本形态

不管是遇仙、遇神、还是遇鬼，人与非人之间情感的交流在先秦时期就已经出现。那些在对"鬼"顶礼膜拜的祈求中，在人配神的祭神方式中就已经暗含了爱情的因素。《楚辞·九歌》中以人身相恋之法取悦神灵。世传巫师以民间美女为河伯娶妇，后来出现了山川神灵娶妇，星宿爱情的传说，其中较有名的要属织女牛郎传说。

随着阴阳学说的加入，人们对"鬼"的认知除"敬"之外又多了一个"畏"。人们认为"鬼"是人死后的灵魂，乃阴气所聚，对生人有害。王充在《论衡·论死篇》中就说："世谓死人有鬼，有知能害人。"所以古人对"鬼"往往敬而远之。在敬畏心理的作用下，形成了"人神非匹""人鬼殊途""幽明殊途"的观念。这种观念对艳遇故事类型产生了至关重要的影响，它直接决定了此类故事的情节以及叙事结构，是我们理解艳遇故事类型的思维基础。

两汉时期，在敬畏"鬼神"心理、宗教仪式、民间传说的共同作用下，记载人与神、人与仙之间情感的小说出现。较早的有刘向《列仙传》记载的"江妃二女"，故事描述郑交甫与江妃二女赋诗言志，把人与仙之间的情感写得蕴藉而韵味悠长。尤其是主人公郑交甫，他的自作多情、自信聪颖、彬彬有礼、温文尔雅，在求得二女之佩后的得意之情都写得丝丝入扣，对后代"鬼小说"艳遇类型创作影响很大。

但神仙毕竟与"鬼"不一样，神仙飘逸潇洒、超凡脱俗的气质为"鬼"所不具备，于是遇"鬼"故事则从现实生活的角度去看待人与"鬼"之间的情感表达。例如魏晋南北朝时期的《列异传》中谈生的故事：

> 谈生者，年四十，无妇。常感激读书。忽夜半有女子，年可十五六，姿颜服饰，天下无双，来就生为夫妇。乃言："我与人不同，勿以火照我也。三年之后，方可照。"为夫妻，生一儿，已二岁。不能忍，夜伺其寝后，盗照视之，其腰已上生肉如人，腰下但有枯骨。妇觉，遂言曰："君负我，我垂生矣，何不能忍一岁而竟相照也？"生辞谢，涕泣不可复止。云："与君虽大义永离，然顾念我儿，若贫不能自偕活者，暂随我去，方遗君物。"生随之去，入华堂，室宇器物不凡。以一珠袍与之，曰："可以自给。"裂取生衣裾，留之而去。后生持袍诣市，睢阳王家买之，得钱千万。王识之曰："是我女袍，此必发墓。"乃取拷之，生具以实对。王犹不信，乃视女冢，冢完如故。发视之，果棺盖下得衣裾。呼其儿，正

类王女。王乃信之，即召谈生，复赐遗衣，以为主婿，表其儿以为侍中。①

汉魏六朝时期是重门第出身的社会，身为庶族的谈生想娶睢阳王女是不可能的事情。只有通过人鬼艳遇的情节，贫穷的谈生才能与豪门之女喜结连理。人与"鬼"之间爱情的曲折，反射出人们对当时婚姻制度的无奈和控诉。在相当长的一段时间里，这都是艳遇故事所要表达的主题。

当然，上面这则小说除去对现实婚姻制度的反映外，还在叙事过程中注意人物形象的塑造。例如睢阳王女与谈生结婚后对其进行告诫，当真相被拆穿后毅然离去，走之前又"裂取生衣裾，留之而去"，多处细节描写塑造出了睢阳王女小心翼翼、坚定、多情的人物性格，而谈生在得知睢阳王女要离开后的"涕泣不可复止"，也给人留下深刻印象。特别是对睢阳王女"其腰已上生肉如人，腰下但有枯骨"描写，更是为男女双方的爱情添上了悲剧的色彩。

人鬼艳遇的悲剧性结局我们固然可以从反映婚姻制度层面去理解，但以此作为此类故事的全部主题，则有"以偏概全"之嫌。前文提及，古人普遍相信"人鬼殊途""人神非匹"的观念，此处人鬼分离的故事结局显然就是这种观念作用的结果，这一时期对故事情节的设计初衷应该还没有上升到对婚姻制度进行批判的高度。

不过"人鬼殊途"的观念也并不是始终渗透在"鬼小说"的创作中，下面这则故事的男女就以喜剧为结局：

> 汉献帝建安中，南阳贾偶，字文合，得病而亡。时有吏将诣太山司命，阅簿，谓吏曰："当召某郡文合，何以召此人，可速遣之。"时日暮，遂至郭外树下宿，见一年少女独行。合问曰："子类衣冠，何乃徒步？姓

---

① 李昉等编：《谈生》，《太平广记》卷316，中华书局1961年版，第2501—2502页。另，《搜神记》也收此故事，名为"汉谈生"，只文字略有不同。详见干宝《汉谈生》，《搜神记》卷16，《汉魏六朝笔记小说大观》，上海古籍出版社1999年版，第404—405页。

字为谁?"女曰:"某,三河人,父见为弋阳令。昨被召来,今却得还。遇日暮,惧获瓜田李下之讥,望君之容,必是贤者,是以停留,依凭左右。"文合曰:"悦子之心,愿交欢于今夕。"女曰:"闻之诸姑,女子以贞专为德,洁白为称。"文合反复与言,终无动志。天明,各去。文合卒已再宿,停丧将殓,视其面,有色,扪心下,稍温。少顷,却苏。后文合欲验其实,遂至弋阳,修刺谒令,因问曰:"君女宁卒而却苏耶?"具说女子资质、服色、言语相反复本末。令入问女,所言皆同。乃大惊叹,竟以此女配文合焉。①

小说叙述贾文合被误召至阴司(泰山),放还途中遇见了同样被放还的女子,贾文合要求与女子交欢,女子予以坚定的拒绝,后两人复生,家人遂令其结合。故事的情节不算复杂,"大团圆"的故事结局也可以理解为对婚姻制度的反映。但是从故事具体的情节与人物塑造看,其主题尚不能单纯理解为对婚姻制度的反映。

故事中男女主人公都是"鬼",在阴司放生的路途中偶遇。情节如此设置,使男女主人公在复生之后有了结合的可能,否则以"人鬼殊途"的观念看人鬼又焉能长期生活在一起?在人物形象塑造上,故事中女子的形象塑造相当有特点。当贾文合与女子见面时女子的言辞:"惧获瓜田李下之讥。望君之容,必是贤者,是以停留,依凭左右"注定了贾文合后来的求欢失败,"文合反复与言,终无动志"更是对女子坚贞性格的再一次强化。小说集中笔墨于女子的坚贞性格,也是从反面突出贾文合浪荡子的面目,在这样的人物形象对比中,小说的主题被再一次地定格在儒家道德伦理上。

"贾文合"这篇小说在这一时期的艳遇故事类型中算是一个特例,若故事中女子的身份始终都是"鬼",结局肯定是以悲剧收场。毕竟此时的人们还无法超越"人鬼殊途"的观念,至于对婚姻制度的反映云云也只是现代人的理

---

① 干宝:《贾文合娶妻》,《搜神记》卷15,《汉魏六朝笔记小说大观》,上海古籍出版社1999年版,第389页。

解，而非当时人的认识。

综上可知，这一时期艳遇故事类型的"鬼小说"大多是以悲剧收场，像《陆氏异林》中的《钟繇》，《搜神记》中的《紫玉》《崔少府墓》，《续齐谐记》中的"王敬伯"等作品莫不如此。虽然此类故事主要描写的是个人情感，但从中可以看出涉及爱情的成分并不占主要成分，反倒是人鬼殊途的观念以及儒家道德伦理才是需要表达的核心内容。通过这一时期"鬼小说"的创作实践，艳遇故事类型由此确立基本的叙事模式，人鬼"艳遇—分离"的叙事结构成为了小说极为稳定的形态特征。

二　唐代艳遇故事类型的转变

"小说亦如诗，至唐代而一变"，艳遇故事类型在唐代的"演进之迹甚明"。它在能保持前代创作的奇幻特征，并在此基础之上对人物的性格刻画用力颇深，先看一例：

> 博陵崔咸，少习静，家于相州，居常葺理园林。独在斋中，夜雷雨后，忽有一女子，年十六七，逾垣而入。拥之入室，问其所从来，而终无言。咸疑其遁者，乃深藏之。将旦而毙，咸惊惧，未敢发。乃出于里内，占其失女家。须臾，有奴婢六七人，丧服行语，若有寻求者。相与语曰："死尚逸，况生乎?"咸从而问之，对曰："郎君何用问?"固问之，乃曰："吾舍小娘子，亡来三日。昨夜方殡，被雷震，尸起出，忽不知所向。"咸问其形容衣服，皆是宵遁者，乃具昨夜之状。引至家验之，果是其尸，衣裳足履皆泥污。其家大异之。归将葬，其尸重不可致，咸乃奠酒祝语之，乃去，时天宝元年六月。①

故事描写了崔咸遇上的一场艳遇，小说依然没有突出爱情，但却能紧扣"女鬼"的来历铺叙情节，在悬念设置中把一个死后亡尸的故事叙述得惊奇新

---

① 李昉等：《崔咸》，《太平广记》卷333，中华书局1961年版，第2644页。

巧，不仅不恐怖反而充满了人情味。特别是崔咸在遇见"女鬼"之后"拥之
入室""疑其遁者，乃深藏之"，把他遇见美色之后的心理生动地表现出来。
而"居常葺理园林。独在斋中"的环境描写，使崔咸在孤苦寂寞的背景下所
表现出的上述行为有了人性的合理性。这篇小说算不上唐代"鬼小说"的名
篇，但它却能把一个离奇荒诞的故事叙述得婉转有致，在特定的环境中突出
人物性格，具有一定审美价值。

要说唐代"鬼小说"刻画人物的典范之作，应属下面这篇：

> 荥阳郑德懋，常独乘马，逢一婢，姿色甚美，马前拜云："崔夫人奉
> 迎郑郎。"愕然曰："素不识崔夫人，我又未婚，何故相迎？"婢曰："夫
> 人小女，颇有容质，且以清门令族，宜相匹敌。"郑知非人，欲拒之，即
> 有黄衣苍头十余人至曰："夫人趣郎进。"辄控马。其行甚疾，耳中但闻
> 风鸣。奄至一处，崇垣高门，外皆列植楸桐。郑立于门外，婢先白。须
> 臾，命引郑郎入。进历数门，馆宇甚盛，夫人著梅绿罗裙，可年四十许，
> 姿容可爱，立于东阶下。侍婢八九，皆鲜整。郑趋谒再拜。夫人曰："无
> 怪相屈耶？以郑郎清族美才，愿托姻好。小女无堪，幸能垂意。"郑见
> 逼，不知所对，但唯而已。夫人乃堂上命引郑郎自西阶升。堂上悉以花
> 罽荐地，左右施局脚床七宝屏风黄金屈膝，门垂碧箔，银钩珠络。长筵
> 列馔，皆极丰洁。乃命坐。夫人善清谈，叙置轻重，世难以比。食毕命
> 酒，以银贮之，可三斗余，琥珀色，酌以镂杯。侍婢行酒，味极甘香。
> 向暮，一婢前白："女郎已严妆讫。"乃命引郑郎出就外间，浴以百味香
> 汤，左右进衣冠履珮。美婢十人扶入，恣为调谑。自堂及门，步致花烛，
> 乃延就帐。女年十四五，姿色甚艳，目所未见。被服粲丽，冠绝当时，
> 郑遂欣然，其后遂成礼。明日，夫人命女与就东堂，堂中置红罗绣帐，
> 衾褥茵席，皆悉精绝。女善弹箜篌，曲词新异。郑问："所迎婚前乘来
> 马，今何在许？"曰："今已反矣。"如此百余日，郑虽情爱颇重，而心稍
> 嫌忌。因谓女曰："可得同归乎？"女惨然曰："幸托契会，得待中栉。然
> 幽冥理隔，不遂如何？"因涕泣交下。郑审其怪异，乃白夫人曰："家中

相失，颇有疑怪，乞赐还也。"夫人曰："适蒙见顾，良深感慕。然幽冥殊途，理当暂隔。分离之际，能不泫然。"郑亦泣下。乃大醮会，与别曰："后三年，当相迎也。"郑因拜辞，妇出门，挥泪握手曰："虽有后期，尚延年岁。欢会尚浅，乖离苦长。努力自爱。"郑亦悲惋。妇以衬体红衫及金钗一双赠别，曰："若未相忘，以此为念。"乃分袂而去。夫人敕送郑郎，乃前青骢，被带甚精。郑乘马出门，倏忽复至其家，奴遂云："家中失已一年矣。"视其所赠，皆真物也。其家语云："郎君出行后，其马自归，不见有人送来。"郑始寻其故处，唯见大坟，旁有小塚，茔前列树，皆已枯矣。而前所见，悉华茂成阴。其左右人传崔夫人及小郎墓也。郑尤异之，自度三年之期，必当死矣。后至期，果见前所使婢乘车来迎。郑曰："生死固有定命，苟得乐处，吾得何忧？"乃悉分判家事，预为终期，明日乃卒。①

整篇故事叙述宛转，语言典雅，讲的是郑德懋被"鬼妇"招去与"女鬼"成亲，故事情节并不复杂，但描写细腻，于人物的语言、动作以及细节、心理的描写都有精致的笔墨，读来令人回味不尽。例如郑德懋最初被召时表现出的"愕然""欲拒之"，在见到"鬼妇"之后的"不知所对，但唯而已"，这些描写表明他对这份爱情并没有多少期许甚至有些抵触。结婚之后"郑虽情爱颇重，而心稍嫌忌"则又说明他还是介意对方非人的身份，但是当他真的要与"女鬼"分离之时却又"亦泣下"，可见他钟情的一面。故事结尾当对方接他作"鬼丈夫"时，他又欣然而往。

小说可以把人物放在不同的情境中，通过上述语言、细节、行为的描写塑造出了郑德懋立体式的人物性格。与《贾文合》故事中那个女鬼相比，郑德懋的性格更加丰富，且特征鲜明。而小说中"奄至一处，崇垣高门，外皆列植楸桐""堂上悉以花罽荐地，左右施局脚床七宝屏风黄金屈膝，门垂碧箔，银钩珠络。长筵列馔，皆极丰洁"的环境描写，以及"夫人著梅绿罗裙，

---

① 李昉等：《郑德懋》，《太平广记》卷334，中华书局1961年版，第2653—2654页。

可年四十许""侍婢八九，皆鲜整""食毕命酒，以银贮之，可三斗余，琥珀色"的细节描写无不细腻有致，充满生活的质感。小说语言也很典丽，韵律感十足。说它是唐代"鬼小说"塑造人物性格的典范之作并不为过，具有极高的审美价值。

类似的还有《太平广记》注出《广异记》的"裴徽"，故事描写裴徽的一场"艳遇"。小说中描写"女鬼"的神态，从"初不易色"到"邀徽相过"，后来又在老婢的相召下才肯出来与裴徽相见，把女性的含蓄害羞表现得淋漓尽致。而裴徽的"有才思"，对女鬼的"以艳词相调"，以及后来见到对方欲要嫁女时的"独心喜欲留"，更是刻画出一个浪荡风流的才子形象。① 还有同书之中的《李陶》在叙述李陶与"女鬼"的爱情故事时，把李陶从"初不交语"，到"悦其美色"，再到"深悦之"的心理转变过程刻画得生动细腻，② 同属佳构。

以上这些艳遇故事类型的"鬼小说"始终都回荡着爱的旋律及对人性的刻画。小说把一个不算复杂的人鬼恋爱故事铺叙得婉转有致，通过对语言、细节、环境的细腻刻画，塑造性格鲜明的人物形象，表现出对小说人物想象塑造上的自觉。不过从故事的结构看，"艳遇—分离"的结构依然是唐代大多数小说家的选择。虽然分离之由各不相同，但结局大体一致，如《广异记》中王玄之与"女鬼"分离，是因为"女鬼"客死他乡，"今家迎丧，明日当去"，同书之中李元平与"女鬼"分离是因为女鬼"托生时至，不得久留"。《太平广记》注出《宣室志》与"女鬼"分离，是因为女鬼觉得"幽明理隔"等。不过，即使"人鬼殊途"的观念依然对小说的叙事结构产生着作用，但唐代"鬼小说"在人物形象塑造上取得的成功无疑淡化了上述观念的表现程度。艳遇故事类型所要表达的主题由此也就随之发生了一些转变，在"人鬼殊途"的基础上真正加入了对爱情、对婚姻、对自由的思考和向往，代表了唐代"鬼小说"的最高成就。

---

① 详见李昉等《裴徽》，《太平广记》卷333，中华书局1961年版，第2646页。
② 李昉等：《李陶》，《太平广记》卷333，中华书局1961年版，第2647页。

三 明代艳遇故事类型的分裂

宋代艳遇故事保持了唐代的规模,虽然在人物形象刻画、叙事语言运用上笔力稍逊,但还是有一些作品展现出了较高的水平。例如《青琐高议》中《越娘记》描写越娘自荐枕席的过程:"后三日,舜俞宿邸中,一更后有人款扉而入,舜俞起而视,乃越娘也。再拜曰:'妾之朽骨,久埋尘土,无有告诉,积有岁时、不意君子迁之爽垲,孤魂有依,莫知为报'视衣服鲜明,梳掠艳丽,愈于畴昔。舜俞尤喜动于颜色,乃自取酒市果肴对饮。是夕,宿舜俞处,相得欢意,终身未已。"① 为了报恩,越娘精心打扮,既显示了她重情的一面,又表明她想把最美好的印象留给恋人的女儿心态。故事把这个心理描写得迂徐有致,为下一步越娘与舜俞之间爱情的升华做好了铺垫。不过由于宋代"崇实"思维的影响,艳遇故事的写实倾向使此时期人鬼之间的爱情不再像唐代那样富有诗意。

至明代,"崇实"的思维影响更大,宋代的创作倾向在明代得到了加强与深化。在明人看来非现实的爱恋是一种虚假,甚至是不可思议:"牛女之事,……千载之下,妇人女子传为口实也,文人墨士乃习为常语,使上天列宿横被污蔑,亦不可怪之甚耶?"② 于是艳遇故事类型出现了新变,唐代在"人鬼殊途"观念基础上升华出的爱情在明代已经不被理解,明人在此基础上升华出两种不同的解释,他们在前代"艳遇—分离"结构基础之上对故事进行了系统化的"分类",使明代此类型的"鬼小说"形成两个子类,分别是"艳遇—结婚—分离"型和"艳遇—分离"型

"艳遇—结婚—分离"型故事一改前代故事对婚前爱情的注重,把目光集中在了与女鬼婚后的家庭生活,例如:

> 张三指挥苏州卫运官输漕毕,归道经黄河涯,月明,闻岸上哭最悽,

---

① 刘斧:《越娘记》,《青琐高议》别集卷3,上海古籍出版社2012年版,第144页。

② 谢肇淛:《五杂组·天部二》卷2,上海书店出版社2009年版,第26页。

披衣起叩，乃十五六美女子也，自诉云："父母疫亡，葬毕无依，亲里偪其强婚无赖，因乘夜逃出投水。"张乃自叙颠末，且称丧偶，若肯相从，当遂不娶。女思惟良久，默然从张俱下，明晨早发，女机警绝伦，与张产二子，为夫妇十余年，未尝有过忿，但不容人见栉沐，张一日从窗隙窥，见女提头下于盆中洗发，张大惊，排闼而入，则已扑地，惟见一具白骨而已。张大怆，收藏之如礼。其长子后袭指挥，吴人至今称鬼张指挥。①

故事中的"女鬼"不光为张三指挥生子，更是在日后家庭生活中表现得非常出色："为夫妇十余年，未尝有过忿。"而在"女鬼"身份暴露之后，张三指挥也没有因其"女鬼"的身份对她有任何的恐惧、厌弃之情，相反"张大怆，收藏之如礼"。与唐代那些人鬼相恋的小说相比，这个"鬼指挥"的故事并没有表现出对爱情的追求或是向往，小说中对"女鬼"的容貌也并未做过多的描述，更重要的是"女鬼"在与男主人公结合后，很快进入了平静的家庭生活中，为男主人公延续后代，管理家庭，一副贤妻良母面目。

类似的故事在明代并非特例，又如：南京王指挥敏，因为没有子嗣，在运粮途中路过济宁买一妾，"色美而贤，内外宗姻，咸敬爱之"，生了一个儿子之后，王指挥和妻子相继死去，而"妾治家教子，极有法度"，其子袭官为把总。因为她被身边的二婢看破身份，化为一具白骨，但她的儿子因此得到了"鬼头王"的称号。② 此外还有颜指挥，鬼妾的出身为高邮湖中一老渔翁之女，颜指挥在讨得她做妾后，"岁余生一子，其夫人寻卒，以女为正室，姻族号为贤妇"。之后鬼妾的身份被颜指挥发现，留下了一副骷髅而灭，所生的儿子也起了个外号叫"颜鬼子"。③ 明代士人王同轨更是一口气记述了三条

① 宋懋澄：《鬼张指挥》，《九籥集》卷十，王利器校，中国社会科学出版社1984年版，第221页。
② 杨仪：《高坡异纂》卷中，《说库》，王文濡编，浙江古籍出版社1986年版。
③ 陆采：《颜指挥》，《冶城客论》，四库全书存目丛书子部246册，齐鲁书社1995年版，第662—663页。

"鬼指挥"故事,与上面那些故事情节相似,显然是同一版本的不同表述。①

故事中这些"鬼妻"或是"鬼妾"最终与丈夫分离是"人鬼殊途"观念的反映。不过与前代艳遇故事相比,最大的不同就在于这时的"女鬼"与男主人公结婚生子并进入平静的家庭生活,要不是被"他人"撞破秘密,这样的家庭生活必将延续下去。

由此可知,明代的艳遇故事并不是单纯地表现"人鬼殊途"的观念,作者通过对女鬼婚后生活的描述,在"未尝有过愆""姻族号为贤妇"的描写中表达了对女鬼此种行为的赞赏,在"人鬼殊途"观念中加入了儒教道德的因素。至于艺术表现手法,则已经完全抛弃了唐宋时期注重人物形象塑造、注重人物心理描写的特征,人物形象扁平,稍有可观的就是女鬼"不容人见栉沐"的细节描述,以此为后来"女鬼"身份的拆穿制造了悬念。这种人物形象塑造的缺陷,使整篇故事又回到了魏晋南北朝时期"粗陈梗概"的局面。

"艳遇—分离"型"鬼小说"依旧是"人鬼殊途"观念影响下的产物,但对女鬼面貌的描写却与上一类有很大不同。上文故事中"女鬼"一副贤妻良母的面目,这里则全然不同。

具体表现为"女鬼"以美色靠近男主人公,这种行为没有一丝一毫的爱情,她们接近男性带有不可告人的目的。先看一例:

> 张主事京安云,安庆董君通判处州,其女年十七病死,厝殡于城北佛寺。正德元年七月,郡少年张生暮行过寺,睹一绯衣女子,貌绝小,了鬟一人从,徘徊山门,生为伫视。俄顷,而女子即趋至前再拜,生揖问:"姐姐何处人?"女殊无羞态答云:"奴姓陶,家在寺东,父母早亡,赖兄嫂抚育。今日天日晴美,偶出至寺一观,郎今安往?"生告以还家,"姐姐肯相随吃茶否?"女欣然,生大喜,置酒与话绸缪,家人不见有人,

---

① 王同轨记有"鬼张指挥""鬼王指挥""王玉英"的故事,情节与上文谈到的故事情节相同,在结尾处还写道:"嘉甫谈""熊维慎说""闽庄静甫谈"。可见是道听途说而来,也证明此故事流传之广。详见王同轨《新刻耳谈》卷3、卷6、卷3,第570、612页,四库全书存目丛书子部248册,齐鲁书社1995年版,第568—569页。

而生揖让空对如狂。由是，每夜必至，间携酒肴来，生问："何从得？"答云："但卧醉饱，勿问来踪。"他日，手持烧鹅一头，馒头一器而至，云："吾家祭神胙物。"时通判衙祭祀，正失二物也。生渐以病瘵，父母忧之，苦问，方露情实。踪迹寺前，了无所谓陶氏，入僧室见旋衬一具，其前和有明器婢子，而窗外桃树一株，始悟其得姓之由。父大怒，投牒府中，讼判府女诱引生人，乞早赐焚葬。太守大笑，持告董君，发其棺，貌俨如生，体温无气，举柩焚之而绝。盖此女素有淫想，不遂而亡，故精爽不散，以毕此云。生病半年方差。①

张生被"女鬼"的美色吸引，抓住女鬼"趋至前再拜"的机会主动搭讪，当"女鬼"表现出相从之意时，"生大喜"——为自己的艳遇欣喜若狂。殊不知，时间一长"生渐以病瘵"，在女鬼的面目被揭发后"生病半年方差"。

若从故事的前半段看，该作品与前代艳遇故事没有多少区别：男女一见钟情进而对爱情追求向往。当情节转向张生生病之后，整个故事就改变了方向，前半段还时有时无的爱情至此踪迹全无，"女鬼"主动靠近男性的目的逐渐浮现出来：当"女鬼"被发棺时她竟"貌俨如生"，显然是吸取了张生的阳精所致。前代艳遇故事类型所追求的爱情被传统的阴阳理论所代替，"女鬼"对爱情的追求变成对阳精的攫取。

"鬼小说"中"女鬼"接近男性并利用美色对男性展开诱惑，目的都是为了吸取阳精。再如：

> 有一御史巡按，时每封门例往桥，见对门门楼上有一童女，彼此顾盼。女成疾，数月而死。御史初不知也。偶一夕，其女求合，天未明去，至夜深来。如此数月，遂成病。延医罔效。有一司训，精于医脉，珍（诊）其脉云："大人疾，非由寒暑，似为阴邪所侵。"御史不能讳。司

---

① 陆采：《董氏女》，《冶城客论》，四库全书存目丛书子部246册，齐鲁书社1995年版，第661页。

训云:"伺其再来,可坚留其随身一物。"已而复来,坚留其鞋一只。司训持此谢(鞋)遍访,有一老妪见而堕泪云:"此亡女鞋也,久附于身,何在公手中?"司训令开棺视之,其足少一鞋。即白之御史,御史托彼厚葬之,其怪遂绝。①

故事中的巡按御史与女童之间原本确实存在爱情,不过当女童变为"女鬼"之后,爱情发生变质,被蒙在鼓里的巡按御史还以为"其女求合"是为了追求爱情,当他"遂成病。延医罔效"之后才发现"女鬼"的真实目的。小说在这里对人和"鬼"做了明显的区分,当女童变为"女鬼"后,身上的人性便消失,剩下的是吸取阳精的"鬼性"。类似的描写,我们在侯甸《南楼美人》,田汝成《幽怪传疑》中都可以见到。

此时的"女鬼"没有了贤良的面貌,突出"鬼"吸取阳精这种特性,目的自然是在对"鬼"不良动机的渲染中寓于教化的目的。正如明人所说,是要在"使人可惊可惩可劝"的同时达到"粗显箴规而有补风教者"的目的。于是艳遇故事类型在"人鬼殊途"观念的基础之上又生发出了对女色的警戒主题。而人鬼分离的契机几乎都是"他人"的告诫或提醒,导致女鬼害人的面目得以暴露。这种"他人介入"的模式,是确定"鬼小说"教化主题的关键,由此爱情才转向了道德和警戒。

明代艳遇故事类型并没有很好地继承唐代此类型故事重爱情的特征,反倒是依据"人鬼殊途"的古老观念,结合时代社会需求进行了转移。当这个转移完成之后,前朝同类型小说的文学化表达以及古老的观念都把原本属于自己的核心位置让给了社会教化,明代艳遇故事类型也由此围绕着这个新目的来展开虚幻而富有教育意义的叙说。

---

① 王兆云:《女妖》,《说圃识余》卷上,四库全书存目丛书子部248册,齐鲁书社1995年版,第253—254页。

第五节　命运故事类型

中国古代有"修身、齐家、治国、平天下"的理想，古代士人最大的愿望莫过于政治清明、社会安定，自己又可以通过科举进入仕途，建功立业，福泽妻子，荫及后代。然而现实与理想存在着巨大差距，使得上述理想得以实现分外艰难，于是理想不得实现的苦痛便通过文学艺术表现出来。在"鬼小说"中通过"鬼"来抒发命运的不可捉摸，更多地基于这种理想不得实现的复杂心理，命运故事类型由此诞生。

唐代是命运故事类型开始大量创作的时期，其故事结构基本都是通过"鬼"的启示来揭示出个人命运的穷通，例如下文：

> 吴少诚贫贱时，为官健，逃去，至上蔡，冻馁求丐于侪辈。上蔡县猎师数人，于山中得鹿。本法获巨兽者，先取其腑脏祭山神。祭毕，猎人方欲聚食，忽空中有言曰："待吴尚书。"众人惊骇，遂止。良久欲食，又闻曰："尚书即到，何不且住？"逡巡，有一人是脚力，携小袄过，见猎者，揖而坐。问之姓吴，终皆惊。食毕，猎人起贺曰："公即当贵，幸记某等姓名。"具述本末。少诚曰："军健儿，苟免擒获足矣，安有富贵之事？"大笑而别。后数年，为节度使，兼工部尚书，使人求猎者，皆厚以钱帛赉之。①

小说中揭示吴少诚命运的改变，贫贱与富贵都是通过鬼神的启示。小人物在冥冥之中"鬼神"的安排下，迟早都会发迹变泰、飞黄腾达。面对这样的"现实"，唐人在其中寄寓了一种非常复杂的心理感受："对功名富贵、个人命运的关注感，对荣枯沉浮、宠辱得失变幻莫测的迷惘感，对坎坷人生的

---

① 李昉等：《吴少诚》，《太平广记》卷154，中华书局1961年版，第1107页。

失落感，痛苦感乃至不平感。所谓'命'者不止是迷信，而是伤感的、无可奈何的、得意的、嫉妒的、愤慨的、自慰的情绪发泄。"①

宋代命运故事依旧保持了唐代的模式，通过"鬼"的启示揭示命运，借此抒发内心之情，例如：

> 邵武军城内谢侍御家有别宅三间，极宽洁，为邸舍，僦直才三百二十千，人言中有物怪，多不敢居。乾道三年八月，武翼郎孙肇赴添酒税，以无官廨，欲居之。先与三少年往宿，相语曰："屋如是而赁费不及半，岂可失？吾何畏鬼哉！"时犹未黄昏，忽青光一道从后起，挥之以刃，即散去。俄顷，妇女七八辈，歌笑而出，撼堂上二空桥，出没其间。肇心动，舍而之他。明年，陕西人李统领，解鄂州军职来，自言无所怖，挈家径入。坐甫定，而十妇人已出，李仗剑逐之，至厕，入于溺瓮而灭，李研瓮咄骂。待旦，命仆掘其处，乃白金数百锭充塞于中。李邀谢氏子弟，访上世有无窖藏，曰无之，赂以三百千。子弟曰："此非我家物，义不当受，但请就鬻此宅，增为七百千立券。"李遂成富室。乃知无望之物，固冥冥之中有主张者。②

小说于谢侍御家"鬼兆"的铺陈排序，把谢侍御家、孙肇、李统领三人对"鬼"作祟的不同态度和反应加以比较，逐步突出个人命中富贵"前定"的主题思想。与上一篇不同的是，小说的情感表达除去伤感、无奈、得意、嫉妒、愤慨外，更多了一分顺命之后的平和。

从整体上看，宋代的命运故事并没有质的改变，每篇小说描写各有详略，但是采用的揭示命运模式却十分相同。由此我们可以断定：明代以前的命运故事类型形成了一种固定的命运揭示模式，即通过"鬼"的种种神异表现给人一种启示，所揭示的个人命运包括功名、财富等方面。

这种模式在明代"鬼小说"中又将是怎样一种面貌呢？大体有两种情况：

---

① 李剑国：《唐稗思考录》，《唐五代志怪传奇叙录》，南开大学出版社1993年版，第76页。
② 洪迈：《谢侍御屋》，《夷坚志》补卷第10，中华书局2006年版，第1639页。

一种是继续延续前代创作模式，一种是有所创新，形成了两种不同的命运揭示模式。

一　传统命运揭示模式

所谓传统的命运揭示模式就是指上述唐宋时期"鬼小说"所使用的通过"鬼"来启示命运的模式，在此模式中"鬼"的出现犹如设置灯谜一样，列举种种迹象，让人捉摸不透，最后再由主人公真实命运的揭示解开"谜底"，先举一例：

> 予母姨大蒋君廷贵，字无用。当应试时求江东签，得报云：前三三与后三三。不晓所谓，已而三举不利。成化辛卯，复当大比。宿族邸中，梦前任教谕陈裕率之，观华屋甚多，指谓之曰："汝知否，此即今年试题也。"既寤弗喻。徐思之，岂富润屋之谓乎。稍加研究，既而果以诚意全章命题。遂中第三名，刊此篇义云。初蒋得梦后，染疟甚笃，时人大惊呼。同邸生问之，蒋曰："见一鬼来扰故耳。"已而屡惊呼，语人曰："今又增二鬼，通三鬼只管缠恋不已，吾定死矣。"诸友交释之。然病势殊剧。一日又骇跃大噪，问之，曰："适乃见一美姝，吾方以为鬼而怖恙，姝曰：'勿怖，吾乃桂花仙耳。'"人曰："此吉徵矣。"蒋亦自觉，胸次开适而病势稍轻。洎临场，强扶舁以至院前，在地拾得好钱一文，自喜曰："非选中青钱之兆乎。"其后思之三鬼者，第三名经魁之义。盖魁有鬼字也。及上南宫又屡见黜，至戊戌岁始中进士第三甲。时已经三科，益验签语之神异。两三三字，上皆指科数，下指名甲，无一字虚设云。①

小说情节放在生活中颇为离奇：蒋廷贵应试前抽签算卦，得一签语，内容着实让人参详不透，随着一系列"鬼异"事件的发生，"谜底"最终才在主人公科举高中的结局——得到解释。故事聚焦于命运征兆的铺陈，于签语

印证的过程中加入"鬼"的因素，通过对"鬼"的征兆与签语的一一对应，为故事增添曲折感和神秘感的同时又使"命由天定"的思想形象地表达出来。

但如果我们把"鬼兆"部分去掉，这则小说就会变为一条对宿命思想的简单反映。可见明代小说家对此类命运故事的艺术特征有着深刻的把握，能把单纯的宿命论通过"鬼"的出现加以幻化，通过对一系列"偶然"事件的叙述把宿命观念悄无声息地灌输到每一个读者心中。虽然叙事并不像前代那样曲折有致，跌宕起伏，但在平淡的叙述中对"鬼兆"的渲染与现实形成了对比，把命运的变幻无常形象地表现出来。

正是因为明代小说作者深刻体会到"鬼"的特殊作用对小说叙事抒情的重要性，很多揭示命运的小说中都出现了"鬼"的身影，例如："余公子俊，号率庵，蜀之眉州青神人。家山后有冢，邻儿取其遗骸为戏，公辄为掩之。是夜，梦老人谢曰：'子有阴骘，为我整理门户，他日当至大官。'"此后余俊果然官至户部主事。① 这个故事叙事简单，但从揭示命运的模式看已经完全具备了此类小说的特征，且在简单的叙述中加入善恶报应思想，在宿命中寄寓着善恶教化，更具有明代的时代特征。再如：

> 周行人亮采未第时，常凌晨出，阊门犹未启。少驻官厅前，忽门内木门之旁有笑声，且笑且行，而西过厅，北渡木桥，渐远始隐。只是此一声而通长不断焉，又不见形。始知其为鬼物也，周亦无他。未几中第授官。②

就是这么一声长笑注定了周亮采"授官"的命运。笑声"西过厅，北渡木桥，渐远始隐。只是此一声而通长不断焉，又不见形"，仿佛在为周亮采"报喜"。这种离奇而有几分荒诞的情节似乎颇受明代小说家欢迎，王同轨《新刻耳谈》中"姚汝循"条也是记载"鬼兆"预示人中第之事。③ 同书之

---

① 陈继儒：《闻见录》卷1，四库全书存目丛书子部244册，齐鲁书社1995年版，第147页。
② 祝允明：《周希载闻鬼笑》，《祝子志怪录》卷3，续修四库全书子部1299册，上海古籍出版社2002年版，第609页。
③ 详见王同轨《姚汝循》，《新刻耳谈》卷4，四库全书存目丛书子部248册，齐鲁书社1995年版，第578页。

"戚侍郎"条亦通过"鬼"避主人公戚存心的描述向我们预示戚日后官至工部侍郎的命运。①

由此可知，明代命运故事类型是通过"鬼"所表现出的种种迹象来揭示人物命运的穷通，除去寄寓了人们对命运的感慨之外，还能结合善恶报应思想使此类故事的内涵进一步得到扩充，甚至对一些重大灾祸的预示也需要"鬼"的帮助，例如：

> 弘治六年，潞河以东，邨落居民，忽见人马被野，皆渡河奔城，多溺死者。久之，乃定。或谓此为鬼兵。邑将有兵革之变，故见此异。②

> 嘉靖三十二年三月，阳武县八宝门外，白昼闻悲哭声，凡三日。其地有厉坛，人谓鬼哭。是岁，黄河泛滥，厉坛枯骨皆被漂浸。③

原本无稽的记述在"鬼"的作用下变得确信无疑，原本无聊的记录也在"鬼"加入后变得奇幻而神秘，"鬼"带给小说创作上的变化可见一斑。从个体到群体的命运揭示，虽然对象不同但其中的思维模式却没有本质上的区别。这种"鬼兆"模式在小说表现力以及表现主题上起到了很好的平衡作用，它可以保证小说具有基本的艺术活力，同时又不至于过于蔓延导致小说主题表达不准确。这是明人对前代小说创作经验进行总结的表现。也是明人对此类型小说创作的核心要素有着深刻地认知和体会的表现，通过对"鬼"的叙述描写抒发自己对于命运的感慨以及人生的思考，对"鬼小说"艺术的发展也起到了推进作用。

二　反传统命运揭示模式

所谓反传统命运揭示模式，其实是通过"鬼"来解释个人命运，与上述

---

① 详见王同轨《戚侍郎》，《新刻耳谈》卷5，四库全书存目丛书子部248册，齐鲁书社1995年版，第598页。

② 徐昌祚：《新刻徐比部燕山丛录》卷7，四库全书存目丛书子部248册，齐鲁书社1995年版，第413页。

③ 同上书，第416页。

传统命运揭示模式不同的是,"鬼小说"描写的内容出现了转移,即不再使用"设置悬念→揭示悬念"的命运揭示模式,转而集中描写"鬼"本身的种种行为。这里"鬼"的出现不再是为了给出某种明确的启示,小说笔墨更多地聚焦在"鬼"的身上,侧面反映出命运的主题。根据"鬼"本身不同的表现,又可以分为两个方面。

其一,"鬼"之态度描写。

早在唐代就已经出现通过异类的态度揭露主人公富贵命运的小说,如《甘泽谣》中武三思的宠妾素娥(女妖)对狄仁杰就避而不见,并说狄仁杰是"时之正人"。[1] 为此瞿佑还写过一首《花妖惑主》诗专记此事。[2] 不过唐人对这种命运揭示模式并没有给予过多的关注,真正对其成熟运用的还是明人。先看一例:

> 邵中丞玘,浙之兰溪人。永乐丙戌进士,襟度轩豁,有胆量。幼时家贫,从学他所,其师规条严肃,约五更时赴馆。一日从属坛过,闻其中鬼声啾啾,一鬼叱曰:"邵都堂过矣,不得扰攘。"邵闻私识之。又一日渡西门河,河风急覆舟,舟中人皆陷溺。邵独立水面,漂至岸则援救获免,甫起时见足下有尸腾拥若乘邵至,邵收而瘗之。[3]

故事发生之时邵玘还只是求学的士子,在上学的路上听到了"鬼"语:"邵都堂过矣,不得扰攘。"通过"鬼"之口道出了邵玘未来官至都御史的命运,但小说没有对此是否应验进行进一步说明,整篇作品跳出了传统的"设置悬念→揭示悬念"命运揭示模式,把叙事的重心转移到"鬼"对贵人的种种态度行为表现上。所以紧接着小说叙述了一件"鬼"救邵玘的故事,特别

---

[1] 袁郊:《素娥》,《甘泽谣》,《唐五代笔记小说大观》,上海古籍出版社2000年版,第535—536页。

[2] 诗云:"社鬼祠神总遁藏,花妖月魅敢披猖。梁公正直难欺侮,却事宫中武媚娘。"见瞿佑《花妖惑主》,《香台集》卷上,《瞿佑全集校注》,乔光辉校注,浙江古籍出版社2010年版,第21页。

[3] 王兆云:《邵中丞》,《漱石闲谈》卷上,四库全书存目丛书子部248册,齐鲁书社1995年版,第312页。

是对"舟中人皆陷溺，邵独立水面"的情节进行渲染，通过邵玘和舟中其他平民（邵玘当时也是平民）的对比，再一次向我们暗示邵玘未来"富贵"的命运。采用这种模式的故事还有：

> 景中丞清赴举时过淳化，主家有女为鬼所凭。清宿其家，是夜鬼不至，去却来。女子诘之，曰："避景秀才。"旦日，女以告其父，父追及清，诘之故，清书"景清在此"四字，令父归粘于户，鬼绝不至矣。①

这则小说开始并没有向我们说明后来景清官至何位，只是通过对"鬼"的行为态度描写，向我们做出了暗示。特别是在故事结尾，"景清在此"四个字竟然也可以达到道士驱"鬼"符咒的作用，这样的描写无疑强化了景清未来的贵人命运，读来也让人忍俊不禁。

除去"鬼"在面对未来的贵人采取的避让、保护的态度外，还有一些其他的态度表现，例如：

> 徽郡汪总制尚书一麟，其族先年起大宅，有术者以庚甲定宅，命谓一甲子后，当更主毁弃。至期鬼祟大作，器物瓶甏不移自徙，白昼魇人不避。时公始蜚声黉序，屡蹶不第，或戏之曰："鬼惮贵人，公入寝不魇，可为今岁捷兆，室当属公矣。"公入寝一榻上，鬼出揶揄。公曰："我欲入内。"鬼舁之内室。又曰："我欲出外。"鬼又舁之外室。至旦一甲子，自是绝无声响。②

故事叙述了王一麟家族早年盖了一所大宅，有个术者说宅子一甲子后便会"更主毁弃"。此后至期宅中便时有"鬼"作祟，当时王一麟还未做官，有人开玩笑说："鬼惮贵人，公入寝不魇，可为今岁捷兆，室当属公矣。"王

---

① 佚名：《西皋杂记》，《说郛续》，陶珽编，续修四库全书子部1190册，上海古籍出版社2002年版，第28页。此事亦见杨仪《明良记》卷3，四库全书存目丛书子部143册，齐鲁书社1995年版，第132页。
② 王同轨：《汪尚书得宅》，《新刻耳谈》卷13，四库全书存目丛书子部248册，齐鲁书社1995年版，第628页。

一麟遂搬入宅中，晚上"鬼"又来作祟，不过在王一麟面前却甘当"仆役"，听王指挥，到早晨正好一甲子，大宅"自是绝无声响"。这个故事颇具新意，通过对术者占语"更主毁弃"应验和不应验过程的描述，在传统模式中融入新变。特别是结合"鬼"对主人公的态度描写和"毁弃"不应验的揭示，着重突出了王一麟未来富贵的命运。

类似"鬼"甘当仆役的故事还有《庚巳编》中记载的黑厮故事，小说描写黑厮死后，"鬼魂"跟随某按察使进京复命，一路上甘当奴仆，"自陕护至淮安"。按察使在京期间又大显灵异，为其谋取钱财无数。① 黑厮之所以甘当奴仆，尽职尽责的护佑按察使进京，又为其谋利，原因自然绕不过按察使贵人的身份。

所以通过"鬼"表现出的态度来断定一个人是否命中富贵已经成为明人的共识："世传鬼物能先知人贵贱祸福，此未必然。盖缘贵人多有阴神随侍，福神多有善相相从，鬼物见其侍从，故能先知其为贵人也。"② 不管"鬼"是否先知，或是贵人有神护佑，"鬼"的反应确实与人未来的命运息息相关，"鬼小说"也就在这种认识中去探寻命运的"真谛"。

其二，成神情节。

对"鬼"的态度描写可以反衬出人的富贵命运，有时对人死后成神的描写同样也同样可以达到这种目的。例如：

> 弘治癸巳，李范菴少卿应祯，字贞伯。疾。沈石田遣子往候之。其神思已瞆乱，但曰："我已不可为矣，此行升我为尚书，即行矣。"……一夕仆有高翼者，猝有疾，公凭附之而言曰："家事如何处分?"家人泣告曰："赖沈、史、文诸公一一议决，复与小舍议婚袁氏。"公曰："我放心去矣。"翼尚卧于地，久而方苏，乃能言曰："我初出厅事，见一人衣绯，南面而坐，傍列数炬，照曜如昼，熟视之乃知是我家相公也。叱曰：

<hr>

① 陆粲：《黑厮》，《庚巳编》卷9，中华书局1987年版，第110页。此事亦见郎瑛《续巳编》，《说郛续》卷14，陶珽编，《说郛三种》第九册，上海古籍出版社1988年版，第690—691页。

② 李豫亨：《推篷寤语》卷1，四库全书存目丛书子部85册，齐鲁书社1995年版，第478页。

'坐此许久，如何不见一人迎我？'令卒缚之而去，既出门见隶卒数十人呵叱，喧然拥轿而去。某从至胥门驿，次杖某数十，责令归家，小心看顾，否必重谴也。某复问，隶卒曰：'相公已升尚书，将之任矣。'"举家惊异之。①

李应祯，又名应熊，长洲人，景泰年间乡举，成化年间因为善书被选为中书舍人，弘治初年历任太仆少卿。李应祯生前就已经做到了四品的官职，无疑属于贵人一类，死后他的富贵命运依然不减，成为阴间的冥官。甚至还升官至尚书，其富贵的命运较阳间更甚。

像李应祯这样死后为官的贵人，还有很多。比如：乐亭县的县令姓蒋，因为"蒋平生聪明，长厚行，履忠信，有不期神明之志"。加之"死幸无过，当血食兹土"遂为乐亭县的土地。② 南昌胡浩也是如此，他自进入官场以来，"不避权要，不树私党，临政悉以公正自持，是以生明而民神之"。后来"主帝以尔刚明正决，铨斯任也"。做了徽郡城隍。③ 海州孙惟惠知清河县，"惟以一僮自随。非常苦节"。因为"冥间以其未尝得罪于民，别有注授。"死后亦成了神。④

结合上面故事我们可以看出，这些成神的人生前都是官员的身份，这种身份在死后得到延续，即个人的命运是可以超越生死的界限得到延续的。那些生前富贵死后依然富贵的人们，在一般百姓的眼中自然成了绝对意义上的富贵之人。

既然生前做官的富贵命运可以延续到死后，那么生前一度做官，死时为平民的那些人是否也会具有相同的命运呢？答案是肯定的，例如下面这个故事：

① 王兆云：《李史二公为神》，《白醉琐言》卷上，四库全书存目丛书子部 248 册，齐鲁书社 1995 年版，第 190—191 页。

② 祝允明：《蒋令作土地》，《祝子志怪录》卷 3，续修四库全书子部 1266 册，上海古籍出版社 2002 年版，第 610 页。

③ 侯甸：《胡郎中作徽城隍》，《西樵野记》卷 1，续修四库全书子部 1266 册，上海古籍出版社 2002 年版，第 691 页。

④ 徐昌祚：《新刻徐比部燕山丛录》卷 10，四库全书存目丛书子部 248 册，齐鲁书社 1995 年版，第 426 页。

余邑蔡二守完，以礼记魁于卿，罢官归有年矣。偶逢里人贾于外者，遄归。蔡讶其遄，询其故，云："梦中有人云汝禄命将尽，速返里，迟则不及别妻子矣。且云为新阎君者乃汝里中蔡公完也。"蔡亦惊诧。数日后，贾人死，蔡亦随之。①

故事很简单，蔡完之所以会成为冥官，就是他当过官，即使罢官已经很多年了，他做官的经历依然可以使他死后做官，富贵命运并不因为生前被罢官而发生任何改变。类似的故事还有王同轨《新刻耳谈》中记载的御史周新、② 刘尚书，③ 陆粲《庚巳编》中的王贯④等。

除去生前为官者死后继续为官的富贵命运外，一些平民死后也能为官，例如：

徐州舒经引之，以丙戌会试上京，病归至中道卒。见梦于其妻曰："上帝以我公直，命为淮安城隍之神，富贵不减生时，汝不用悲悼。"妻以告其子，子梦如之，其父母皆同其梦。⑤

用舒经自己的话来说，他当城隍是因为"上帝以我公直"，而且这是他"富贵不减生时"命运的最好表现。可见舒经把他生时考取进士的富贵命运与死后为城隍的命运等而视之，不管生死，他都是命中注定的贵人。与舒经身份相同的大有人在，如王兆云《岳帝从者》中记载的新城壮士，当他被召去当岳帝从者时，说："生虽贫贱，死得为岳帝从人，足矣。"⑥ 对自己的命运

---

① 王兆云：《蔡二守为阎罗》，《挥麈新谭》卷下，四库全书存目丛书子部248册，齐鲁书社1995年版，第163页。

② 详见王同轨《杭郡城隍》，《新刻耳谈》卷5，四库全书存目丛书子部248册，齐鲁书社1995年版，第598页。

③ 详见王同轨《刘尚书松石》，《新刻耳谈》卷11，四库全书存目丛书子部248册，齐鲁书社1995年版，第656—657页。

④ 陆粲：《王贯》，《庚巳编》卷10，中华书局1987年版，第120页。

⑤ 王兆云：《舒经城隍》，《白醉琐言》卷下，四库全书存目丛书子部248册，齐鲁书社1995年版，第219—220页。

⑥ 王兆云：《岳帝从者》，《漱石闲谈》卷下，四库全书存目丛书子部248册，齐鲁书社1995年版，第343—344页。

表现出十分满足之感，同时也透露出他死后的命运是富贵的。还有陆粲《庚巳编》中记载的苏州府学生吴照，① 吴学生计先，② 王同轨《新刻耳谈》中的陆秀才，③ 王兆云《湖海搜奇》中的符某等。④ 这些人都以布衣的身份被选中担任冥间官员，表现出布衣贵人的命运。

"鬼小说"成神情节的描述对个人命运的揭示是显而易见的，作者在面对这些死后依然富贵的人时，内心中感慨万千，纷纷说道："人曰殆不免，随任之说乎。"⑤ "人生各有定分，……于前定之理，顺受而无妄营，即以称居易俟命之君子无愧矣。"⑥似乎也只有接受命运的安排，才是排解内心苦闷的唯一出路。

以上所说的反传统命运揭示模式除去对个人命运揭示另辟蹊径外，对主人公的人物形象也起到了一定的烘托作用。已往命运故事类型的创作中对人物形象的塑造不是所要表现的主要方面，但是明代"鬼小说"却能在此有所建树。例如上文邵玘的故事，从刻画人物性格而言，"鬼"的避让、保护的态度，确实可以很好地突出贵人刚正的性格特征，这种性格特征也符合现实中人物的性格。现实中的邵玘，字以先，永乐四年（1406）进士，受御史。《明史》传附于顾佐之后，云邵玘性廉直，每当法司缺官时便让其代理，一些重大的案件也交给他审理。所以邵玘历仕中外，所过人不敢犯，做官很有威严。虽然官做的大，可是他始终"持身廉洁，内行修，事母以孝闻"。⑦ 杨士奇也说邵玘"为人外肃内宽"，"其廉洁之操，盖始终一辙"，并称赞他"彰善瘅

① 详见陆粲《户婚亲中司》，《庚巳编》卷3，中华书局1987年版，第33页。
② 详见陆粲《见报司》，《庚巳编》卷5，中华书局1987年版，第57页。
③ 王同轨：《陆秀才》，《新刻耳谈》卷11，四库全书存目丛书子部248册，齐鲁书社1995年版，第248页。
④ 王兆云：《东岳祭酒》，《湖海搜奇》卷上，四库全书存目丛书子部248册，齐鲁书社1995年版，第90页。
⑤ 同上。
⑥ 王象晋：《王孺人再生传》，《剪桐载笔》，四库全书存目丛书子部243册，齐鲁书社1995年版，第474页。
⑦ 张廷玉等：《明史·邵玘传》卷158，中华书局2000年版，第2869页。

恶，激浊扬清，惟公惟平，惟廉与明"。① 这种人物性格与"鬼小说"所塑造出的人物形象是十分契合的。

至于李应祯，他在任职中书舍人期间宪宗令其抄写佛经，李因此上奏道："臣听说凡是有天下国家的只有九经，从没有听说过有佛经。"② 可见李应祯是一位典型的儒士，吴宽就称赞他从小勤奋学习，"好古博雅，尤尚气节"，成年后他最崇拜范仲淹，为此还给自己的居室起名"范斋"。此外他还好客不倦，死后家中并没有多少积蓄，只有书千卷而已。所以大家评价他"平生旧蹟清古，文词简雅有法，为世所重"。③ 也是与小说中所表现出的人物性格特征相吻合。

这些"鬼小说"能够注意到主人公性格特征的塑造无疑是一种进步，不过仔细观察我们就会发现，这些贵人的性格特征无一不符合儒家道德的要求，表现出一种扁平化的人物形象特征，那些成神之贵人也大都具有"刚明正决""公直"等符合儒家道德的个人品德。作者明显是把儒家道德与富贵命运联系在了一起，言下之意就是那些贵人之所以富贵，除去命中注定之外，其本身的儒家道德修养也产生了一定的作用。

总之命运故事类型在明代得到稳定的发展，说其稳定是因为它在命运揭示模式上的创新多集中在细节之上，于整体并没有实质的改变。在人物形象塑造上也有所突破，虽然与前代的命运故事相比人物形象塑造依然不是小说叙述的重心，但是在个别篇章中作者还是注意到了小说人物形象问题，这是一个微小的进步。作者还能通过对命运前定故事的叙述，抒发内心的无限感慨。所以从以上几个方面看，说明代"鬼小说"所取得的成就超过前人则有些困难，但是说其远不足于前人则又过于悲观。

最后，通过对明代"鬼小说"故事类型的考察。明代"鬼小说"故事类

① 杨士奇：《嘉议大夫都察院左副都御使邵公墓碑铭》，《东里文集》卷14，中华书局1998年版，第197页。
② 李绍文：《方正》，《皇明世说新语》卷3，明代传记丛刊，台湾明文书局1991年版，第174—175页。
③ 详见吴宽《南京太仆少卿李公应祯墓碑》，《国朝献徵录》卷73，焦竑编，明代传记丛刊，台湾明文书局1991年版，第608—609页。

型多承袭前代传统，但也存在诸多新变之处。造成了"鬼小说"的故事类型在明代表现出了不同的发展态势。报应、入冥、艳遇、命运四个类型都出现了不同程度的新变，离魂类型则走向衰败。其原因则是本书所分析过的，明代士人小说观念。正是由于作为创作主体的士人对小说有着教化、娱乐、博物和宣泄的认知，使得明代"鬼小说"创作与之同步，并造成了故事类型也随之发生了符合小说观念的变化。

第五章　明代"鬼小说"的艺术特征

明代"鬼小说"既是对现实生活的真实写照，又是作者抒发内心情感的主要途径，更是精神上的审美活动，是对美的创造和审美理想的追求。明代刚好处于一个绝佳的关照前代创作的位置，"鬼小说"历经漫长的发展演变过程，在艺术手法上积累了丰富的创作经验，在审美上也聚集了丰厚的艺术品位，明代"鬼小说"就在这种基础上进一步追求文士的最高审美境界和小说艺术手法。

第一节　寓意于事的创作手法

寓意于事是先秦时期"鬼小说"就已经确立起来的创作手法，它的产生与"鬼小说"关注现实的创作追求有关。作者并非单纯地记录"鬼"的神异，而是通过"鬼"的表现寄寓作者的情感与态度——在复仇故事主人公悲愤无奈的情感中寄寓否定态度；在报恩故事中，好人得到善报的结果也悄无声息地加入了作者的肯定态度以及对善行的褒扬。"鬼小说"要达到这种目的，就必须把叙事的中心放在对事件的叙述上，通过对事件的叙述表达作者对事件的思考与价值评判。

它的成熟得益于中国发达的史学叙事传统，因为在中国古代史学著作中追求"春秋笔法"，正所谓："《春秋》之称，微而显，志而晦，婉而成章，尽而不污，惩恶而劝善，非贤人谁能修之？"史学家必须在历史事件的叙事中寄寓对历史的褒贬态度。孕育于史书的"鬼小说"自然就借鉴了"春秋笔法","鬼小说"的创作也要通过叙事追求一种"言外之意"。

在叙事中寄寓褒贬态度,具体而言是对历史事件的叙事进行调整,造成一种叙事重心的偏移,以此来表达褒贬态度。如上文提及《左传》中的两个"鬼"复仇故事,作者在叙事上都采用了延长叙事时间的手法。彭生被杀在桓公十八年,报仇则在庄公八年,间隔了八年的时间,而伯有被杀到复仇之间同样也是间隔了八年。叙事时间的变长造成情节的跌宕起伏,彭生、伯有这两个人物的悲剧性命运及性格都得到了很好的塑造。

随着小说文体的成熟,"春秋笔法"逐渐淡出了小说创作。魏晋南北朝时期"鬼小说"在人物形象塑造上初步取得一些成就。例如前文提到的《阮瞻》,小说叙事逐步推进,从刚见面时的"寒温毕"到最后的"鬼"怒,把一场辩论逐渐"升温"的过程与"鬼"逐渐转怒的心理变化过程相对应,最后让"鬼"在焦点问题上"爆发",刻画"鬼"的性格形象生动。还有《宋定伯捉鬼》中宋定伯的沉静机敏,"鬼"的憨直,《幽冥录》"新死鬼"中"瘦鬼"的老实,"胖鬼"的狡黠等都是人物形象刻画的佳例。但囿于功利性的小说目的,以及小说的发展现状,"鬼小说"对人物形象的塑造并未与小说叙事有机结合。

这一点在唐代得到了极大地改善,所谓"有意为小说"主要就是指唐人"自觉地以人物形象为中心"。① 要知道小说艺术中主要是通过人物的行为、语言、动作以及细节、心理的描写来突出人物的个性特征,尤其是特征性的细节描写,对人物性格的刻画起到非常重要的作用。把综合运用这些手法要有突出的审美能力和创造力,唐前的小说家都没有达到这个要求。

对小说审美的理解与对语言技巧的成熟掌握,促使"鬼小说"在人物形象塑造以及表达情感上发生了质的飞跃。例如,唐代的艳遇故事类型中的诸多作品,把一个不算复杂的人鬼恋爱故事铺叙得婉转有致,通过对语言、细节、环境的细腻刻画,塑造性格鲜明的人物形象,表现出对小说人物想象塑

---

① 详见刘勇强《中国古代小说史绪论》,北京大学出版社2007年版,第124—127页。

造上的自觉。这种通过超现实的爱情描写刻画人物形象的手法同样也表现在其他题材，如人神、人仙、人妖的小说创作中，"鬼小说"与这些小说一起激起了对人类天性的赞美、歌颂，共同表现出唐代"鬼小说"丰艳华美、浓郁婉转的美学风格。

明代"鬼小说"除去明初瞿佑、李昌祺等为数不多的几位作家能够步趋唐人之后，对人物形象进行主动地塑造外，其他作家在儒家教化目的影响下又回到传统的以事件为创作中心，目的是通过对事件的叙述寓于教化，而那些曲折的情节，细致的描写，华丽的辞藻对这个目的并没有多少用处。明代士人的思维特征也决定了他们无法在"鬼小说"的创作中通过形象思维进行人物塑造，所以我们看到多数明代"鬼小说"的情节设置以富有儒家教化意义的内容为主，主要表达的是作者对社会现象的儒家伦理道德评判，小说具有强烈的干预现实的目的。

于是明代"鬼小说"又重新使用了寓意于事的创作手法，在小说的创作中注重故事所表现出的教化意义以及世间原理，忽视人物形象的塑造。例如：

> 义门郑氏有天神主之，每祭必于中夜，家长率子姓男女以次序列。神常现形云："吾天地间忠孝鬼，昔主江州□氏。今奉帝命为女家依表，毋得为非义以取祸。"言讫而隐。郑氏建神光阁奉安，其所以累叶同居者，神有助焉。①

在这则小说中，作者没有对"鬼"作过多的描述，情节简单，唯一的语言描写就是"鬼"说出那句"毋得为非义以取祸"的告诫。小说忽略人物形象的塑造显而易见，叙事的中心也围绕在"鬼"将临所说的话。只是为了完成这个教化任务而设置情节，这可以看做是寓意于事手法的"简化"代表。又如：

---

① 王兆云：《郑氏忠孝鬼》，《说圃识余》卷上，四库全书存目丛书子部248册，齐鲁书社1995年版，第271页。

土木之难，张益以学士从死。后四十余年，其子侍郎印马北边，道经土木，设俎奠哭。夜忽梦父衣冠楚楚曰："汝红沙马可与我乘也。"既觉，异之，忽报后乘红沙马暴死。及归，以语故父老，故父老曰："汝父从驾时所乘红沙马也。"嘉甫谈。①

这个故事情节简单，同样不注重人物形象塑造，作者叙述这个故事除去猎奇的心理之外，证实"鬼魂"实有成了主要目的。如果再仔细分析一下，其中还隐含着作者对"忠孝之人"的赞许。正如上则故事所说，"忠孝鬼"存在于天地之间，它们不会随着阴气消减而散灭。"忠孝鬼"之所以可以长时间地存在于天地之间，其"忠孝"的人格特征无疑是其存在的主要原因。证实这些"鬼"的真实性就隐含了作者对这些"鬼"生前行为的肯定。结合这个故事，张益是在土木堡之变中死难的，无疑是死于王事"忠"的典型代表，那么对张益鬼魂真实性的证明，就代表了对儒家"忠"的肯定，这无疑是寓意于事创作手法的又一种表现。

即使"鬼小说"中有对人物形象的塑造，在寓意于事手法的影响下也只注重人物性格的某一方面。人物形象大多扁平，整篇小说的中心还在叙事上。例如：

吴邑获扁王君鏄，尝卧宅中。夜将半，有鬼啸于前，其声类鸭。鏄闻之无所惧，但云："汝叫自叫，吾不管汝，但勿近吾床聒吾耳也。"鬼乃作鹅声，鏄笑曰："不过是此等耳。"鬼终不复。作夭鼓翼之声，庶几其一惧。鏄曰："吾且睡，不听汝矣。"鬼必欲动之，遂落其床帏覆鏄身，曰："吾适寒，覆之甚宜。"鬼无如之何，遂不复作声。②

---

① 王同轨：《张学士益》，《新刻耳谈》卷2，四库全书存目丛书子部248册，齐鲁书社1995年版，第556页。

② 祝允明：《王鏄》，《祝子志怪录》卷3，续修四库全书子部1266册，上海古籍出版社2002年版，第609页。

王铸在“鬼”百般骚扰下没有表现出一丝害怕，始终泰然处之。这是因为儒家教导士人要“处变不惊”，在现实生活中要以“礼”为规范，不能强烈地表达情感，正所谓“彬彬有礼”也。所以王铸的安之若素，处变不惊的形象就在一静一闹的对比下“跃然”纸上，把儒家对士人的性格要求形象地表现出来。

寓意于事的创作手法是儒家教化审美观念的具体表现之一。通过它的作用，“鬼小说”进一步成为儒家教化的工具，同时也影响到“鬼小说”具体的艺术表现手法。小说不再以塑造人物性格为创作的中心，而是把叙述一个富有寓意的故事作为创作的中心。这使大多数的“鬼小说”不注重人物形象的塑造，即使有也只是塑造一些符合儒家标准的扁平化人物形象，这是明代“鬼小说”最明显的艺术特征。

第二节　以实制虚的描写技巧

虚幻相生、幻中见真往往被视为浪漫主义表现手法，在我国古代文学有着悠久的历史。从古代神话传说到屈原的诗歌，都善于以虚幻的想象表达真实的理想。“鬼小说”描写“鬼”的奇异，是通过理想化的生活再现对现实生活的不满与抗议，理应出现浪漫主义的作品。但真实的情况却是“鬼小说”基本都是沿着“写实”的道路前行，尤其是明代“鬼小说”的创作与浪漫主义的要求相距甚远。

圣人孔子就不语“怪力乱神”，所以明代士人对“鬼小说”宣扬鬼神奇异大多抱有抵触情绪，但也有人对鬼神之事持较为宽容的态度。总的来看，明代士人对“鬼神”之事的认识分为两大阵营，持反对态度的依然秉持孔子“子不语”的教导，对“鬼神”之事所表现出来的奇幻大加抨击。例如谢肇淛说：“传记有周文襄见鬼事，盖已死而英气未散，魂附生人，无足异也。如刘伟者为太守，卒已数十年，忽往来人间，言未曾死则妄矣。近万历间又有称威宁伯王越者,往来吴越间,人信之若神。大抵妖人假托之词耳。"① 人死之后变为"鬼","鬼"为阴气所聚,并不会保持太久时间,短时期内的"鬼"作祟是真实可信的,但如"如刘伟者为太守,卒已数十年,忽往来人间",就超越了真实的界限,遁入"幻"的虚妄之中。

极度的"幻"正是圣人们所反对的,所谓:"幻异亦奇矣哉。圣人语常不欲幻,语同不语异,何也?其说不可训也。……异而幻,异则邪,邪则惑,惑则大乱起矣。"②"鬼神"之事所表现出的"幻",就是"异"的,"异"导致了"邪","邪"导致了"惑",最终"惑"会引起"大乱"。

持肯定态度的,大多从善恶报应之于社会教化的功用处给予肯定。例如屠隆就说:"善恶报应如影随形,如响应声的,然而不爽,一定而不可递世之迷。人谓天地间无鬼神、无仙释。因果报应尽属渺茫,所以敢于作恶而无忌,诚一省悟,必有惕然悚惧而不敢肆者。"③ 正是因为善恶报应"如响应声的,然而不爽",所以世人一旦领悟善恶报应的这种特征,就会"惕然悚惧而不敢肆",对社会的教化目的也就达到了。

这也是佛教能够流传至今的原因:"佛教流入中国至于今,海内崇尚极盛,暂熄复兴,自王公大臣,下至庶姓男女,无一不尊之。……愚民不知官府号令刑罚,亦不能惩。一闻阴果善恶天堂地狱之说,悔心生,暗室自改,此助法度之所不及,……世人沉酣声利,戕害生命。若纵其欲,何所不至。佛说害物受报,虽愚顽者,不免动心,足以全生惜福,……诸如此者,儒书王政中未尝不留意劝诫,但不如彼教入人之深,其功大矣!其传之古今,不能废也。"④ 陈于陛认为通过佛教推行善恶报应教化,所达到的效果远比儒家深刻,功效也更大。

于是佛教中宣传的天堂地狱就成为了善恶教化的重要场所,一个人的善

---

① 谢肇淛:《五杂俎·人部二》卷6,上海书店出版社2009年版,第112页。
② 方学渐:《迩训》卷20,四库全书存目丛书子部241册,齐鲁书社1995年版,第611页。
③ 屠隆:《冤对》,《鸿苞》卷41,四库全书存目丛书子部90册,齐鲁书社1995年版,第58页。
④ 陈于陛:《佛教》,《意见》,四库全书存目丛书子部87册,齐鲁书社1995年版,第358—359页。

恶表现直接决定了天堂地狱之分,如:"作善降之百祥,而百祥之骈集,是惟天堂之福也"①。"苟为善,而人敬之,天下仰之,鬼神亲钦之,不谓之天堂只在目前耶!苟为不善,而人贱之,士师刑之,鬼神殛之,不谓之地狱只在目前耶!"②

表面上看,明代士人对"鬼神"之事的认识带有一种矛盾性,不过细加分析便可理解他们为何会对此采取不同的态度。作为儒学传人对佛教排斥,对"鬼神"之事进行否定是其儒士本色。但在明代儒家教化的氛围中,在宗教儒家化和社会急需教化的现实要求下,明代士人对"鬼神"之事抱有功利性的态度,对其表现出的辅助教化功能赞不绝口,反映在"鬼小说"创作中,诚如上文所论:"著述必可垂世立教。"③

所以,"鬼小说"对"幻"的追求是有前提的,这个前提必须在"真"的基础上表达出符合儒家教化要求的"幻"。本着教化的目的,"鬼小说"对"真"的叙述就带有一种必然性,带有功利性的色彩。例如入冥故事中注重于还魂情节的真实性记述,哪怕是极其简单的描述,明人也要详尽地记录下来,例如:

> 吴氏吕景仁者,病死。其妻寡居,忽一日亦暴卒。既而复生,自言处气绝为二卒所执,至一所若公府,上坐一人,状如王者。令吏以册籍检其妇年寿,检毕复王者云:"此妇寿未终,夫虽死,尚与长洲县羌某有三十年夫妇之分,理应放还。"王者颔之,其妇告曰:"吾身被拘来,何由得还?"王者书一牒与之,上有朱印,令二卒送至其门。卒用一推,不觉如梦惊寤。后果再嫁,为吴某妻。殆今将三十年,尚无恙。④

① 林兆恩:《天堂地狱》,《林子全集》卷44,四库全书存目丛书子部91册,齐鲁书社1995年版,第594页。
② 林兆恩:《轮回》,《林子全集》卷44,齐鲁书社1995年版,第595页。
③ 赵世显:《客窗随笔》卷2,《赵氏连城》,四库全书存目丛书子部107册,齐鲁书社1995年版,第99页。
④ 王兆云:《吕景仁妻》,《白醉琐言》卷上,四库全书存目丛书子部248册,齐鲁书社1995年版,第209页。

原本虚幻的入冥,在"人证"的作用下变为对阴间之事的证明,对主人公"殆今将三十年,尚无恙"的描述更是印证了阴司有关"此妇寿未终,夫虽死,尚与长洲县羌某有三十年夫妇之分"判决的真实无误。在明人看来入冥的真实与否要远比入冥细节的奇幻更为重要,这类"鬼小说"中的主人公往往都有名有姓,并非以"某""生"之类的代词出现,小说结尾处也要交代还魂之人的现状或是以"某某说"记录下此故事的来源。

之所以如此,是因为阴间具有"惩恶扬善"的教化职能。特别是阴间的审判,对阳间的人们来说就是一种无形的规范力量,是迫使人们遵守社会规则的保障和动力。如果入冥成为不真实的事情,那么对社会的教化将会在"虚幻"的前提下被消解得一干二净。于是对入冥故事中这些细节的真实描述就成了突出社会教化的手段。小说中想象的保留也就带了目的性,它完全置于"真"的控制之下,成了"真"的附属品。

第三节　通俗简洁的语言风格

唐代传奇小说的语言风格出现了口语化的倾向,例如《上清传》中的德宗满口白话:"这獠奴,我脱却伊绿衫,便与紫衫着;又常唤伊作陆九。我任窦参方称意,次须教我枉杀却他。及至权入伊手,其为软弱,甚于泥团"。就连《玄怪录·来君绰》中的精怪也说"蜗儿,外有四五个客"这样的家常话。此外还有很多,如《游仙窟》中的五嫂:"何由叵耐,女婿是妇家狗,打杀无文。终须倾使尽,莫漫造诸众。"《霍小玉传》中的鲍十一娘:"苏姑子作好梦也未?"《周秦纪行》中的薄太后:"屈两个娘子初见秀才。"等等。经历了宋代"鬼小说"世俗化转变后,明代"鬼小说"的语言更加通俗化、口语化。

其一,通俗化的人物语言描写。

明代"鬼小说"在人物语言描写上进一步发展了唐代口语化的倾向,用

一种形象的语言描写推进叙事，例如《志怪录》中记述道：陆林的妻子是个
悍妇，家中有一婢叫蜡梅，长得漂亮。林妻醋劲大发，竟把蜡梅折磨致死。
随后在弘治庚戌五月蜡梅的鬼魂来复仇，搅得家中鸡犬不宁，陆林和其妻子
重病不起，多次禳祷都无效果。到七月间，请其姊夫许巫来为送鬼。许巫晚
上回家后，蜡梅找上门来，和许巫有了如下对话：

> 忽闻枕中叠叠作声，许惊问何物，枕中曰："我蜡梅也。"许曰："汝
> 自与我舅子有冤，如何却来寻我？"枕中曰："他何故杀我，是尔与他姊
> 弟，我故来寻你。"许曰："尔也可放解了他。"鬼曰："念情理放了他不
> 得，前日犹可，今日只管喋我数次不已，我告状难得准，却被他缠延益
> 增。我怒了，我定不舍他。"许曰："然则再令他超荐你如何？"鬼曰：
> "不必如此，从来事事都不到我，我何尝沾他好处，惟要他性命而已。"
> 许曰："本是娘子害尔死，却何干他父子事？"鬼曰："罪坐家长。"许
> 曰："家长何不寻他老父？"鬼曰："他本与我无涉，今三日后先教他孩儿
> 肚胀五日。陆林定腹胀相继死矣。"许曰："我无害汝心，汝可自去。"鬼
> 曰："我今报汝了，汝再料理我，我先揽汝去矣。"许畏怖之甚，再四慰
> 谢，求其去。鬼乃曰："许官人，我且去矣。"言毕遂灭，许急扑拭其枕，
> 则满中皆污泥也。后旬余，林儿死。又逾日，林亦竟死。①

　　整篇作品的情节都是通过许巫与蜡梅鬼魂语言描写推进的，一问一答式
的语言极为口语化。在这里作者没有使用心理、景物、环境等描写手法，而
是集中精力模拟人物口气，生动地把一个含冤复仇的女鬼形象刻画出来，同
样取得了不错的艺术效果。
　　再如王兆云《周恕妻魂归》中周恕妻子鬼魂还家后的记载：

> 一日，贯之（周恕，字贯之）清晨访客而出，其妻忽自外入，衣珥

---

① 祝允明：《陆林》，《祝子志怪录》卷5，续修四库全书子部1266册，上海古籍出版社2002年
版，第638页。

如生时，呼其女曰："四姐安在？"家人悉出拜，女亦出。妻摩其首泣曰："四姐，吾去年以一罗裙予汝，汝父乃以予婢，何无情邪？当时以牛肉祭我，我怒翻之，汝见否？"女答以曾见，恳劝再三，乃曰："吾去，吾去，汝父将归矣。"歔欷言别，意甚凄恻。……①

这一段语言描写紧扣慈母面目，母亲总是关心儿女的衣食冷暖，故事中"鬼"见到女儿的第一句话也是说起衣服之事，临别之时又连说两个"吾去"，足见依依不舍之情。这个故事的语言描写紧扣主人公身份，传神地抓住主要方面，一两笔就刻画出了慈母面目。通俗且完全是日常生活中的大白话，为这个"鬼"故事增添了生活气息，营造出生活化的氛围，使得"鬼"带有更多的市井烟火气。

明代"鬼小说"通俗化的语言描写虽然没有达到典雅、精练、含蓄，甚至音韵之美，但是并不妨碍小说塑造生动的人物形象的审美目的。书面用语有时深奥艰涩，反而会对"鬼小说"造成损害。这一点明代小说家已经有所认知，在小说的语言描写中，汲取白话贴近生活的优点，融合文言的长处，形成了平易自然、通俗易懂的语言描写风格。这种风格一方面使人物形象跃然纸上，富有生活气息；另一方面还原了最真实的生活场景，将"鬼"置于这个场景中，使对"鬼"的离奇叙述成为了一种真实的描写。如此，故事所表达的诸如教化目的才能打动人心，"鬼小说"才能对社会起到积极改造的作用。

其二，简洁的叙事语言。

文学是一门语言的艺术，高尔基就说："文学的基本材料是语言，是给我们一切印象、感情、思想以形态的语言。"② 所有的文学都需要以语言为媒介反映社会生活，而且不同的文学体裁会有不同的语言。"鬼小说"在漫长的发展历程中，受到时代、作家等因素的影响，形成姿彩各异的语言风格，有的

---

① 王兆云：《周恕妻魂归》，《湖海搜奇》卷上，四库全书存目丛书子部 248 册，齐鲁书社 1995 年版，第 87—88 页。

② ［俄］高尔基：《论散文》，《高尔基论文学》，作家出版社 1955 年版，第 567 页。

古朴，有的雅致，有的华艳，有的通俗，但从明代"鬼小说"总体语言风格来看，简洁成为此时最明显的特征。

简洁本来就是文言小说的语言特征之一，瞿佑《金凤钗记》全文将近两千字，凌濛初把它改变为白话小说，除去入话不算仅正文就近万字，是原作字数的五倍，由此可见文言小说之简练。但是简洁并不是一味求简，它也是需要精细的刻画。一部优秀的作品能够在简练的文字中表达出丰厚的意蕴，是需要高超的艺术技巧的。《金凤钗记》在记叙崔生在拾得金凤钗之后有一段描写："生俟其过，急往拾之，乃金凤钗一只也。欲纳还于内，则中门已阖，不可得而入矣。遂还小斋，明烛独坐。自念婚事不成，只身孤苦，寄迹人门，亦非久计，长叹数声。"① 不到一百字的描写，写出了崔生"急往拾之"与"欲纳还于内"的矛盾行为，"遂还小斋，明烛独坐"的独特环境，以及孤苦、寄人篱下的内心苦闷，"长叹数声"的情态。作者能把崔生内心的苦闷与深夜"明烛独坐"的环境相结合，使"长叹数声"带有了主人公真挚的感情。这段描写语言简洁合理，生动地刻画出了崔生的内心活动，为后文庆娘的出现做好铺垫，形成反差，造成叙事的跌宕，可以看作是明代"鬼小说"简洁语言的代表。

像《金凤钗记》这样的语言描写在明代"鬼小说"中还有很多例子。不过"鬼小说"还存在另一种叙事语言风格，它表现为对故事情节不作过多的描述，不使用过多的叙事技巧，以顺叙的手法把故事叙述完成，整体体现出一种简练之风。例如王兆云《白醉琐言》中的一则故事：

予昔在会城，同寓沔阳一生，鲁姓名向道。言彼处有古冢一所，不知年代及姓氏。冢中有卓（桌）几各一十二，酒器诸般不乏。邻近有延宾而乏器用者，焚金钱一百，告于墓所，焚借帖借用，即得所愿。事毕即涤而还之，不尔则至其家作祟。又岳州友人为余言，洞庭君有船与客装货，及有银，贷与土人，但依与赁送息还之，即无恙。人莫敢有爽其

---

① 瞿佑：《金凤钗记》，《剪灯新话》，上海古籍出版社1981年版，第25页。

期。又北土长源县有子路畜马肯雇与人乘之。①

向"鬼"借物一事本来很离奇，可是作者在这里并没有对"鬼"的形态，人之于"鬼"的反应进行详细的描写。从语言风格看这篇小说确是简练，但尚没有达到简洁的高度，具有这种语言风格的"鬼小说"数量也很多。从某种程度上说，不尽相同的语言风格正好说明了明代"鬼小说"在语言上的多样化，是其艺术特征的表现。

第四节　丰富多变的叙事模式

小说叙事模式研究兴起较晚，却是目前小说研究最为普遍的切入角度。因为对小说文本创作行为和结构形式的考查，正好抓住了小说作为叙事文学的基本特征，有助于我们更宏观、全面、综合地探讨"鬼小说"的艺术技巧。

其一，明代"鬼小说"的叙事视角。

叙事视角是指作品观察、反映世界的眼光和角度，它是"感知或认知的方位，被叙的情境与事件藉此得以表现"。② 同时它还是"调整叙述信息两个主要因素中的一个"。③ 决定着叙述者与故事之间的关系，罗钢《叙事学导论》中指出："在叙事文学中，叙事者与故事的关系是一种最本质的关系，但这种关系又是异常复杂的。"④ 可见叙事视角之于叙事的重要性。一般说来，叙事视角的灵动变化与否代表了一部小说叙事艺术水平的高低，越是具有活力的叙事文本，其叙事视角必然是灵活多变的，相反则说明文本生命的枯竭。纵观明代"鬼小说"，它继承、吸纳、借鉴了前代小说的创作经验，在叙事视

① 王兆云：《鬼借物》，《白醉琐言》卷上，四库全书存目丛书子部248册，齐鲁书社1995年版，第204页。

② ［美］杰拉德·普林斯：《叙述学词典》，乔国强等译，上海译文出版社2011年版，第173页。

③ 同上书，第168页。

④ 罗钢：《叙事学导论》，云南人民出版社1994年版，第158页。

角上表现出灵动多变的特征，通过操纵叙事视角的转变营造出幻化离奇的叙事模式。

首先是全知视角。这里的全知视角是指以"第三人称叙述"或是"异故事叙述"为视角的叙事，即叙述者并非被讲述情境与事件中人物的叙述。①叙述者就像一架摄影机，对故事中的人物、事件、环境只作客观、冷静的记录。这种叙事方式一般不在小说中加入过多的评论，它具有全知全能的特性，可以从任何角度、任何时空来叙述故事。

全知视角是"鬼小说"最常用的一种叙事视角，它带给"鬼小说"以真实、客观的特征，叙事者并不在故事叙述过程中加入议论或评价，即使偶有议论也只会出现于故事末尾，且标出评议者以显示故事的真实性。例如王兆云《白醉琐言》中的一则故事，记叙了扬州泰州人王三死后两年，忽然还家。其妻子开始不信，骂道："我夫死已二年，何鬼假托赚人!""鬼"却说他在外佣工得钱回家，并把钱从门缝塞入房中。其妻见状遂打开门，见到"俨然故夫仪容也"，"鬼"极道相思之情，并留了下来，洗澡睡觉、晨出晚归过着与人无异的生活。过了几天，邻居起了疑心，便告诉王三妻子这可能是狐妖作祟。一天"鬼"外出干活之际，王三之子尾随其后，发现王三来到城外坟地，"屈伸臂颈，以头衔如"隐于墓中，于是真相大白。众人遂挖开坟墓，看见王三卧棺材中，"颜色如生，肢体柔软而温，泪光瞭然而口不能言"。众人大骇，一把火烧掉了王三的坟墓，从此王三再也没有出现了。②

整篇故事从"鬼"出现，到其在家中的种种表现，再到身份被揭穿，叙述者以纯粹、客观、冷静的视角独立于故事之外，以通览全局的眼光叙述了故事中每一个人物的行为语言，不作任何评论。只在故事结尾说明了这个故事发生在正德年间，以示其真实可信。这种客观的叙述，使读者通过阅读去体会"鬼"故事的艺术特征，从而进一步透视出故事的文化内涵。

---

① 详见［美］杰拉德·普林斯《叙述学词典》，乔国强等译，上海译文出版社2011年版，第231页。

② 王兆云：《鬼工》，《白醉琐言》卷上，四库全书存目丛书子部248册，齐鲁书社1995年版，第184—185页。

明代"鬼小说"中大部分作品都使用了这种全知视角，优点如上所述，缺点就是描写仅限于事件的发展过程或人物的语言、行为，对人物心理的描写很少涉及。在刚才的故事中对人物的心理活动描写，只有"邻人疑之""妻终不安"两处，且是粗线条的刻画。这是全知视角带给"鬼小说"的一种局限。由于采用全知视角的作品数量繁多，在此也就不一一列叙了。

其次是限知视角。与全知全能的全知视角相对，以故事中人物的眼光为叙事角度的视角被称为限知视角，也可称其为"同故事叙述"。① 根据叙述事件中人物视角的不同，分为第一人称限知视角与第三人称限知视角。

第一人称限知视角是"叙述者就像其他人物一样，也是这个虚构的小说世界中的一个人物，人物的世界与叙述者的世界完全是统一的"。② 最显著的一个特征就是故事中出现"余""予"之类的第一人称。整个故事随着"余""予"的视野不断转换，"余""予"的所见、所闻、所想构成了整部作品的全部内容。

明代"鬼小说"中最具代表性的第一人称限知视角运用，要属入冥故事类型，例如《志怪录》中记述的"长清儿入冥事"就以第一人称记述了冥间的情形：

> 又曰：吾自下世至受生，经历先已了了，今忘大半矣。所记者自气绝被人追至冥府，见途间人来往甚繁。吾既至殿下问，知为转轮大王。王方坐理事，殿上判官侍吏亦憧憧及百辈，阶下东西二大池，凡死者皆聚立西池边，一望极众。鬼卒一一推入池中饮水一口，乃起，驱立于东。人人不免，至吾，心念恐饮之非佳，因掬水至唇而不嚼，遽奔。而左一卒捽吾大呼云："此人奸猾，不曾饮水。"殿上方怒，令人检校，而吾又用力反捽其卒，脱手急窜入稠人中，卒甚怒而意不识吾。既饮尽，则王者条别而立，最上受生应为贵官者立于堂上之左，与之玉带，仅一人。

---

① ［美］杰拉德·普林斯：《叙述学词典》，乔国强等译，上海译文出版社 2011 年版，第 94 页。
② 罗钢：《叙事学导论》，云南人民出版社 1994 年版，第 158 页。

次者立其右,与金带,次银带、木带,则渐以繁多。予亦在木带中,百余人皆序立堂下。亦多科品下者应堕畜生道,被以牛马等皮,皆怖泣勉受。……①

这个入冥故事通过第一人称限知视角向我们叙述了长清儿在阴间的所见所闻,阴间的转轮大王、东西二池、轮回鬼魂饮池中水,以及最后的判决。这些都是通过长清儿的视角向我们一一呈现的,而"心念恐饮之非佳"的心理描写与鬼卒的大呼也都是长清儿的亲身所思、所闻,所有的一切都带给人一种身临其境的审美体验。与之相同的还有王同轨《耳谈》中的《胡若虚》,也使用了第一人称限知视角叙述殷贵入冥之后的所见所闻。

从阅读体验来说,第一人称限知视角可以使读者亲自随着叙述者进入未知离奇的世界,与故事人物共同呼吸命运,共同感受悲喜,增强了对故事的认同感。它可以"将读者直接引入'我'所经历事件时的内心世界,它具有直接生动、主观片面、较易激发同情心和造成悬念等特点"。② 无形中缩短了叙述者与读者的距离,使作品较容易被读者接受,也容易在情感、心理上得到读者的共鸣。所以我们看到,在上面长清儿入冥故事中紧接着就叙述了一个富有惩恶扬善意义的阴间审判故事,利用第一人称限知视角造成的读者情感上的真实感、亲临感,这个阴间审判具有的教化意义也很容易被读者接受。

在"鬼小说"中,除去全知视角,运用较多的要属第三人称限知视角。第三人称限知视角是指"叙事者往往放弃自己的眼光,而采用故事中主要人物的眼光来叙事"。③ 作为读者"只能跟故事中的人物一样逐步地去认识其他人物"。④ 由于叙事视角受到限制,必然会使叙述者不知道的事情,读者也不知道,这样就容易产生悬念,增强作品的神秘感,给读者留下想象的空间,

---

① 祝允明:《长清儿说冥事》,《祝子志怪录》卷4,续修四库全书子部1266册,上海古籍出版社2002年版,第625—626页。

② 申丹:《叙述学与小说文体学研究》,北京大学出版社2001年版,第245页。

③ 同上书,第222页。

④ 同上书,第229页。

进而引发读者的好奇心，吸引读者继续读下去。

　　例如瞿佑《剪灯新话》中《金凤钗记》，作者就充分利用了第三人称限知视角，设置悬念，造成情节上的跌宕起伏。故事记兴娘因思念崔生亡故，后崔生归来，宿于兴娘家后院。清明时节，崔生为兴娘上坟，归家时，后边小轿落下一枚金凤钗，此钗从何而来？崔生不知，叙述者不知，读者更不会知道。夜晚，一女子自称兴娘之妹庆娘，“欲挽生就寝”。此处庆娘如何而来？为何又对崔生如此亲热？崔生、叙述者、读者也全都无从知晓。一系列悬念已经调动起读者的阅读兴趣，欲探究竟还得继续看下文。庆娘与崔生很快就如胶似漆，两人密约私奔。一年后，庆娘谓事已久，父母应该原谅二人，便让崔生回家以金凤钗作为面见父母的信物。岂知庆娘父母见到崔生后，不怒反喜，崔生不解，叙述者、读者更加不解，其缘由到底为何呢？当崔生讲述这一年来的经历时，庆娘的父母也产生了不解：“吾女卧病在床，今及一岁，饘粥不进，转侧需人，岂有此事耶？”这时想必叙述者和读者也都会跟着疑惑。当崔生拿出金凤钗时，庆娘父母大惊之下更是疑惑，此物已随兴娘殉葬，如何又在崔生手中？更令人惊奇的还在后面，庆娘听闻崔生来时，竟“欻然而起，直至堂前，拜见父母”，其身是庆娘，其声则是兴娘，“举家骇然”。当兴娘讲明是因为冥司“特给假一年，来与崔郎了此一段姻缘”后，前文设置的诸多悬念一个个得到解答，故事也在崔生与庆娘结合的美满结局中戛然而止。

　　正是因为叙事视角受到了限制，叙述者往往会迂回隐藏地叙述故事，有意识地留给读者想象的空间，刺激读者的猎奇心理，造成了故事情节的张弛有度。在设置的悬念一一得到解答时，又带给读者恍然大悟式的阅读快感。作家有意使用第三人称限知视角，就是为了增强故事的神秘度和吸引力，引诱读者与主人公一起去探寻、感受人间的喜怒哀乐。

　　其二，明代“鬼小说”的叙事结构。

　　结构是西方叙事学中的一个重要的概念，很多理论家都使用结构对叙事文学进行分析。总体说来，结构是指：“在整体中各种不同成分之间和每一成分与整体之间获得的关系网络。"① 我们这里所谓的"结构"是指故事的组成形式，就是小说在展现人物和行为时所确立的叙述方式，它是一种静态的文本结构。

李渔在论及戏曲的结构时，有过详细的论述：

> 至于结构二字，则在引商刻羽之先，拈韵抽毫之始，如造物之赋形，当其精血初凝，胞胎未久，先为制定全形，使点血而具五官百骸之势。倘先无成局，而由顶及踵，逐段滋生，则人之一身，则有无数断续之痕，而血气为之中阻矣。工师之建宅亦然，基址初平，间架未立，先筹何处建厅，何方开户，栋绪何木，梁用何材，必俟成局了然，始可挥斤运斧。倘造成一架而后再筹一架，则便于前者不变于后，势必改而就之，未成先毁，犹之筑舍道旁，兼数宅之匠资，不足供一厅堂之用矣。②

虽然李渔所论为戏曲的结构，但亦可推广用于小说创作。如同李渔所说，在创作小说之前应该像造物赋形一样，在精血初凝之时就要制定全部的形态，也如盖房子一样，事先要打好总体的架构。可见结构就是小说艺术的组织形式，是联系不同成分之间的网络构造，是作家对小说艺术的整体设想和规划，渗透着作者的审美价值观。

首先是线性的叙事结构。"鬼小说"受到史传文学的影响，表现出了线性的叙事结构。这是中国史籍最常用的一种叙事结构，自司马迁《史记》始，纪传体成为历代正史的标准模式，根据传主一生的线性顺序架构历史记录是题中应有之意。即使"鬼小说"后来从史传文学中脱离，线性结构依然留存于"鬼小说"的创作中，成为最为常见的结构方式。

以线性结构架构起来的"鬼小说"往往情节简单，场面单纯，是最为简单的一种结构。这种结构继承了史传文学客观的实录精神，对"鬼"的出现

---

① ［美］杰拉德·普林斯：《叙述学词典》，乔国强等译，上海译文出版社 2011 年版，第 219—220 页。

② 李渔：《闲情偶寄·词曲部·结构第一》，上海古籍出版社 2000 年版，第 17—18 页。

往往是冷静简单的叙述，相对缺乏文采。如瞿佑《令狐生冥梦录》就是以此结构叙写令狐譔游历阴间的故事，故事中加入了对令狐譔的语言、行为以及心理的描写，使此篇的线性结构没有表露出浅陋的缺陷，相反对人物形象的塑造起到很大的帮助作用。将其与后来陈师《禅寄笔谈》中对令狐譔入冥故事的简写相比，陈作虽然保留了原有故事结构，但在人物语言、行为、心理描写上着笔不多，此时线性结构的缺点也暴露无遗。此外屠隆的《李仓之》也是描写李仓之一人身入阴间的所见所闻，期间没有插入任何其他事件，对阴间之事虽然叙写细致。但整篇故事波澜不惊，与陈师之作相似。像这样的"鬼小说"数量很多，它们都是采用线性结构，整篇故事叙述简练，毫无枝叶，虽然冷静客观，但确实具有文采不足的缺陷。

其次是嵌入式结构。即在一个原有叙述中加入另外一个叙述，形成"元故事叙述"或是"嵌入式叙述"。这种叙事结构要求作者必须对线性结构进行改造，在下笔前就要建立起一个更为整体的结构框架，在叙述过程中也一定要嵌入首要叙述中的叙述。① 这样的叙事目的会更加明确，嵌入的这个叙述之于原有的叙述来说是一种升华。小说内涵因此变得更为丰富，原有的线性结构则更加多样化，为小说增添一丝文采。

例如上文提到的《长清儿说冥事》，故事原本按照长清儿入冥的事件进行叙述。从内容看，主要是讲阴间轮回之事。按说长清儿拿到木牌轮回得生，这个故事至此也就结束了。但就在长清儿将要轮回之际，却嵌入了一段阴间审判的叙述。通过这段叙述，使整个入冥故事带有惩恶扬善的主题。如果把这个嵌入的故事去掉，那么原有的入冥故事只是对佛教轮回的形象记录。作者在这个入冥故事中嵌入一段与主人公轮回无关的阴间审判，除去造成叙事的曲折之外，最重要的是突出了"鬼小说"教化的审美目的，让一个亲身经历者叙述一个惩恶扬善的故事无疑具有打动人心的教育作用。

"鬼小说"从简单的线性结构到复杂的嵌入式结构，体现出在艺术技巧上的提高，是明代"鬼小说"对小说艺术积极探索的表现，为后面《聊斋志

---

① ［美］杰拉德·普林斯：《叙述学词典》，乔国强等译，上海译文出版社2011年版，第120页。

异》在小说结构上的突破积累了经验，也可看为"鬼小说"发展中的必然历程。

其三，明代"鬼小说"的叙事时序。

由于中国古代小说理论对叙事时序的表述极为模糊。与西方那种系统的文艺理论研究不同，中国古代小说理论大多分散在文人之间的书信序言以及小说作品的点评中。就小说叙事时序来说，古代文人对其认识十分模糊。元代陈绎在《文筌》中把叙事时间分为：正叙、总叙、铺叙、略叙、直叙、婉叙、平叙、引叙、间叙、别叙、意叙十一类，虽没有严密的逻辑关系，整体看来散漫杂乱，但也说明了古人对叙事时序并非一无所知。下面我们就明代"鬼小说"的叙事时序展开分析。

首先是正叙，或称顺叙。"鬼小说"发源于史传文学，历史著作在叙事上的特征完全被"鬼小说"继承了下来。这种注重整体性、次序性的叙事特征，要求小说作者按照故事情节发展的时间顺序进行叙述，"从某种意义上说，叙事的时间是一种线性时间，而故事发生的时间则是立体的。在故事中，几个事件可以同时发生，但是话语则必须把它们一件一件地叙述出来，一个复杂的形象就被投射到一条直线上"。① 所以"鬼小说"采用线性叙事结构的作品基本都采用这种正叙方法，清代李绂在《秋山论文》中就说："顺序最易拖沓，必言简而意尽乃佳。"这些作品用简练的语言、简单的结构一气呵成完成叙事，展现出了简洁的叙事风格。例如：

> 宛平王某，与一商厚。商奔劫盗，事发被逮。与某百金，使为己营脱，嘱曰："用尽，更来告我。"某日治丰馔饷盗，且赂狱卒宽之。因告曰："事已有绪，但用不给耳。"盗曰："吾所蓄，藏某处棺中，君可密取。"某既得金，乃置毒食中毙盗，以其资昼夜饮博。历数岁，费无余。一日，行郭外，遇盗揖而谢，曰："吾赖君脱犴狴，乃得更生，安善差胜

---

① ［法］兹韦坦·托多罗夫：《叙事作为话语》，转引自《美学文艺学方法论》下册，文化艺术出版社 1985 年版，第 562 页。

于旧,所奉不足酬德,转角棺中百金更多,并以相奉。"其人贪愚,见棺,即启之。果见百金,悉力怀之。将至家,转轻,出之,则皆死人骨,惊悸成疾,不数日死。①

这个故事按照时间顺序,讲述了王某怎样谋害盗贼,之后又如何得到"鬼"的复仇。平铺直叙少波澜,符合大多数读者的阅读思维习惯,也符合中华民族传统的民族审美心理。只是这样的顺叙未免缺少变化,不能调动起读者的阅读兴趣。虽然会设置一些悬念,但当"鬼"出现时读者基本已经猜出了将要发生的结果。如果众多作品都采用正叙的叙事时间,就不可避免地造成小说面貌单一的缺陷。

其次是追叙,或称倒叙。小说的叙事时序中,有时话语时间和故事时间会造成错位,导致了文本叙事的倒置,故事中对发展到现阶段之前的事件的叙述就叫追叙或倒叙。明代"鬼小说"对追叙的运用也是颇有心得,例如:

> 吴民吕景仁者,病死。其妻寡居,乎一日亦暴死,既而复甦。自言初气绝,为吏所执,至一所若公府,上坐一人,状如王者。令吏以册籍检其妇年寿,检毕复王者云:"此妇寿未终,夫虽死,尚与长洲县吴某有三十年夫妇之分,理应放还。"王者颔之,其妇告曰:"吾身被拘来,何由得还?"王者书一牒与之,上有朱印。令二卒送至其门,卒用一推,不觉如梦惊寤。后果再嫁,为吴某妻。迨今将三十年,尚无恙。②

按照正叙的时间来看,小说叙述"吴民吕景仁者,病死。其妻寡居,乎一日亦暴死,既而复甦"。至此故事就已经叙述完毕,余下部分都是吕景仁妻的追叙,是把她复生之前发生的事件进行的补述。类似的还有瞿佑《金凤钗记》中兴娘附魂于庆娘之身与崔生私奔,一年之后返回家乡借庆娘之口托出

---

① 徐昌祚:《新刻徐比部燕山丛录》卷7,四库全书存目丛书子部248册,齐鲁书社1995年版,第414页。
② 王兆云:《吕景仁妻》,《白醉琐言》卷上,四库全书存目丛书子部248册,齐鲁书社1995年版,第209页。

实情,这也是典型的追叙。这种叙事时间的错乱,造成情节的悬念,引起读者探求事件发生原因的好奇心,刺激起读者的阅读欲望,使故事的叙事变得摇曳多姿,"鬼小说"的表现力进一步增强。

再次是预叙。预叙是另外一种形式的倒叙,它把事件的部分结局放在事件发生之初予以叙述。这一手法在一些揭示个人命运的"鬼小说"中被广泛地运用,例如祝允明《还娘》讲述的是还娘入冥复生的故事,小说在正式叙述还娘入冥之前,预先叙述了有鬼谓之曰:"汝当更生,候冢上鸟噪,即其时矣。"这段叙述等于提前预示了还娘入冥的命运,后来还娘果然是误拘,被冥间放还,她的冢上有鸟鸣引起路人的注意,家人闻讯赶来救起了还娘。预叙在故事情节中起到的是设置悬念的作用,它往往规范着故事情节的发展,对小说的情节设置、结构搭建起到了重要的作用。

最后是插叙和补叙。插叙是"把叙事时间倒转,追溯往事,但由于篇幅过短而不足以称之为倒叙"。"补叙是为了补足情节和意境的完整性,而使时间超出现有叙事中心,伸展到以后的叙事中心的时间范围,但由于篇幅过短而不足以称之为预叙。"[1] 祝允明的《长清儿说冥事》就是使用了插叙,故事叙述长清儿入冥轮回转生的故事。但在轮回行将结束时,忽然插入一段与长清儿轮回毫无关系的阴间审判情节。这段故事的插入,虽然对原有故事的发展走向并无影响,不过小说的主题由此得到了升华。而补叙更是在"鬼小说"中俯仰皆是,就如上文提到的两个故事,《还娘》在叙述完还娘入冥复生的故事后,在小说的结尾处补叙了一段:"计死十七日矣,方邻妇笞婢时,还娘死已数日,以是知其不妄。"《吕景仁妻》则在结尾补叙道:"后果再嫁,为吴某妻。迄今将三十年,尚无恙。"补叙往往对故事情节起到补充作用,使整个故事的叙述更加完整。在"鬼小说"中,补叙也起到了证实故事情节真实性的作用。那些离奇,让人难以接受的故事情节,通过补叙,可以降低人们对小说内容的质疑,从而为读者接受小说中寓于的教化道理铺平了道路。

---

① 杨义:《中国叙事学》,人民出版社1997年版,第151页。

　　明代"鬼小说"各种叙事笔法的运用，是明代小说家继承前代小说技巧，探索小说艺术的表现。它的多样化增强了作品的气韵，使小说结构前后呼应、完整，故事情节错落有致，在小说刻画人物性格、烘托环境、吸引读者等方面起到了重要的作用，是明代小说家叙事功力的真实体现。

第六章　明代"鬼小说"的文化内涵

　　文化是一个既简单又复杂的概念，说其简单是因为每个人对文化都能理解，说其复杂是因为要把这种理解表述清楚又很难。笼统地说，文化是一种社会现象，是人们长期创造形成的产物。文化又是一种历史现象，是社会历史的积淀物。具体一点，文化是指一个国家或民族的历史、地理、风土人情、传统习俗、生活方式、文学艺术、行为规范、思维方式、价值观念等。正如泰勒在《原始文化》中所说的文化"乃是包括知识、信仰、艺术、道德、法律、习俗和任何人作为一名社会成员而获得的能力和习惯在内的复杂整体"。那么，本章所说的文化就是这种人类对生活、社会、历史等方面的思考、记录、理解、愿望的总和，它是社会现象也是历史现象，是人们精神得以寄托的框架。

　　明代"鬼小说"作为中国文化中的一员，以其形象的描绘，丰富的内容全面地展示出中国古代文化的各个层面，有生活文化、社会文化，还有历史文化，更有物质文化、精神文化。它既能表现明代特殊的时代文化，又对古代历史文化有着清晰地体现。明代"鬼小说"可以看做是中国古代文化的集合体，它与中华民族优秀的文化血脉相连。

第一节　万物交感的自然观

　　"鬼"之所以会呈现出如上文所述的千变万化的形态，与原始文化中万物交感式的自然观有着紧密的联系。尽管明代距离远古时期相对较远，原始文化的诸多直接表现已经被历史消磨殆尽，但是这种万物交感的自然观早已在人们内心中沉淀，由此形成的集体无意识一直存在着，这在明代"鬼小说"中有着明显的表现。

一 原始巫术、宗教中的原始思维

在人类文明产生初期，人类思维能力还没有成熟，处于初级阶段，它的成长需要一个漫长的过程。所以"近代科学要求我们对人类和人类的成就进行细心透辟的研究，以证明我们人类之生存于地球上并不是从最高级开始，而是从最低级开始，逐渐向高级上升的；以证明人类的能力经历过一段发展过程；以证明文明的全部要素，诸如生活技术、艺术、科学、语言、宗教和哲学等等，都是从人类与外界大自然两者之间所进行的缓慢而艰苦的斗争中产生出来的"。①

在这个由低级向高级发展的过程中，古人在社会、技术、艺术、科学、语言、宗教、哲学等方面的积累是相当艰苦的，"我们之所以成为我们今天这个样子，正是由于曾经有过他们的生活、他们的劳动和他们的奋斗。我们的文明乃是千千万万无名的人们无声无息孜孜努力的结果"。② 正是这种艰苦地不断积累，古人的思维才可以从感性发展到理性。但是在人类早期阶段，思维的方式是一种感受式的。换句话说，原始思维中的万事万物不是现代人观念中的万事万物，它们是有感情、有灵魂的，它们与人类一样具有生命。而且"一切存在着的东西都具有神秘的属性，由于这些神秘属性就其本性而言要比我们感觉认识的那些属性更为重要，所以原始人的思维不像我们的思维那样对存在物和客体的区别感兴趣"。③

正是对神秘性感兴趣，为克服内心的恐惧，"原始人把一切使他们的情感

---

① ［美］路易斯·亨利·摩尔根：《古代社会》，杨东莼等译，中华书局1997年版，第4页。
② 同上。
③ ［法］列为－布留尔：《原始思维》，丁由译，商务印书馆1981年版，第30页。

或者他们的想象震惊的事物与神秘力量、巫术的特性、某种类似灵魂与生命的本原的东西联想起来"。① 于是巫术就产生了，"在人类发展进步过程中，巫术的出现早于宗教的产生，人的努力通过祈祷、献祭等温和和谐媚手段以求哄诱安抚顽固暴躁、变化莫测的神灵之前，曾试图凭借符咒魔法的力量来使自然界符合人的愿望"。② 巫术又进一步形成原始人的集体表象，"根据所与社会集体的全部成员所共有的下列各特征来加以识别：这些表象在该集体中是世代相传；它们在集体中的每个成员身上留下深刻的烙印，同时根据不同情况，引起该集体中每个成员对有关客体产生尊敬、恐惧、崇拜等等感情"，③ 就是说，一个氏族、一个部落的每一个成员都形成了一种共同的信仰，在此基础上原始宗教诞生。

原始宗教与原始巫术是不相同的两个概念，马林诺夫斯基就说："巫术与宗教的区别在于宗教创造了价值，并直接提出终极的目的。与此相反，巫术仅有其实践的与功利的目的，而且其本身也只是实现目的的手段而已。"④ 简单来说，宗教是心灵的寄托，而巫术是实现具体目标的手段，是一种现实行为。但不管是心灵的寄托还是现实的手段，它们所依托的基础都是处于初级阶段的思维方式。

上文已有论及，原始思维认定"万物有灵"。世上的任何事情都是由一种类似灵魂的超自然力量控制，人与物、物与物之间没有过多的隔阂，它们是紧密联系在一起的。所以自然、社会的种种变化都会显露出一定的预兆，生活中任意一种变化也都预示着自然、社会必将发生变化。例如《晏子春秋》中就有占梦的记载：

> 景公畋于梧丘，夜犹早，公姑坐睡，而梦有五丈夫北面韦庐，称无罪焉。公觉，召晏子而告其所梦，公曰："我其尝杀不辜，诛无罪耶？"

---

① ［法］列为‐布留尔：《原始思维》，丁由译，商务印书馆1981年版，第35页。
② ［英］J.G.弗雷泽：《金枝》，徐育新、汪培基、张泽石译，新世界出版社2006年版，第57页。
③ ［法］列为‐布留尔：《原始思维》，丁由译，商务印书馆1981年版，第5页。
④ 转引自［英］斯特伦《人与神——宗教生活的理解》，上海人民出版社1991年版，第295页。

晏子对曰:"昔者先君灵公畋,五丈夫罟而骇兽,故杀之,断其头而葬之,命曰五丈夫之丘。此其地耶?"公令人掘而求之,则五头同穴而存焉。公曰:"嘻!"令吏葬之。①

梦本来是人类的一种精神活动,它与现实生活之间并没有必然的预见关系。所谓"日有所见,夜有所梦",梦是白日生活所见的心理表象,这些在现代人看来是非常好理解的。但是在原始思维看来,梦与现实生活之间的关系发生了逆转,梦中所见也就带有了一定的现实意义,具体到上面的故事,五丈夫的无辜被杀就经由梦揭示出来。

又如《诗经·大雅》中的《云汉》一篇,它本是一篇周宣王仰天求雨的文字,诗中抒发了诗人的内心焦虑,只因见到银河在天,而水偏偏不肯降落到地上。② 方玉润也说:"此一篇襄旱文也。而《序》谓'仍叔美宣王',姚氏讥其'未有考'。然使其实有所考,而篇中所言亦非美王意,乃王自祷词耳。"③ 面对自然灾害,周宣王求助于上天的行为,本身就说明了原始思维的上述特性。加之祭祀求雨的仪式,又进一步深化了这种特性。可以说,古代先民所举行的类似仪式都有着共同的思维基础。

在人类思维从幼稚艰难地走向成熟的过程中,原始思维并没有逐渐消失。相反,在诸多的事物身上我们都能找到它的遗存。特别是原始思维具有的神秘性特征,它是古代宗教、巫术赖以存在的基础。有学者分析宗教信仰产生的原因时说:"要使宗教观念出现,就得经常不断地去体验对自然的无能为力,对现状身为不满,对幸福断绝指望的种种感受。"④ 面对自然,面对梦境,人们往往显得无能为力,对它们的不可知又造成了恐惧之情,这时所能做的也只有匍匐祈祷,正所谓"恐惧是宗教的基础",这是原始宗教文化中最重要的一环。

---

① 吴则虞编:《晏子春秋集释·内篇杂下第六·景公畋五丈夫称无辜晏子知其冤第三》卷6,中华书局1962年版,第373页。
② 详见程俊英、蒋见元《诗经注析》,中华书局1996年版,第880页。
③ 方玉润:《诗经原始》,中华书局1986年版,第548页。
④ [苏] 约·阿·克雷列维夫:《宗教史》,乐峰等译,中国社会科学出版社1984年版,第12页。

二 明代"鬼小说"中的原始宗教文化

原始思维认定万事万物相互联系，具有灵魂，且又神秘万端。这种思维经过时间的打磨成为全体社会成员心理上的历史积淀，成为原始宗教文化的重要表现。这种历史积淀是代代相传的无数同类经验的集合，有着相对应的社会认识基础，影响着社会成员的思想行为。所以这种积淀就成了"集体无意识"，它"具备了所有地方和所有个人皆有的大体相似的内容和行为方式。换言之，由于它在所有人身上都是相同的，因此它组成了一种超个性的心理基础，并且普遍地存在于我们每个人身上"。① 虽然中国在明代时早已脱离了蒙昧，原始宗教文化也不再清晰地显现，但在人们心中积淀的集体无意识，却自觉不自觉地出现在人们的日常生活中。一些带有原始宗教文化的故事被小说家记录下来，以"鬼小说"的形式出现在我们面前。

具体到明代"鬼小说"的创作，原始宗教文化首先影响了明代与之有关的宗教信仰政策和制度。这些政策和制度为"鬼小说"的创作提供了适宜的、特殊的宗教文化环境。

明代百姓出于对鬼神的敬畏，对社会上流行的宗教信仰都比较相信。民间信仰因此繁荣发展起来。以弘治元年（1488）四月，给事中张九功上疏请求国家端正祀典为例，礼部尚书周洪谟为此所写的奏疏中就记录了当时民间信仰的繁盛状况，有释迦牟尼文佛，上清太上老君，北极紫微大帝，风、云、雷、雨四神，真君张道陵，小大青龙神，梓潼帝君者，文昌六星，王灵官，林灵素，崇恩真君，隆恩真君，金阙上帝、玉阙上帝等。② 各路神祇在明代活跃异常，民众对其信仰有加。这种现象在外国人的眼中是十分稀奇的："他们有很多稀奇古怪的神，数量多到单记它们的名字就要一大本书"。③

---

① ［瑞士］荣格：《集体无意识的原型》，《心理学与文学》，冯川等译，译林出版社2011年版，第22—23页。
② 详见龙文彬《明会要》卷11，中华书局1956年版，第180—181页；张廷玉等：《明史·礼志四》卷50，中华书局2000年版，第872—874页。
③ ［西班牙］门多萨：《中华大帝国史》，何高济译，中华书局1998年版，第40页。

面对民间信仰的繁荣局面，明代政府逐步制定了一系列政策与制度，以加强对民间信仰的控制。以城隍神为例，城隍神的起源十分纷杂，有始于尧，始于先秦，始于汉，始于三国诸说。但最早的城隍祠建于三国时期，唐时城隍神信仰已经盛行江南，宋时城隍被列为国家祀典。① 城隍这个道教神祇在明朝已经成为了民间的一个普遍信仰，但它的真正兴盛还是在明代，这自然与明代政府的支持分不开。《水东日记》中就说：

> 我朝洪武元年（1368），诏封天下城隍神，在应天府者以帝，在开封、临濠、太平府、和、滁二州者以王，在凡州府县者以公以侯以伯。三年，诏定岳镇海渎俱依山水本称，城隍神亦皆改题本主，曰某处城隍之神。四年，特敕郡邑里社各设无祀鬼神坛，以城隍神主祭，鉴察善恶。未几，复降议注，新官赴任，必先谒神与誓，期在阴阳表里，以安下民。盖凡祝祭之文，仪礼之详，悉出上意。于是城隍之重于天下，蔑以加矣。②

到了洪武三年（1370）定庙制，城隍庙的高广和官署厅堂相等，俨然神界的地方官吏，并享受政府的官方祭祀："岁以仲秋祭旗纛日，并祭都城隍之神。凡圣诞节及五月十一日神诞，皆遣太常寺堂上官行礼。国有大灾则告庙。在王国者王亲祭之，在各州府县者守令主之。"③

然而，不是所有的信仰都可以像城隍神那样进入国家的祭祀制度中。滨岛敦俊在研究明清江南农村社会的民间信仰后发现，民间信仰一直不断地寻求国家祭祀体制的认可。④ 同时，国家祭祀体制也一直不断地吸纳民间信仰。

---

① 有关城隍神信仰的起源、发展详见张泽洪著《城隍神及其信仰》，《世界宗教研究》1995年第1期，第109—111页。
② 叶盛：《城隍神》，《水东日记》卷30，中华书局1980年版，第297页。
③ 张廷玉等：《明史·礼志三》卷49，中华书局2000年版，第857页。
④ 滨岛敦俊发现在这一地区的土神都有着"生前的义行""死后的显灵"两大要素，之所以要凸显土神的两大要素，最重要的社会基础便是民间的信仰，以及正式获取国家的承认。土神所拥有的爵位赐号大多是伪造和自称的现象更是反映出民间的这一信仰的最终目的，"民众们并不安心于只有第一、第二要素，他们也在孜求第三要素'敕封'。在无法树立起对抗以皇帝为顶点的金字塔形统治阶层的自发权威时，民众，尤其那些与一般信徒有别的宗教职能者（庙祝、巫师等等）把获得国家权力的认证视作是提升'神'的权威"。详见［日本］滨岛敦俊《明清江南农村社会与民间信仰》，朱海滨译，厦门大学出版社2008年版，第89页。

在这个过程中，信仰一旦被纳入官方祭祀制度，原有的神性就被剥夺。比如城隍信仰，明代"传统的城隍被完全否定，城隍神的人格神属性被剥夺，偶像被废止，制定了与儒教观念相融合的城隍制度"。①

可见，凡是被国家认可的信仰都必须接受儒家化的改造，或者本来就具有儒家思想所认可的品质。关于这一点，在明代新建立的一些祭祀上表现得更为明显。明代政府把历史上一些忠臣烈士都逐步纳入国家的祭祀体系中。例如：应天祀陈乔，成都祀李冰、文翁，均州祀黄霸，松江祀陆逊，龙州祀李龙迁，建宁祀谢夷甫，彭泽祀狄仁杰，九江祀李黼，安庆祀余阙、李宗可，崖山祀陆秀夫，庐陵祀文天祥，婺源祀朱熹，都昌祀陈澔，真定祀颜杲卿、真卿，沂州祀诸葛亮等。② 另外，一些有功于国家或是有学行直节的当代志士也会受到国家祭典的"垂青"。例如：明太祖就亲自确定了鄱阳湖忠臣祠中祀丁普郎等三十五人，南昌忠臣祠祀赵德胜等十四人，太平忠臣庙祀花云、王鼎、许瑗，金华忠臣祠祀胡大海的祭祀典礼。③

这些新建立的祭祀信仰，表面上看是明朝政府为了巩固统治而对祭祀信仰进行管理，但是透过表面，可发现它所依据的思维基础与上古原始宗教文化中的思维方式并无不同，千百年来并没有产生多少变化。可见，原始宗教文化在明代依然具有鲜活的生命力，它对"鬼小说"的影响除去营造出神秘的宗教氛围外，还体现在一些具体的描写上，例如在命运故事类型中的成神情节描写中产生了具体而又直观的影响。所以，下面我们将具体地介绍明代"鬼小说"中的原始宗教文化遗存。

其一，鬼神崇拜。

鬼神崇拜源于原始社会生产力的低下，人类理性逻辑尚没有建立之时。人类对一些自然现象和生命现象产生了一种神秘感，从而衍生出鬼神崇拜。《淮南子·泰族训》中就说："夫鬼神，视之无形，听之无声，望山川，祷祠

---

① ［日］滨岛敦俊：《朱元璋政权城隍改制考》，《史学集刊》1995年第4期。
② 张廷玉等：《明史·礼志四》卷50，中华书局2000年版，第874页。
③ 同上。

而求福，雩兑而请雨，卜筮而决事。"这段话充分说明了鬼神崇拜的内容，反映出人们希望得到鬼神保佑的心理。

这种鬼神崇拜的心理在"鬼小说"中随处可见，例如：

> 易州山颠有糕糜先生庙。有疾者祭以糕糜，展纸案间，闭户良久，即有药裹纸中。香类麝脑，服之屡验。神，元末人，姓杨，不知其名。生时，常往来山下施药济病，卒葬山颠，人因立庙。①

这个故事中的人生前医术高明，死后为鬼也常常施药，因此成为保佑地方的神祇。从人们献祭糕糜的情节看，这明显是上古鬼神崇拜的遗留，人们期望通过献祭得到鬼神护佑的这一心理与上古时期相同。类似的还有："渭北有庙祀唐李卫公，其神灵异。先是幕官庞某过而谒之，求不得其门，遭疾，使人祷神，汲祠旁泉饮之，疾脱然。为新其庙，俗乎显灵王也。"②这类故事一般都在描写"鬼"所表现出的神异，由此得到人们的崇拜进而祭祀，逐渐成为保佑地方的神祇。但不管是神也罢是"鬼"也好，人们祈祷，献祭都是鬼神崇拜中必不可少的环节，也是"鬼小说"中经常出现的桥段。

其二，梦境崇拜。

远古先民走上历史舞台时就有了梦的体验，但他们对梦的起因自然无法认知，往往把梦中的情形与现实生活相联系。他们认为"自然或者人为引起的梦，具有难以想象的巨大意义。有时，这是理性的神智在漫步；有时，这是能感觉的神志继续使身体有生命；有时，这又是梦见的那个东西的灵魂来拜访。……梦永远被视为神圣的东西，梦被认为是精灵的命令"。③当人们试图通过对梦的占卜来解释自己行为的结果和事件的凶吉、把握命运时，梦境崇拜自然就产生了。例如上文提到的晏子占梦的故事，景公梦见"鬼"之后

---

① 徐昌祚：《新刻徐比部燕山丛录》卷7，四库全书存目丛书子部248册，齐鲁书社1995年版，第410页。
② 同上书，第409—410页。
③ ［法］列为－布留尔：《原始思维》，丁由译，商务印书馆1981年版，第49页。

的第一反应是:"我其尝杀不辜,诛无罪耶?",根据晏子的解释这正是灵公错杀的五丈夫的鬼魂,而事实也证明晏子占梦的准确。可见当时的人们往往根据梦境来求得神灵的启示,通过占卜梦境来实践梦境。

尽管明代人们对梦已经有了较为科学的认识,但梦境崇拜的故事在"鬼小说"中却屡见不鲜。和先秦时期一样,这时的做梦者也是通过对梦境的占卜或解释,从中探求神灵的启示,这可以看作是原始宗教梦境崇拜的集体无意识发生作用的结果。例如:

> 王贯字一之,故蜀人,系籍锦衣卫,居京师。举成化丁未进士,知□□县,到任年余,有廉能称。一日,忽语其妻徐氏曰:"吾当为此地城隍,行且与尔别矣。"妻愕然曰:"君病狂耶?"贯曰:"不然,昨夜梦帝遣使衔命来。吾以家累多,宦业未成,力辞,不得允,势必须去,期在明夕耳。"又呼其子永年嘱之曰:"好事若母,力为善人。"及明夕,漏下十数刻,冠带升堂,召吏使鸣鼓,集僚属。吏白:"深夜非时。"贯不听。鼓竟,同官毕集,贯从容曰:"予得与诸公同事,幸甚。今受帝命为城隍,不复得相周旋,荷诸公厚爱,敢以妻子为托,顾薄俸足以为装,但少赐周全,令得归故里足矣。"同官方怪愕,贯起向之再拜曰:"予今非狂也,今即行矣。"语讫,还内沐浴,公服端坐,呼妻子与决,了无惨恸容。俄而自称头眩,遂瞑目而逝。及明,颜色如生,同官为殓殡,护其妻子还京师。①

在这个故事中,王贯一口断定自己的死期,而且还宣称死后会成为城隍,都是因为王贯在梦中得到了上帝的启示。对此,他的妻子、仆吏、同僚都表示不可理解,以为王贯"病狂",可后面的事实证明了王贯的梦并不是"病狂"的表现。特别是王贯死后为神的命运同样也是通过梦境来揭示,梦在这里成了推动故事情节发展的基本动力和连接虚幻与现实的桥梁。究其原因,

---

① 陆粲:《王贯》,《庚巳编》卷10,中华书局1987年版,第120页。

无疑与明代人普遍相信梦所具有的神秘力量有关。

类似的故事还有："嘉靖乙卯科南畿乡试，有一经房阅卷假寐。梦其亡子泣请曰：'望父中我。'既觉，见案上一卷不甚佳，置之。而梦如前，乃姑取焉。榜出，为应天姚汝循也。问其庚甲，乃其亡子死日，时年始十九。"[1] 古人认为命运自有天注定，而这种上天注定的贫富命运是可以通过梦表现出来的，所以小说中姚汝循考中科举的命运就是由梦境来揭示的。小说家通过对梦的揭示来推动故事情节发展，一方面营造出神秘的氛围与命运的不可捉摸，另一方面也是以此来迎合读者群中崇梦的文化心理。

像这样的"鬼小说"，梦境并不是小说所要展现的主体，而是其中一个重要的线索或手段。它的出现预示着故事的结局，在一种神秘的梦境氛围中设置悬念，并逐步揭示悬念。有时这个过程可以拉得很长，例如《涌幢小品》中"神对"条的记载，这个故事是说刘珙梦见刻在金牌上的一句诗，多年以后与皇帝对语时才发现，这句诗正是与皇帝对语的下联，刘珙的梦境得以应验。虽然这个故事并没有对主人公的命运做过多的铺垫，但刘珙因为梦境而预示命运的描述却是古代梦境崇拜中最核心的内容。

这种沟通冥冥中神秘力量与现实的神秘手段，正是原始宗教逻辑思维的文化遗留。古人认为，天人之间存在着交感关系，上天对人有控制作用，而人也可以通过某种方式与上天取得联系。梦境作为一种天人感应的方式，正好向人们传达了上天的意志，而人们也会根据上天所给予的指引，完成自己命运的转变。"梦境与命运一样，其神秘性无法为人们所认识，却能够被人感觉到，因此也打上了神秘的印记，为人们加以崇奉膜拜。"[2]

其三，幻化崇拜。

上古时期，人们在看到自然界种种自身所不具有的奇异功能时，产生了一种期盼心理。他们期望自己也能像鱼一样在水中畅游，像鸟一样在天空翱

---

① 王同轨：《姚汝循》，《新刻耳谈》卷4，四库全书存目丛书子部248册，齐鲁书社1995年版，第578页。

② 张桂琴：《明清文言梦幻小说研究》，吉林大学出版社2011年版，第254页。

翔，像猿猴一样在树间随意穿梭。他们既羡慕又恐惧，久而久之也就真的幻想如同那些动物一样可以自由地上天入地。于是，最初的幻化崇拜产生了。幻化崇拜之于文学想象的重要性是不言而喻的，文学家（包括小说家）运用幻化崇拜中的思维技巧去对现实世界进行变形、组织，创作出很多优秀的作品。泰勒说："原始人的幻想可能是幼稚的、狭隘的、令人厌恶的，然而诗人的较为自觉的虚构可能是被赋予了惊人巧妙的美妙形式，但是，他们两者在思想之现实性的感觉中却是相同的，而这种感觉，可庆幸或不幸，现代教育试图如此有力地毁灭它。仅一个词的意义变化就能作为例证，向我们说明这种从原始思维向现代思维过渡的历史：幻想自始至终都对人起着作用，但是蒙昧人在幻想中看到了幻想物，文明人则以梦想为享乐。"① 虽然原始人的幻想是幼稚的、狭隘的，但是它与后来文明社会中的文学家在幻化思维上并没有什么不同，唯一不同的是幻化带给原始人的只是幻化之物，而对于文明人来说却是一种极大的审美感受。

"鬼小说"对"鬼"的神异离奇描写无疑是这种幻化崇拜产生的结果，例如《志怪录》中"卢三打鬼"对"鬼"的描写："忽见伟丈夫四人，皆长过屋檐，齐力来扑卢"，② "沈维旸梦"条中"鬼"是一副"蠢貌，大眼蹒跚"的样子，③ 《西樵野记》中"胡希颜打鬼"条也把"鬼"描写成为了"长踰屋檐齐"的怪物，④ 《耳谈》中"何老人"条中"鬼"又可以变化为羊，⑤ 总之"鬼"的形态多变，在不同的场合中表现出了不同的形态。

此外，"鬼"不光可以变化形态以怖人，他们甚至可以依托变化进而自由自在、随心所欲地生活，例如：

---

① ［英］爱德华·泰勒：《原始文化》，连树生译，广西师范大学出版社 2005 年版，第 258 页。

② 祝允明：《卢三打鬼》，《祝子志怪录》卷 4，续修四库全书子部 1266 册，上海古籍出版社 2002 年版，第 629 页。

③ 祝允明：《沈维旸梦》，《祝子志怪录》卷 4，续修四库全书子部 1266 册，上海古籍出版社 2002 年版，第 619 页。

④ 侯甸：《胡希颜打鬼》，《西樵野记》卷 10，续修四库全书子部 1266 册，上海古籍出版社 2002 年版，第 726 页。

⑤ 王同轨：《何老人王捉鬼》，《新刻耳谈》卷 8，四库全书存目丛书子部 248 册，齐鲁书社 1995 年版，第 672 页。

弘治癸丑，湖州俞氏数演梨园，饭客酒罢。夜有二青衣持灯至曰："吾乃严尚书府中，召汝今夕演戏。"随以白金半锭授之。诸优如召，从至一大厦，桥梁画栋，席间章缝毕集，惟饮食殊不可啖，主公命云："夕宜演赵盾故事，直未许鸣金。"诸优演罢。久之未晓，复睡一觉，乃古庙。试以白金视之，冥锭也。①

整篇故事以梨园子弟的视角描述了一次演戏的过程，小说并没有对"鬼"的形态作具体描绘，但从一些细节的描写以及结合真相大白之后，读者对"鬼"的形态还是会形成一个真实而生动的印象。而"鬼"看戏这件本身就很离奇的事件，更加让"鬼"的形态具体化、生活化。这不能不说是上古幻化崇拜对小说艺术虚构的刺激所致。

幻化是原始人理解世界的一种方式，在这种方式中，只要不同事物之间有一点联系，那么它们就可以相互幻化。在这种思维基础之上，小说家借助幻化使被描写的事物发生变形，带有不同事物的属性特征，创造出别具匠心的虚拟世界。在这个世界里，读者体味到了想象的奇妙，"展现了人类对自由的追求，在虚拟的世界找回真正的自我，也即是在幻化的结构中让自我真正走向自由的彼岸。但是最终仍然要使幻化物回到人间，仍然将希望寄托与人生，仍然充分肯定着人生的价值。"② 明代"鬼小说"就是以幻化作为创作的思维基础，通过对"鬼"的离奇描绘营造出小说神异怪诞的美学意境。

第二节　德福统一的伦理观

儒家文化是中国传统文化的中心，是中华民族千百年以来生生不息的民

---

① 侯甸：《鬼观戏》，《西樵野记》卷1，续修四库全书子部1266册，上海古籍出版社2002年版，第691页。

② 张桂琴：《明清文言梦幻小说研究》，吉林大学出版社2011年版，第259页。

族精神的核心,它对中国人共同心理和风俗习惯的形成起到至关重要的作用。儒家文化渗透于中国古代日常生活的各个方面,政治、经济、文化、文学、艺术、哲学、音乐、绘画等各领域中都会见到儒家的身影。

明代"鬼小说"也受到了儒家文化多方面的影响,特别是在明代特殊的儒家教化氛围中,"鬼小说"对儒家文化的接受带有强制性。所以,儒家文化对"鬼小说"既有积极作用,又有诸多消极作用。从积极方面看,儒家文化是"鬼小说"赖以存在的理论基础,本着教化原则,"鬼小说"不再是儒士"不语怪力乱神"的指斥对象;相反,"鬼小说"是他们创建理想社会必不可少的手段。从消极方面看,"鬼小说"的创作确实受到了儒家文化的遏制和损害,其不可避免地造成了"鬼小说"表现力的局限,是"鬼小说"发展的思想枷锁。

明代自中叶以来,政治日渐黑暗,皇帝殆政,宦官专权,外族势力崛起,威胁到明王朝的统治。社会风气也随着经济的发展日渐浇薄,世风、士风、仕风都不再像开国初那样淳朴。文学是时代生活的反映,那些有责任、有良知的小说家必然不会对此袖手旁观,他们在吮笔为文时总会千方百计地抒发胸臆,寄托情思。从这个意义上看,明代"鬼小说"是时代的产物,因而与生俱来地带有时代的烙印。面对激烈动荡的社会现实,明代士人利用"鬼小说"的创作抒写对时代的思考,用儒家"积极用世"的精神激励人们,不管是写人还是写"鬼",都饱含着儒家匡计天下、建立理想社会的人格理想。明代"鬼小说"表现出符合儒家教义德福统一的伦理观,它主要通过以下几个方面展现。

一 关注现实

"儒道两家的基本动机,虽然同时出于忧患,不过,儒家是面对忧患而要求加以救济,道家则是面对忧患而要求得到解脱。"① "救济"就是儒家宣扬的积极入世的态度,面对国家的衰败,社会道德的沦丧,儒家并不会一味地

---

① 徐复观:《中国艺术精神》,春风文艺出版社1987年版,第115页。

消极沉沦,而是在个人"救济"的基础上对国家、社会起到积极能动的作用,正所谓"达则兼济天下"。

明代"鬼小说"内容丰富,主题也多样,但其中贯穿的思想脉络、精髓往往是儒家文化、儒家理想人格。儒家思想体系的核心是"仁",它逐渐发展成为"爱人""仁政"这种带有人道主义、民本思想的观点,是儒家经世治国的根本纲领。孔子就说:"为政以德","道之以政,齐之以刑,民免而无耻;道之以德,齐之以礼,有耻且格。"这要求在治理国家过程中注重道德的力量。孟子进一步发挥为:"亲亲而仁民,仁民而爱物,""民为贵,社稷次之,君为轻","得天下有道,得其民,斯得天下矣。"他把能否施行仁政看作是得民保天下的根本。直到宋代张载"民胞物与"观点的提出,要求把"仁"推及世间的万事万物,带有一种普遍的人道主义精神、博爱主义思想。于是崇仁爱、反对暴政就成了明代"鬼小说"对社会现实关注的焦点,很多作品都是对社会现实黑暗的揭露和批判。

例如前面章节对入冥故事类型的分析中提到的对阴间官吏的描写,这些冥吏索要钱财手法老道,往往利用阴司之权对人要挟。除去索贿,他们还受贿,连刚正廉明的冥君都受到冥吏的欺瞒。作者之所以这样塑造冥吏形象与明代社会问题有着直接的关联。

在明代基层,胥吏问题一直都是社会突出的问题之一,有关胥吏为非作歹的记载俯拾皆是。例如常熟县吏黄通等五人,"一得承行文书,结党下乡虐民,得钱多少,拆字戏云。其云:目如钞一万,乃呼一方;得钞一千,更称一撇"。① 欺民如同儿戏。不光如此,这些人还掌握上司隐私,以此相要挟,沈德符认定这些胥吏"能持人短长,郡长邑令,稍不加礼,即曝其阴事相讦,人畏之如蛇蝎"。② 顾炎武也说:"州县之敝,吏胥窟穴其中,父以是传子,兄以是传之弟。而其尤桀黠者,则进而为院司之书吏,以掣州县之权。"③ 这

---

① 朱元璋:《御制大诰续编·容留滥设第七十三》,《明朝开国文献》,台湾学生书局 1966 年版,第 215 页。

② 沈德符:《异途任用》,《万历野获编》卷 11,中华书局 1959 年版,第 295 页。

③ 顾炎武:《郡县论八》,《顾亭林诗文集》,中华书局 1983 年版,第 16 页。

些人"子承父业",形成牢不可破的势力,有时还混迹于书吏之中,"以掣州县之权"。所以,胥吏问题已经成为了明代士人关注的社会焦点问题,田艺蘅在论述"吏治"时就把"棍徒充吏"列为十弊之一。① 黄宗羲更是认为"胥吏之害天下,不可枚举"。②

可见,冥吏勒索、受贿、瞒上欺下的描写都是现实社会中胥吏日常所作所为的投影。小说家把腐败的官场现象投射到一向清正廉明的阴间,表面上是对阴间丑恶现象的讽刺,其实是对现实官场中那些蠹虫进行尖锐的讽刺。

除去对胥吏问题的反映,"鬼小说"还把目光投向士人群中的蝇营狗苟之徒,例如:

> 朔州严耕为分宜严相所取士,遂媚附之,为河间守。庚戌变后,自籍民三千为兵,有十八人不从,使劫盗引之,立考毙。同年御史王某者,尝为分宜所嗛,时以内艰家居。父耄而颠,至府言子不孝。耕喜,令吏代为书状,诱王父署名。逮王杖之,不移日死。严相败,论戍广宁。耕遂病,肢体洪肿,见十八人及王索命。其门人翟举人请修醮七昼夜禳之。已五日,忽思食羹甚急。众皆谏修斋不可杀生,不听。令牵牛至前,先探其脾作羹。然后宰之,羹未熟,已见众引牛索命。耕大呼:"牛触我。"呼未绝,体成二孔,如角伤状。前后触孔几二百,流血遍体。翟生坐其傍,耕见鬼稍逊避,频呼:"翟救我,救我!"后伤创臭秽,翟亦厌之,乘其寐,逸去。号呼三日而死。耕有文学吏能,而倾险嗜进,时皆仄目云。③

严耕因为严嵩为其座师,便攀附之。为官惨刻,枉杀十八人,还制造冤

---

① 田艺蘅:《非民风》,《留青日扎》卷37,续修四库全书子部1129册,上海古籍出版社2002年版,第298页。

② 详见黄宗羲《明夷待访录·胥吏》,《黄宗羲全集》,浙江古籍出版社2005年版,第41—42页。

③ 徐昌祚:《新刻徐比部燕山丛录》卷11,四库全书存目丛书子部248册,齐鲁书社1995年版,第431页。

案，去除严嵩政敌，以此献媚于严嵩。严耕的所作所为毫无儒家仁爱可言，简直是人格卑污，性格惨毒的代表。这样的人在富有正义感的小说家笔下自然没有好下场，最后严耕受尽苦痛而死。作者在这里把严耕所遭受到的"鬼"复仇加以铺叙再三，就是为了向我们表明为官不仁者的下场，表达了作者对那些丑恶官吏的痛恨。

二 关注道德伦理

儒家文化向来重视道德伦理，尤其强调道德伦理中的秩序关系。《尚书》提出"父义""母慈""兄友""弟恭""子孝"；《孟子》所说的："父子有亲，君臣有义，夫妇有别，长幼有序，朋友有信"；《礼记》中提到的："父慈、子孝、兄良、弟悌、夫义、妇贞、长惠、幼顺、君仁、臣忠"，都是这种伦理秩序的具体表述。它规定了社会中每一位成员应该处于的位置，并且要求对这种伦理关系加以维护和遵守。

概括来说，就是所有人都应当遵守"礼"，它是立人之本，孔子就说："兴于诗，成于礼。"（《论语·泰伯》）"不学礼，无以立。"（《论语·季氏》）在社会关系网络中，每个人扮演着不同的角色，必须遵守每个角色的道德伦理准则，在家有父子、兄弟、夫妻的不同，在外有长幼、君臣之别。只有遵守道德伦理准则，整个社会才会呈现出一种和谐、有序的状态，否则会导致社会秩序的崩溃，《礼记·曲礼上》就说："人有礼则安，无礼则危。"可见，道德伦理是儒家理想社会建立的基石。

对个人而言，首先需要做到的就是认同、学习道德要求，并体现到行动中去，所以明代"鬼小说"中便出现了对道德的单纯强调。例如上文我们分析的那些命中富贵之人，这些人除去"贵人"的身份，还有一种身份，明人称之为"正人"。那么"正人"有着什么样的特征呢？

按照古代阴阳理论，这些命中富贵的人，阳气特盛，且受到神灵的保护，"鬼"属阴性，遇到阳气特盛的人反被冲克，所以它们才会害怕，远远避之或是听人号令，这是对"正人"之所以富贵的解释基础。不过在这个基础之上，小说对这些人品德的强调，表明了明代人在阴阳理论之外找到了"正人"富贵命运的另外一种原因。例如那个让"鬼"避让的邵玘，他不光"持身廉洁，内行修"，而且十分孝顺母亲，为此杨士奇还写了一篇《凝秀楼记》专门颂扬邵玘的孝行。在生活中，邵玘能够做到"为人外肃内宽""其廉洁之操，盖始终一辙"，具有很高的道德品质。

再如景清，本耿姓，讹景。洪武年中进士，后转升御史大夫。"太宗靖难，公（景清）与方希直，练子宁志同殉国。而二公同日就戮，公独不死，人疑焉。后持刃入朝，欲行刺，不果而死。"① 成祖大怒，他的亲戚好友以及家乡中与他有关的人都被诛杀殆尽，谓之瓜蔓抄。② 景清在刺杀明成祖的行为中所表现出来的忠诚和他对儒家伦理的坚持，③ 使他成为和方孝孺等一批为建文帝殉难的士人楷模，清人也说像景清这样的殉难者"忠愤激发，视刀锯鼎镬甘之若饴，百世而下，凛凛犹有生气"。④

薛瑄更是儒家的代表人物，《明史》本传也说他的学问"一本程、朱，其修己教人，以复性为主，充养邃密，言动咸可法"。⑤ 他不接受三杨延引，表现出不附权贵的高洁人格。那么其他"鬼小说"中的"宪纲大振，奸吏畏服，民心帖然"⑥"风力甚劲"⑦ 等描述就不能单纯地看作是对主人公平时为官的简单叙述，它与"正人"之所以富贵有着必然关系。

下面借助这个狐妖的故事就更清楚地为我们表明了这一点，如：

李太保维（惟）寅，为勋卫时，于万历甲戌请假归省，宿杞县传舍。次日馆人谓从者曰："李公贵人且正人也。"从者曰："何谓？"曰：

① 杨仪：《明良记》卷3，四库全书存目丛书子部143册，齐鲁书社1995年版，第132页。
② 张廷玉等：《明史·景清传》卷141，中华书局2000年版，第2675—2676页。
③ 按照儒家伦理纲常，明成祖的行为属于篡权，并不符合"君君，臣臣，父父，子子"的原则。
④ 张廷玉等：《明史·列传第二十九·赞》卷141，中华书局2000年版，第2677页。
⑤ 张廷玉等：《明史·薛瑄传》卷282，中华书局2000年版，第4832页。
⑥ 王兆云：《神护正人》，《说圃识余》卷上，四库全书存目丛书子部248册，齐鲁书社1995年版，第271页。
⑦ 王兆云：《鬼呼免祸》，《白醉琐言》卷下，四库全书存目丛书子部248册，齐鲁书社1995年版，第236页。

"此馆多狐妖，能为人形，环怪百出，白日凌侮人，略无忌惮。昨闻老狐云：'明日有贵人至，其人正人，吾等所当避。'今果寂然，是以知之。"①

李维（惟）寅，名言恭，字惟寅，是明朝开国功臣李文忠之八世孙，嗣封临淮侯，与胡应麟相知。李出身显赫自然属于"贵人"，鬼怪妖精远而避之。但还不止于此，老狐云李为贵人之后又加了句"其人正人"的话，这里显然不能把"贵人"和"正人"作同一意思理解。"贵人"是指李云贵的出身显赫，"正人"则是指李云贵身上表现出的个人品德。《明史》说李维寅"好学能诗，折节寒素"，②胡应麟赞其"解推尽海宇而不名其德，安危系华夏而阆居其功"。③可见李平日并不"居功自傲"，爱好文学，平易近人，一副儒家之士面目，说其为"正人"也就是这个原因。

所以，"鬼"因为贵人注定做官阳气盛而躲避之外，还有一个原因是这些贵人是"正人"。"正人"是因为儒家道德的修养使得其身上阳气更盛，"鬼"才会害怕，对人躲避或是听人号令。"鬼小说"把个人富贵命运的原因归之于个人的道德修养，正是出于对儒家文化中道德伦理认同的表现。

而在入冥故事类型中，《珍珠船》中的殷贵和《稗史类编》中的周震在地狱遭受刑罚的原因也是因为殷贵"素不弟"，周震对父亲"忤逆不孝"，他们违反了儒家道德伦理。作者是有意突出这些违"礼"之人受罚的原因，目的自然也只有一个：教育世人要遵守儒家之"礼"。明代这样的"鬼小说"在故事情节和叙事结构上常常表现出受儒家文化的制约和影响的痕迹，透过这些痕迹，我们可以看出明代士人对儒家道德伦理的共同追求，对儒家文化的一种坚信，在那些违反儒家之"礼"的行为遭受到报应的描写中，表达了作者惩恶扬善的教化目的和建立儒家理想社会的愿望。

---

① 王同轨：《杞县传舍狐》，《新刻耳谈》卷5，四库全书存目丛书子部248册，齐鲁书社1995年版，第591页。

② 张廷玉等：《明史·李文忠传》卷126，中华书局2000年版，第3784页。

③ 胡应麟：《李惟寅太保像赞》，《少室山房集》卷94，文渊阁四库全书本，台湾商务印书馆1986年版，第689页。

三　关注家庭

家庭关系原本已经包含在儒家道德论之中，把它单独提出来是基于以下原因：第一，家庭关系中出现的妒妇现象，已经成为一个让明代士人焦虑的普遍问题。第二，在这个问题的背后，反映出明代士人所追求的一种和谐观念，所谓"家和万事兴"。所以有必要对此进行单独的论述。

人与人之间的关系构成了社会的基础，而儒家文化重视"人"，重视人文、人生、人道、人间、人伦、人格、人性、人情，追求人际社会的和谐始终。而所有的人际关系中，儒家最看重的就是夫妻关系，正所谓"有夫妇而后有父子，则夫妇者，又三纲之首也"。但是"今人情爱是溺，浩气夺于朱铅，阳刚挫于枕褥，由是尊卑之分稍脱略矣。渐则志可肆，势可凌，而丈夫反制于妇女之手。吁！挽何及哉"。① 妒妇的出现不只是对妇德的破坏，更是对夫妻关系的破坏，进而威胁到家庭的兴衰。所以明人反复告诫："妇德之贤否，关家运之盛衰，娶妇者慎之哉！"② 可现实往往不尽如人意，那么问题的源头在哪里呢？

明人在对家庭夫妻、妻妾关系的论述中往往会涉及这个问题：

> 妾庶之爱，父不能得之于子，君不能得之于臣者也。男子之情，有之则宠，妇人之性，遇之则妒，侧贰之态，居之则骄。宠故爱移焉，妒故威肆焉，骄故分暗焉。家而有此，夫妇之恩薄，而衽席之间争斗兴之矣。盖妾媵之设，本为宗嗣图。苟有子孙，斯可以无立也。必不得已为之，犹当使己无偏昵之私。人守卑下之制，斯樛木化行，而闺门之内未有不如鼓瑟琴者也。夫夫妇之际，虽唱随天地别之，然恩之视义，势必掩焉，不可执一论也。必欲刚肠不化，持己甚之，责施诸妇人，难矣乎！③

---

① 周绍濂：《鸳渚志馀雪窗谈异》帙上，中华书局 2008 年版，第 155 页。

② 蒋以忠、蒋以化：《妇德篇》，《新刻艺圃球琊集注》卷 2，林大桂集注，四库全书存目丛书子部 87 册，齐鲁书社 1995 年版，第 410—411 页。

③ 孙宜：《家范》，《逊言》卷 16，四库全书存目丛书子部 102 册，齐鲁书社 1995 年版，第 301—302 页。

由此可见，妒妇的产生与"妾庶之爱"有着极大的关系，本来"盖妾媵之设，本为宗嗣图"，实际上却出现了"偏昵之私"。这固然与"妇人之性，遇之则妒"有关，但身为男性也应当考虑纳妾的原因，"苟有子孙，斯可以无立也"。即使不是因为子嗣原因纳妾，男性也应当做到"使己无偏昵之私"，在家中做出好的表率，要不"持己甚之，责施诸妇人，难矣乎"，家庭生活必然不得安宁。可见，男性家主没有处理好妻妾之间的关系是妒妇产生的根本源头，这些人"情爱是溺"而很难做到"使己无偏昵之私"，导致了社会上普遍存在惧内与妒妇的现象："有不少男子怕悍妇、妒妇，特别是在士大夫中间惧内之风极为盛行。"①

于是，妒妇成了明代士人心中之痛。在他们笔下妒妇成为恶毒的代名词，"官之墨者必酷，妇之淫者必悍妒，而且诈"。② 对妒妇现象的记载则多有惨痛诅咒之语，例如，伍袁萃在《林居漫录》中记载到：孟云浦壮年无子，好在其妾给他生了一个儿子，孟十分珍爱，一次外出回家，发现儿子被自己的妻子杀死了。孟云浦无比愤恨，悲痛之际撞树而亡，一出家庭悲剧就此上演。作者认为像孟云浦这样"讲学修行"的"中州名士"遭此之变全是因为妒妇，"妇人妒悍，至死其夫，斩其嗣，恶不容诛矣！"③侯甸也记述了一个因妻妾矛盾造成的"鬼"复仇故事，最终导致了"家无噍类"的结局，对此作者感慨道："于乎一妒妇而斩绝世勋，痛矣哉！"④

妒妇最终导致了男性家主遭受绝嗣、灭门的人生灾难，明显是每一个明代士人不愿见到的。解决之道，除了实际生活中男性家主要真正做到"无偏昵之私"之外，还要做到真正的修身，对这些女性进行教化、约束。由此明代"鬼小说"中出现了一些带有教育意义的作品，例如"女鬼"生儿故事，

---

① 赵崔莉：《明代妇女的二元性及其社会地位》，《辽宁大学学报》2004 年第 5 期。
② 沈长卿：《女人姓诈》，《沈氏弋说》卷 4，四库禁毁书丛刊子部第 21 册，北京出版社 1997 年版，第 614 页。
③ 伍袁萃：《林居漫录·畸集》卷 3，清代禁毁书丛刊，台湾伟文图书出版有限公司 1977 年版，第 483—484 页。
④ 侯甸：《妒妻斩嗣》，《西樵野记》卷 6，续修四库全书子部 1266 册，上海古籍出版社 2002 年版，第 708 页。

其实这类故事明代以前就已经出现，不过明代"鬼小说"对其再创作时却有了不一样的目的。

例如，王兆云的《鬼生朝》：

> 隆庆间，休宁有一妇怀娠病死，殡于山。有一店家开肆于其山之侧，日见妇人来铺买饼。妇人去而银亦失，店家疑之，及妇再来，店家以水试银，皆纸灰也。其妇不见，尾其后入荒塚中，有儿啼声。告其夫，开塚得儿，收养之成人。今尚在，彼呼为鬼生朝云。①

小说叙述了一个具有母性温情的故事，一位妇女在怀孕期间就死去了，但她依然把孩子生了下来，还每天去买饼哺育小孩，后来被人发现，真相大白，孩子也被前夫收养。小说并没有对"鬼"生儿的细节做过多描写，整篇作品叙事简练，甚至有些简陋。对这篇作品自然可以从母性、猎奇的角度理解，不过我们再看王兆云记述的另一则"女鬼"生儿的故事，其中作者蕴含的目的就较为明显了：

> 浙中一上舍有嬖妾怀娠欲产，然上舍亦受制于其妻，不能至媵焉。妾临产，时上舍以事往钱塘，妾产难昏死，其妻不待其绝而遂殡之，及上舍归，但以产死言，不复穷问。上舍偶一日过宅边卖饼家，见其箧中有银簪一只，乃其妾所常簪发者，询其从来，卖饼人曰："此簪系一妇人称所产儿乏乳，留此簪，质炊饼饲儿，黄昏辄来，得饼即去。"问其去路，则妾所葬之处也。上舍大骇，乃夜潜其墓，伏而窃听，果有啼儿，乃开墓启棺，则死妾之上有生儿伏焉，抱之以归，及长以赀入监为县薄。②

这个故事中，作者把"女鬼"生儿放到了妻妾矛盾的环境下，此时

① 王兆云：《鬼生朝》，《说圃识余》卷上，四库全书存目丛书子部248册，齐鲁书社1995年版，第254页。此故事郑仲夔《耳新》中也有记载，只是文字略有不同。详见郑仲夔《耳新》卷七，丛书集成初编，商务印书馆1937年版，第43页。
② 王兆云：《死妾养子》，《湖海搜奇》卷上，四库全书存目丛书子部248册，齐鲁书社1995年版，第95页。

"鬼"生儿育儿无疑就带有了保存子嗣的意义。因为《孟子》有云:"不孝有三,无后为大。"后人注解道:"于礼有不孝者三事,谓阿意曲从,陷亲不义,一不孝也。家贫亲老,不为禄仕,二不孝也。不娶无子,绝先祖祀,三不孝也。三者之中,无后为大。"① 明人也认为"盖妾媵之设,本为宗嗣图",娶妾最大的目的就是生养子嗣,延续血脉。那么在此前提下,对故事中"女鬼"生儿的理解就不可能是温情的表露,或是猎奇。故事的价值判断明显是对鬼妾生儿的肯定和对妒妇的劝诫,此时"女鬼"对生儿的笃定带有更多诠释女德的教化目的。

还有上文提及的"鬼指挥"故事,在这些故事中"女鬼"形象表现出十分统一的特征。如果我们把它与明代女德观念结合起来看,就会发现故事中对"女鬼"诸如"色美而贤,内外宗姻,咸敬爱之""妾治家教子,极有法度""姻族号为贤妇"等描写,并不是简单地赞美与记录,其中同样蕴含了作者对"女鬼"行为的肯定。因为明代士人要求妇女具有一种"全德",就是妇女在日常生活中所要扮演的家庭角色主要表现在侍奉公姑、家务劳动、相夫、教子四个方面。具体来说:为女应该"柔懿为则",为妇应该"贞顺有礼",为母应该"敬俭弗忘"。换言之,作为一个理想的家庭妇女,必须具备一种全德,也就是道德完备。② 这些"鬼指挥"故事中的"女鬼"就很好地扮演了上述角色。从她们夫主的态度也可看出,他们并没有因为妻子是"鬼"而产生任何厌弃、恐惧之情,他们按照人的礼仪埋葬"鬼妻",并对"鬼妻"表现出无限的思念之情,明显是把"鬼"当人看待了。那么这些"鬼"所表现出的女德就成为夫主认定其为人的重要因素,这里夫主的行为并不是受到爱情的激发,而是出于对"女鬼"日常家庭生活所表现出来的恭顺品德的感激。小说作者就是抱着"语鬼神之事则慑,语德报则善"的创作目的,通过"女鬼"身上所具有的道德品质,完成了对女性的教化。

综上可知,在对家庭问题的关注过程中,明人还是没有脱离德福统一的

---

① 焦循:《孟子正义·离娄上》卷15,中华书局1987年版,第532页。
② 陈宝良:《明代妇女的家庭角色及其地位》,《福建论坛》2009年第7期。

伦理范围。小说家对家庭和谐的追求,是通过对道德修养的强调来完成的。"有德之人必有福"这类的认知成为了士人普遍相信的观念,明白了这一点,我们也就理解了为何明代"鬼小说"中会极力把道德渗透到故事情节的每一个角落,最终成为儒家教化的利器,对个人、家庭、社会等各个领域展开全方位的渗透。

第三节 果报轮回的命运观

佛教自两汉时期传入中国,便展开了与本土文化艰难融合。魏晋南北朝时期,国家战乱不断,儒家思想统治地位受到削弱,为佛教的快速发展提供了契机。正所谓"南朝四百八十寺",佛教在经济文化发达的南朝得到了自上而下的普遍欢迎。而北方少数民族政权也不遑多让,北魏在多个地方开凿的石窟至今保留在华夏大地上。随着国家统一,战乱结束,佛教的发展也随之达到顶峰,唐代佛教宗派林立,寺院众多,顶峰时寺庙达到"四千六百余区",僧尼人数达"二十六万五百人"。[①] 宋代,佛教依然保持了繁荣的局面,虽然在教义、理论上没有多少发展,但佛教已经出现民众化、生活化的趋势。

明代佛教就是在这种世俗化的基础之上继续发展的,"明清以后的近代佛教虽被人们认为是中国佛教的衰落期,但中国人所接受的某些教义已经深入人心,化为血肉,佛教已不再是外来宗教,而是自己固有的宗教了……通过对观音的信仰、念佛会、放生会、受戒会、素食等实践活动,使佛教深深地渗透到人民之中,而且佛教还满足了人民'有求必应'这个现实利益,佛教信仰同道教和民间信仰很协调,与人民生活密切俩系起来了"。[②] 正因为此时的佛教具有民间性,统治阶层对佛教的利用和控制也达到了一个顶峰。

---

① 司马光:《资治通鉴·武宗会昌五年》卷248,中华书局1956年版,第8015页。
② [日] 镰田茂雄:《简明中国佛教史》,郑彭年译,上海译文出版社1986年版,第286页。

一 明代佛教的儒家化

佛教自阿育王统一印度后，经由阿育王的推行由一个地方性的宗教迅速扩展到印度全境，甚至远传至东南亚地区，在两汉之交时，佛教也传入中国。可见，佛教流传是否广泛与政治的推力是成正比的，特别是面对中国皇权至上的统治现实，僧人很早就总结出类似的经验："不依国主则法事难立。"①所以魏晋时期慧远和尚就有针对性地提出了佛教辅助统治的观点，他认为佛教善恶果报论的扶世助化作用是不可替代的，其对儒家伦理的补充作用是不可或缺的。它渗透在社会伦理生活中，唤起更多人的道德自觉和自律，使人们认识到"善恶报应也，恶我自业焉"，并体会到"思前因与后果，必修德而行仁"的道理，②主动地向统治阶层主流思想靠拢。而统治阶层也极力拉拢佛教，希望佛教积极发挥其辅助教化的职能，巩固其统治。双方的需求形成一种合力，佛教在中国迅速光大昌盛。对佛教来说，依靠统治阶层的权力它得以流布海内，信徒繁盛，同时也不可避免地沦为一种统治手段。这样的"辅教"政策经过历朝历代的调整、完善，至明代被朱元璋推向顶峰。

明代开国以后，朱元璋出于巩固统治的需要，一方面极力拉拢佛教人士，推行怀柔政策。明初众多的江南名僧大老都深感荣幸地成为了新朝的座上宾，并诚惶诚恐地为新朝讲经纳福，祈祷江山永固。朱元璋也趁机加强了对佛教的控制，设置专门的机构僧录司，设左、右善世进行具体管理。企图通过国家机器控制佛教，最大限度地发挥其辅助统治的功能。另一方面为了调和儒释之间的矛盾，他开始对佛教进行儒家化的改造。除去宣传佛教"阴翊王度""暗助王纲""天下无二道，圣人无两心"外，对佛教因果报应思想的改造和宣传成为朱元璋佛教儒家化的重心。

早在洪武元年（1368）四月，朱元璋便下令诸臣画古孝行及身所经历艰难起家战伐之事给子孙们看，并说："朕本农家，祖父皆长者，积善余庆，以

---

① 慧皎：《释道安》，《高僧传》卷5，中华书局1992年版，第178页。
② 详见王月清《中国佛教善恶报应论初探》，《南京大学学报》1998年第1期，第66页。

及于朕。"① 相信自己之所以由一个农家子弟变为皇帝，完全是因为祖上积善所致。此后又分别于洪武六年（1373）编成《昭鉴录》②，洪武十三年（1380）编成《臣戒录》《相鉴》，洪武二十六年（1393）编成《永鉴录》③等书籍。这些书籍都是通过对古今善恶报应故事的整理汇编，向社会推行善恶报应思想。

在朱元璋的影响下，明代前期诸帝也都十分注重用善恶报应之事来警戒群下，巩固统治。例如，明成祖朱棣说过："尝博观古人，往往身致显荣，庆流后裔。芳声伟烈传之千万世，与天地相为悠久者，未有不由乎阴骘之所致也。"④ 认为那些流芳百世者都是因为祖上积德，为善所致。徐皇后为此也曾经编过一本劝善书，她在序言中说："且修善蒙福，积恶蒙祸。善恶之报，理有必然。……固虽不敢方古著述，其于劝善惩恶之道，亦略备矣。观者诚能于此而尽心焉，则未必无补于修省之万一云。"⑤ 徐皇后认为此书除去劝善惩恶的作用，对个人的修身也大有益处。宣德元年（1426），明宣宗亲自编成《外戚事鉴》《历代臣鉴》，颁赐外戚、群臣时说："治天下之道，必自亲亲始。文武诸臣欲同归于善；前世之不忘，后世之师也。故于暇日，采辑前代外戚及群臣善恶凶吉之迹，汇为此书，用示法戒。其择善而从，以保福禄。"⑥

有皇帝作表率，明代士人对推行善恶报应思想表现出了极高的热情，特别是明代中后期，政治日益腐败，政府对基层的控制力减弱，教化职能衰退，很多明初的政令或措施都成为一纸空文。面对如此情景，一些士人自觉地承担起善恶教化职责，由于个人能力有限，"他们或编撰格言家训以强调、张扬

① 夏燮：《明通鉴》卷1，中华书局2009年版，第172页。
② 朱元璋：《昭鉴录序》《明太祖文集》卷15，文渊阁四库全书本，台湾商务印书馆1986年版，第426页。
③ 龙文彬：《明会要·学校下》卷26，中华书局1956年版，第423—424页。
④ 朱棣：《为善阴骘·序》，四库全书存目丛书子部121册，齐鲁书社1995年版，第597页。
⑤ 仁孝皇后徐氏：《大明仁孝皇后劝善书·序》，四库全书存目丛书子部120册，齐鲁书社1995年版，第92页。
⑥ 龙文彬：《明会要·学校下》卷26，中华书局1956年版，第426页。

传统的伦理道德，或利用民众喜闻乐见的小说，戏曲形式编撰善恶故事劝谕世人"。①

例如，陈继儒所编的《福寿全书》，共 6 卷 21 类，"具在扶颓俗醒凡心，以此起教化而正人心"。② 江西永新人贺应保所撰家训《传家迂言》，多参引古事以示劝诫，然颇谈果报。③ 江西人王时槐撰有《广仁类编》，其中"亦及因果报应之说"借"神道设教以劝谕颛蒙"。④ 浙江人袁黄撰成《训子言》，目的也是劝世人行善，广积阴德。南直隶人郑之珍，曾将唐、宋、元以来传统剧目《目连救母》进行改编，编成《新编目连救母劝善戏文》，目的是为了使"愚夫愚妇睹闻之后，感悟通晓，从而趋善"。⑤ 白话小说《金瓶梅词话》中也大谈善恶报应："朝看瑜伽经，暮诵消灾咒。种瓜须得瓜，种豆须得豆。经咒本无心，冤结如何究？地狱与天堂，作者还自受。"⑥ 白话小说《玉闺红》开篇也说："话说人生在世，争名夺利，图财害命，纵欲贪色，欺寡妇，劫孤儿。在当时费劲了千般心血，万分心机。直到无常一到，报应循环。那平日费心费力谋来的，一千件也带不了走，反落得到阴司去挨苦受罪。倒不如听天由命，安分守己。吃上一碗老米饭，作一个安分良民，广行善事，处处与人方便。到头来自然恶有恶报，善有善终。"⑦ 在最高统治者和士人的不断努力下，"借政府编撰，刊刻渗透善恶报应思想书籍的家传户到，民众的善恶报应意识于明初得到进一步强化"。⑧

二 果报轮回的命运观在明代"鬼小说"中的表现

其一，命运天定。

① 汪维真：《明代善恶报应观念的强化与社会调控》，《江汉论坛》2005 年第 1 期。
② 顾锡畴：《福寿全书序》，四库全书存目丛书子部 149 册，齐鲁书社 1995 年版，第 3—4 页。
③ 永瑢：《四库全书总目提要》，中华书局 1995 年版，第 1078 页。
④ 同上书，第 1120 页。
⑤ 魏幕文：《郑之珍〈目连救母〉的产生及流传》，《东南文化》1994 年第 4 期。
⑥ 兰陵笑笑生：《金瓶梅词话》第十回，人民文学出版社 2000 年版，第 101 页。
⑦ 东鲁落落平生：《玉闺红》第一回，思无邪汇宝，台湾大英百科股份有限公司 2000 年版，第 292 页。
⑧ 汪维真：《明代善恶报应观念的强化与社会调控》，《江汉论坛》2005 年第 1 期。

佛教进入中国后就与"鬼"结下了不解之缘，主要是因为"鬼"的出现帮助佛教争取到更多的信徒。很多佛教观念都是经由"鬼"才得以形象展现。特别是在动荡的年代，佛教宣传的"空幻"观念，更是为人们的苦难提供了一支麻醉剂。佛教认为，人是"六凡"中的一环，人的遭际在三世轮回中早已经确定好了的，凡人是无法改变的。所谓"人生如梦"，一切都是上天注定好了的。这种命定的观念与中国原有的"生死有命富贵在天"天命观相融合，进一步强化了人们命由天定的思维。

于是人们把命运的穷通归之于上天的旨意，总是通过种种启示来探寻那神秘的天意，"鬼"有时就成为传达天意的途径，命运天定的观念在"鬼小说"中留下了鲜明的印迹。例如《耳谈》记载道：

> 黄岩戚存心者，贫而有胆，豪士也。有富人子戏之曰："厉坛第七棺中有钱三百，君夜取之乎？"戚曰："可。"其地僻寂，攒棺甚众，常白昼魇人。富人子因令人置钱第七棺，仍令潜听之。顷之，群鬼曰："戚侍郎来，盍避之。"又一鬼曰："惜北人，不获令终。"戚来取钱去。明日富人子贺曰："君是贵人也。"言其故而厚赠之。后登进士，累官工部侍郎，为同邑贺侍郎所谮，弃市。①

本来是富家子戏弄戚存心而设的局，但是就在戚存心取钱的过程中，群鬼所说的话不仅透露出戚存心日后必将做官富贵的命运，还将他富贵不得善终的结局也一并揭露了出来。人未来命运的凶吉祸福很难预测，但故事却通过一次偶然的事件，利用"鬼"代天言事，向我们透露出了主人公的未来命运，最后用事实验证了天意数命的不可改变。

在前文提及的王兆云《鬼代试卷》中，那个病死考场的中州名士之"鬼"与"经义全不晓"的少年，两人命运与才能之间的巨大落差，不由得让人"拊膺大恸，嗟叹不已"。这一切都是冥冥之中上天所致，因此这类人生

---

① 王同轨：《新刻耳谈》卷5，四库全书存目丛书子部248册，齐鲁书社1995年版，第598页。

命运的"鬼小说"其实表达的是人们对功名成败、对命运的凶吉,对世事变幻不可捉摸的迷惑、失落、艳羡,乃至不平。这种情绪借助"鬼"的揭示,来求得一种精神上的安慰与情感的抒发,以达到一种内心的平静。所以在小说最后,作者往往会说道:"人曰殆不免,随任之说乎。"① "人生各有定分,……于前定之理,顺受而无妄营,即以称居易俟命之君子无愧矣。"② 颇有些安然处之的潇洒。

其二,果报轮回。

因果报应思想是佛教教义中最核心、最根本的理论,很难想象没有因果报应思想的佛教教义会是什么样子。因果报应思想作为佛教理论的基础,因其本身具有震撼心灵的作用,在民众的心理中产生了极大地影响。同时其也对"鬼小说"产生了巨大的影响,凡是惩恶扬善的主题,基本上都会运用到因果报应思想。

报应思想古已有之,《易经》中就有:"积善之家必有余庆,积不善之家必有余殃。"《尚书·商书·伊川篇》中说:"惟上帝无常,作善降之百祥,作不善降之百殃。"《国语·周语》也说:"天道赏善而罚淫。"不过这种单纯的报应思想,只是向人们说明了行为与其祸福之间具有某种联系而已,在现实中很难得到印证,有时甚至会出现"好人难得好报,恶人难得恶报"的现象。佛教传入中国后,用"三世"说对因果报应思想加以深化,从而解决了刚才出现的问题,同时也对社会产生了深远的影响。王谧在《答桓太尉》中就说:"夫神道设教,诚难以言辩,意以为大设灵奇,示以报应,此最影响之实理,佛教之跟要。今若谓三世为虚诞,罪福为畏惧则释迦之所明,殆将无寄矣。"③ 可知对因果报应思想的理解基本可以看作是对佛教的理解。

《林居漫录》中胡某外出经商,在广东引诱一寡妇并二婢回乡,半路上寡

---

① 王兆云:《东岳祭酒》,《湖海搜奇》卷上,四库全书存目丛书子部 248 册,齐鲁书社 1995 年版,第 90 页。

② 王象晋:《王孺人再生传》,《剪桐载笔》,四库全书存目丛书子部 243 册,齐鲁书社 1995 年版,第 474 页。

③ 转引自石峻等编《中国佛教思想资料选编》,中华书局 1981 年版,第 106 页。

妇得知胡某家中已有妻,遂自杀,二婢也随之投河自尽。胡某为了平息内心不安,请来僧人大做法事。期间有一名叫守恒的僧人被官府逮捕,守恒以其藏银托胡某营救。胡某见财起意,贿赂狱卒害死守恒,独占守恒所藏之银。后来胡某梦见守恒跟跄而来,同时其妾生一子。其子长大后音容笑貌与守恒无二,自号恒岳。一天恒岳送姻家丧,三位哥哥相从,途中遇大风,船翻,三个哥哥都被淹死了,独恒岳活了下来。① 佛教教导人们要利人利己,不杀生、不贪财,作者记述这个故事明显带有对胡某行为的道德评价。特别是守恒通过转世轮回再次回到胡某身边,间接造成了胡某三子的死亡。这样的情节设置明显带有因果报应的色彩,作者生怕读者看不透其中的"奥妙",在故事末尾特意加了一段议论:"夫某溺杀三妇而竟以三子偿之,又假手于似僧者,鬼神巧妙灵显若此为恶者得无惧哉!"可见这种交叉假手于人的报应情节,是依照因果报应思想有意为之的结果,小说在叙述过程中也加入了道德上的评判与对作恶行为的警示。

佛教教义不光可以起到警戒世人的作用,也告诉世人那些行善者也会得到善的回报。例如:"余公子俊号率庵,蜀之眉州青神人。家山后有冢,邻儿取其遗骸为戏,公辄为掩之。是夜,梦老人谢曰:'子有阴骘,为我整理门户,他日当至大官。'常杂于群牧儿中,有纵畜践人苗者,地主追之,众皆惊散。公独拱立,折之以理,其人异之。授户部主事,分司太仓出纳,痛革宿弊。……"② 余俊后来之所以做官,依照报应的逻辑是因为他行善事,积阴骘,为了报答他,日后才升为户部主事这样的大官。还有侯甸的《鬼护善人》,也是记载了乡民蒋容因为平日里行善事,在一次大风雨的夜晚,得到"鬼"的保护。这样的故事十分的简单,与恶报一样很好理解。而作者一再吮笔创作就是为了达到惩恶扬善的教化目的,从中寄寓了对一种规范社会秩序的向往之情。

---

① 详见伍袁萃《林居漫录》前集卷5,清代禁毁书丛刊,台湾伟文图书出版有限公司1977年版,第169—171页。

② 陈继儒:《见闻录》卷1,四库全书存目丛书子部244册,齐鲁书社1995年版,第147页。

其三，地狱审判。

佛教认为善恶报应是一个类似车轮似的过程，前生、今世、来生紧密相连，一环套一环，作为现世之人怎能不小心谨慎？现实却也是如此，很少有人可以到达佛教所宣扬的极乐世界，大部分人依然沉沦于六道轮回之中。而作为鬼魂轮回审判之所的阴间就具有了举足轻重的地位，尤其是对阴间真实性的描写更是重中之重。因为阴间的审判、地狱的真实与否直接关系到佛教的流传。于是地狱审判之设首先是为了惩罚那些不尊敬佛教之人，例如：

> 庚寅东，越之宁波府有僧讼其师非法者。兵道委府同知诣寺鞠之，两不肯伏，乃焚《华严经》使跨之。顷间，官忽仆地而卒，舆至署。次日乃甦，云："因毁经，为阎王摄去，且大怒，将置之罪，赖寺中行脚僧大彻者，径至案前言某清廉能惠，为民祷雨，徒跣二十里诣高山，立坛躬印，雨随应。彻且肯至再四，始释回□。"使人侦彻，则尚在定中也。此公遂辞官学佛□云，时卜子振判绍兴，目睹其事。①

小说于一起诉讼案件审理过程中笔锋一转，通过主人公入冥的经历，以突出佛经的巨大作用：对它稍有不敬，地府便会施以惩罚。而长期信佛的人在入地府后则会享受不同于一般鬼的待遇。正是极为写实的描写，使得这个入冥故事具有了感化人的神奇力量，主人公最后也拜倒在莲花台下。而王兆云在《陈媪入冥》中描写陈媪入冥之后，冥吏对她说："汝是佛弟子，毋忧也"，后果然无事放还。② 同样也带有强烈的推销佛教的印迹。这一类故事举不胜举，有祝允明《志怪录》中记述陆舫入酆都的故事，屠隆《鸿苞》记载的冥报故事等。所以儒家士人批评佛教道："浮屠明鬼，谓有识之死受生循环，遂厌苦求免，可谓知鬼呼？以人生为妄，可谓知人乎？"③ "佛学只是以

---

① 王兆云：《毁经被冥摄》，《说圃识余》卷下，四库全书存目丛书子部 248 册，齐鲁书社 1995年版，第 290 页。

② 王兆云：《陈媪入冥》，《白醉琐言》卷下，四库全书存目丛书子部 248 册，齐鲁书社 1995 年版，第 241—242 页。

③ 张载：《正蒙·乾称篇》，《张载集》，中华书局 1987 年版，第 64 页。

生死恐动人。"①

　　以生死恐动人不光可以推销佛教，对儒家思想的推行也起到巨大的作用。李昌祺《何思明游酆都录》中何思明是一位无神论者，"酷不喜佛、老，间遇其徒于道，辄斥之"。一日生病，其徒私下祷告，被他斥为"鬼神岂可以酒肉私？"晚上便被冥吏勾入阴间，在看到地狱中层级分明，善恶报应丝毫不爽之后，忽然感悟到佛道之不诬。李昌祺创作这个故事无非与干宝一样，证神道之不诬，表面上还是为佛教张本，可实际上李昌祺是在利用佛教阐述儒家思想、礼教思想，旨在对世人起到惩恶扬善的功效，引导世人尊崇儒教。之后赵弼在《续东窗事犯传》中对地狱审判的描写，其带有的佛教色彩更淡，而儒家思想愈加浓厚。

第四节　阴阳和合的养生观

　　早在先秦时期，道家、阴阳家、医家就纷纷提出了各具特色的养生观。随着道教的建立，它逐渐吸收了上述诸家的学说并加以发展融合，最终形成了道教特有的养生观。重要的是，道教是中国土生土长的宗教，它是中国文化中重要组成部分，李约瑟说："中国人的特性很多，最吸引人的地方都来自道家传统。中国如果没有道家，就像大树没有根一样。"② 所以，道教的养生观也就成为中国古代养生观的核心。

　　而道教的起源是一个很难说清的问题，原始宗教、巫觋、方术、神仙观念等，每一种说法都有其根据。不过道教求仙的思想确实满足了人们渴望长生不老的欲望和消灾去祸的心理，东汉末期，战乱纷争，民生苦难，张角、张道陵等人以《太平经》为依据，先后创立了太平道和天师道，这是民间道教的早期派别。之后东晋葛洪将神仙方术与炼丹结合起来，系统地加以整理

---

① 程颐：《河南程氏遗书》卷1，《二程集》，中华书局2004年版，第3页。
② ［英］李约瑟：《中国之科学与文明》，陈立夫主译，台湾商务印书馆2001年版，第255页。

写成《抱朴子》一书，他提倡养生为主，儒术为辅的观点，得到官方的普遍支持。

唐代道教发展更为迅猛，李唐王室自称为老子后裔，对道教宠遇有加。唐玄宗崇奉道教，加封老子为大圣祖玄元皇帝，并制定道举制度，凡是科举士子必须熟读《道德经》。宋代真宗、徽宗也都是崇信道教的皇帝，屡次加封道教人物，建立宫观进行供奉。元代全真教兴起，其强调戒律，注重自我修养，在士大夫中间广泛流传。

明代道教被认为是"从停滞走向衰落的阶段。在内部，教团的腐化，在外部，理学的强力排斥，民间宗教的争夺地盘，失去统治者的崇奉扶植等多种因素，促使道教渐趋衰落"，① 但道教中的正一教却得到了明代统治者的眷顾。正一教所行无非斋醮与方术，仪轨中包含道教养生观的内容，主要以房中术为中心。

说到房中术，还是要回溯到先秦时期。那时的道家和阴阳家有着看似相同的观点，但两者最大的区别在于阴阳家讲求"天道"，天地四时、阴阳五行，而道家则讲求"人道"，养生延命、通于神明。前者与术数有关，后者与方技有关。至汉代两者相互融合，一种带有道家色彩的养生术出现，根据马王堆出土的帛书《老子》所载，李零认为：

> 《老子》论"道"，重点不是讲天道运行，而是讲天地万物的生化。它所说的"大道"虽然也是人以外的东西，但却不是天地万物本身，而是一种万有的本源，一种"无为有用"的原始创造力。为了说明这个"道"，它是以一个至大无外、其深无底的生殖器，即"玄牝"为喻（典型的"大地子宫"概念），说一切"实有"都是从这个"虚空"产生（包含了某种拟人的开辟神化）。……甚至以赤子之精和男女交合为喻，说道德深厚，应像"赤子"一样，"骨弱筋柔而握固，未知牝牡之会而脧怒"；应效"天下之牝"，"天下之交也，牝恒以静朕（胜）牡。为其静

---

① 任继愈编：《中国道教史》，中国社会科学出版社2001年版，第767页。

也，故宜为天下也"（据马王堆帛书《老子》乙本）。这些概念不仅与一般的养生术有关，而且还从其中的房中术受到直接启发。汉代以来的房中术有许多术语都是《老子》一书所用，如"玄牝"（女阴）、"赤子"（童子阴、元阳）、"握固"（固精），它们不仅流行于东汉末，而且也发现于马王堆房中书，说明二者有密切关系。①

从这段话可知，养生术这种方术在汉代已经与道家思想发生了紧密的联系。随着道教的发展，房中术也逐渐成了养生术的主要内容，从魏晋南北朝时期至明代都是如此。

葛洪在《抱朴子·内篇》中就说："夫阴阳之术，高可以治疾，次可以免虚耗而已。"尽管承认房中术是延年益寿和治愈小疾的方法之一，但他并没有说房中术是达到长生不老的手段。不过房中术作为道教的养生之法已经得到广泛认同。隋代《房内记》就进一步提出了"养阳"和"养阴"的概念，所谓"养阳"即是指男子"欲行阴阳取气之道，不可以一女为之，得三若九若十一，多多益善。采取其精液，上鸿泉还精，肌肤光泽，身轻目明，气力强盛，能服众敌，老人如廿时"。所谓"养阴"则是指女子从男子那里得到阳气，"流入百脉，以阳养阴，百病消除，颜色光泽肌好，延年不老，常如少童"。② 通过房中术可以达到一种身体上充盈的状态，男女之间阴阳调和，互为补充，这是道教养生术的中心内容。

明代的房中术继承了道教阴阳和合的养生理论，《素女妙论》中就说："凡男女交合，乃一阴一阳之道也。是以阴中有阳，阳中有阴。阴阳男女，天地之道也。然失其要，则疾病起矣。"③ 但是明代更加注重男性的主导地位，即男性要保阳采阴："固守其精而不散，故终夜御女而不泄。若不能保守精神，而狂妄任意者，必失神丧气，名之为夺命之斧。"特别是"凡人年少之

---

① 李零：《中国方术正考》，中华书局2006年版，第340页。
② 以上均见《房内记》，引自［荷］高罗佩《秘戏图考》，杨权译，广东人民出版社2005年版，第258—259页。
③ 《素女妙论·原始篇》，引自［荷］高罗佩《秘戏图考》，杨权译，广东人民出版社2005年版，第316页。

时,血气未充足,戒之在色,不可过欲暴泄".[①] 男性要尽量保存住阳精,在与女子交合过程中不能一味贪求快感,否则自己采阴未能完成,反而会把阳精流失。

上述房中术阴阳养生的观念在"鬼小说"中也得到形象的反映,这里以艳遇故事类型为例加以说明。上文我们分析的"艳遇—分离"型故事里"女鬼"都是主动接近男主人公的,而当男主人公接受了女鬼的"荐枕席"之后,大多出现了身体上的疾病,陆采《董氏女》中张生"渐以病瘵",最后"病半年方差";兆云《女妖》中的巡按御史与"女鬼"结合后"遂成病,延医罔效";徐昌祚《燕山丛录》中的刘汝瞻也是日渐消瘦;陆粲《庚巳编》中的蒋生也是"迷惘憔悴,遂成瘵疾",家人把他接到城中寓所也摆脱不了"女鬼"的纠缠,最后蒋生"不久竟死"。男主人公在遇见女妖时也会生病,如陆采《郭元吉妖妇》《狐媚周武》等。在这些故事中,男主人公之所以在与"女鬼"交往之后生病,就是因为"女鬼"吸取他们的阳精,因为"女鬼"属阴,它们想要存活或复生必须依靠生人的阳精。道教养生术中关于"养阴"和重视男性阳精的观点,无疑是"女鬼"吸取"阳精"的思维基础。上文所述女鬼在得到男性阳气的滋润后会达到"颜色光泽肌好,延年不老,常如少童"的养生效果,而在《董氏女》中当"女鬼"被发棺后"貌俨如生,体温无气"显然脱胎于道教"养阴"之说。

明代重视男性阳精,特别是要求年少之人要"节欲",保存"阳精"。所以我们看到,这类故事中男主人公的身份也大多是年少之人,张生就是"郡少年",蒋生是"少年美姿容",侯甸《南楼美人》的刘天麟"年十六",王同轨《张延》中张延"固美少年"。在道家看来,"人年少之时,血气未充足",如果过多丧失阳精会对身体不利,而"年以及壮,精气满溢,固精厌欲,则生奇病。故不可不泄,不可太过,亦不可不及"。[②] 这就是说,如果成

---

① 《素女妙论·养生篇》,引自 [荷] 高罗佩《秘戏图考》,杨权译,广东人民出版社 2005 年版,第 325 页。
② 同上。

年人也如少年时"节欲",同样是对身体不利的。所以道家养生术所提倡的"节欲"主要针对的是年少之人和那些不能守精"过欲暴泄"的成年人。

　　道教养生观文化之于"鬼小说"的影响主要表现在艳遇故事类型中"女鬼"形象上,这种阴阳养生的思维是整个故事建立的基础,对故事情节的走向起到引导性的作用。我们自然可以把它视为道教文化在"鬼小说"中的积淀遗存,但如果在明代儒家教化氛围的大环境中去考察这一类艳遇"鬼小说",就会发现儒家教化思想也随着道教养生术"节欲"观点渗入小说中。"女鬼害人"的主题思想明显带有道德说教的意味,告诫人们要远离女色。至于说这些"鬼小说"中"那些化为美女以色害人的鬼怪形象,……折射出男性对女性持有的双重心态——既梦想占有又心存畏惧,既爱又怕,美女成为男性手中一块烫手的山芋。这类女性形象的塑造折射出传统社会中男性复杂的性爱心理"。① 本书认为这并不是此类小说所表现的主要方面,作品虽然具有宣泄欲望的目的,但是作者寓于其中的性爱心理并不复杂也不矛盾。因为房中术虽然在明代不像以前那样随便流行,但原理却仍然渗透在当时的性生活当中。② 自明代中叶开始在社会上出现了"好色"思潮,小说创作中出现了很多色情作品。此时男性性欲望的发泄通道是顺畅的,不管是在现实生活中还是在小说描写中,我们看不到男性对女色的犹豫之情,他们大胆追求,沉溺其间,多数人需要旁人的点敲才会发掘"女鬼"的本来面目,而作者记述这样的故事就是利用道教养生术对人们进行告诫,不要过分宣泄欲望而已。

---

① 魏崇新、陈毓飞:《中国古代小说的色诱母题》,《明清小说研究》2007年第4期,第26页。
② 详见〔荷〕高罗佩《中国古代房内考——中国古代的性与社会》,李零等译,商务印书馆2007年版,第257—258页。

第七章　结论

"鬼小说"历经了先秦的萌芽,魏晋南北朝的发展,唐宋的转变,终于在明代进入平稳的定型期。所谓定型其实就是对前代创作成果的扬弃,小说家立足于明代社会现实对"鬼小数"创作有着较为清楚的认识,不管是对前代创作的继承还是在此基础上所做出的微小变化,都体现出其对小说创作的一丝不苟。他们试图利用"鬼小说"影响并改造社会,在"鬼小说"中抒发内心情感,通过"鬼小说"探索世界本源,在这些过程中获得极大的审美满足感。从这一点看,明代"鬼小说"的创作一点都不比前代差,甚至在某些方面超越了前代。可以说明代是"鬼小说"发展历程中没有被正确理解的一段时期。

第一节　借鬼神以干预现实的激情

综前所述,"鬼小说"的创作与明代社会现实紧密相连,它所关注的社会现象都是明代社会进程中出现的热点问题。这主要是因为明代的"鬼小说"作家大都属于当时统治集团中的中下层官员。他们对社会现实的了解要远比上层官员清楚,对社会紧要问题的体会也更加深刻,更重要的是他们对改造社会时所采用的具体方法有着独到的见解。明代"鬼小说"作家热忱地关注现实,积极参与现实,始终保持着改造现实的人生态度。这既不同于寄情感于笔端,追求奇幻审美经验的唐人,也不同于在描写世俗与高雅,重功利和重审美之间摇摆不定的宋人。他们强调小说创作应该具有关注现实、改造现实的功能，同时注重"温柔敦厚"之情的表达，以小说创作作为改造社会的手段，能够从现实社会中吸取经验对小说的故事类型进行深化、偏移、取舍。

所以明代社会中的一些重要问题，如胥吏问题、家庭问题、"好色"风气等，都在"鬼小说"的创作中得到了反映。认为明代"鬼小说"只注重教化、创作模拟，价值不高者，大概是对"鬼小说"具体发展过程未作详细考察，注重儒家教化的同时忽视了"鬼小说"与社会现实的联系；对"鬼小说"艺术特征未及深入研究，对隐藏在小说艺术特征之后的艺术探索有欠思考；对"鬼小说"审美特征缺乏认识，没有注意到在"鬼小说"除去教化外还有娱乐、博物、宣泄功能。总之，明代"鬼小说"通过积极地创作实践，始终参与着对社会现实的改造。他们或批评，或表扬，对社会中出现的诸多现象表明自己的褒贬态度；他们或叙述，或议论，对儒家道德伦理表明自己支持与认可；他们或写实，或幻想，利用"鬼"的虚幻达到移风易俗的目的；他们或理性，或感性，通过"鬼小说"表达对社会的理性认识或是抒发内心情感。在中国古代小说的发展历程中，明代"鬼小说"创作始终是现实主义创作的主流，是符合儒家美学特征的现实主义风格的典型代表。

有趣的是"鬼小说"的创作与明代诗文形成了一种对应。明初因为朱元璋强有力的统治及各种政策的实施，社会基本在儒家规范内发展。在明代士人看来，这一时期接近儒家理想社会。但社会的发展不可能在儒家理想化的规范中持续发展。永乐以后，带有儒家色彩的社会秩序逐渐瓦解，明初一系列带有儒家教化目的的政策措施都已废弃，社会风气也由淳朴趋于浅薄，出现很多不符合儒家社会规范的现象。此时，"鬼小说"的创作再次登上了小说舞台，企图以"鬼神"干预现实，重新建立儒家社会秩序，诗文领域中复古派的创作也活跃起来，他们的诗文创作带有鲜明的目的性，是以恢复儒家诗教为己任，进一步说同样是为了恢复儒家社会秩序。

之所以会有这种对应，是因为明代小说家与复古派作家一样，都是接受过正统儒家教育的士人，且都在政府中做官，相似的教育背景和生活经历必然会对他们的文学创作产生相似的影响。不过由于长期担任中下层官员的经历,明代"鬼小说"的作者对基层社会出现的变化感受更为深刻,作品中对基层社会出现的不符合儒家规范的现象多有表现,如胥吏现象、妒妇现象、"好色"风气等。复古派作家受制于诗文体裁以及个人经历,对社会现实的反映注重于国家重大社会问题,如皇帝昏庸堕落,朝廷党争,蒙古、倭寇、满族的入侵,下层人民的流离失所和农民起义等,他们以诗文为武器,与以昏君、外戚、宦官为首的腐败势力作顽强的斗争;"鬼小说"作家也以小说为工具,展开了对社会的教化。他们用不同的文学体裁,分别描绘明代的社会现实,不能不说是一种巧合。

"鬼小说"作家和复古派作家都感受到了明代社会现实出现的诸多变化,复古派作家要求"复古",是为了恢复古典诗歌审美理想,重新振作日趋衰落的诗文创作。"鬼小说"作家则高举教化大旗,是为了追求儒家小说美学理想,使小说创作更趋规范化。在两者背后,隐藏的是对儒家理想社会的渴求,对现实社会深刻关注、积极改造的心理。明代"鬼小说"接受儒家美学理想有着深刻的现实因素,是以明代社会现实为契机的,它与复古派诗文创作一起,都是明代现实主义的主流。

第二节　对儒家审美理想的张扬

明代"鬼小说"的发展,表面上是宋代"鬼小说"进一步演化的结果,其实是对儒家美学理想回归的结果。"鬼小说"在产生之初就带有功利性的色彩,明代"鬼小说"对儒家美学理想的认同是主动积极的,在小说具体的故事类型、叙事特征、人物塑造等多个方面都自觉地以儒家美学为标准。

一　对"幻"与"真"关系的把握

一般说来,小说中的想象源于现实生活,它是对现实生活的一种"变形"，一种思维的加工。小说家不应该拘泥于现实，要大胆进行艺术虚构，黑格尔就说："从这方面看，我们固然要求大体上的正确，但是不应剥夺艺术家徘徊于虚构与真实间的权力。"① 小说中的想象还是要以真实为基础。

在"鬼小说"的发展历程中，宗教、巫术、阴阳五行学说等思维纷纷加入，造成了"鬼小说"虚幻的特征，这种"幻"却是以"真"为基础。如原始宗教，其社会属性与原始思维发生作用的结果，造成对社会解释的多样性与虚幻性。而这种"幻想是从那些愿望未得到满足的人心中生出来的"，换言之，"为满足的愿望是造成幻想的推动力，每一个独立的幻想，都意味着某种愿望的实现，或意味着对某种令人不满意的现实的改进"。② 由此可知，宗教、巫术、阴阳五行学说、迷信思想都是人类解释世界并改造世界的方式，它们所依据的是上古人类特定的原始思维与想象方式。这一方式建立在对事件实有的认识基础之上，所以幻想的基础都是对现实的一种心理感受。

儒家"真"的审美理想就是在上述人类解释现实的基础上产生的，因此"鬼小说"中"真"的美学特征包含有两种意思：

其一，客观实在的真实，即世界上真实存在的事物。对真实的肯定必然导致对虚幻的否定，儒家学者就对神话传说中"过分"的想象提出了否定的观点。孔子本人就"不语怪、力、乱、神"；③ 孟子则认为传说是"好事者为之"的"齐东野人之语"；④ 荀子也认为："万物之怪，《书》不说。"⑤ 儒家大师们的态度直接影响到后代文士对神怪之事的看法，汉代扬雄认为："神怪茫茫，若存若亡，圣人曼云。"⑥ 司马迁也说："百家言黄帝，其文不雅驯，荐绅先生难言之"，⑦ 故《史记》中并未采用。东汉王充在《论衡》中对

① ［德国］黑格尔：《美学》，朱光潜译，商务印书馆1979年版，第353—354页。
② ［奥地利］佛洛伊德：《诗人与白日梦》，《性学与爱情心理学》，罗生译，百花洲文艺出版社1997年版，第123—126页。
③ 程树德：《论语集释·述而下》卷14，中华书局1990年版，第480页。
④ 焦循：《孟子正义·万章章句上》卷18，中华书局1987年版，第634页。
⑤ 王先谦：《荀子集解·天论篇第十七》卷11，中华书局1988年版，第316页。
⑥ 汪荣宝：《法言义疏·重黎卷第十》卷13，中华书局1987年版，第327页。
⑦ 司马迁：《史记·五帝本纪·太史公曰》卷1，中华书局1982年版，第46页。

"疾虚妄"的批评很多也是针对神话传说而言。其二，理解的真实，即古人对世界的扭曲认识，这使古人认为真实的客观世界实际上在现实中是不真实的。儒家对一些事物的解释其实是不真实的，例如对神话传说加以曲解，使其成为"历史的真实"。《尸子》《韩非子》《吕氏春秋》《孔丛子》《大戴礼记》《风俗通义》等书就记载了孔子解释"黄帝三百年""黄帝四面""夔一足"的事例。直至明清时期，这样的事例仍是层出不穷。①

正是因为"幻"以"真"为基础，"真"包含了"幻"的因素，使明代"鬼小说"对"真"的强调过程中融合了"幻"，达到了"真"与"幻"的统一。但是这种"幻"的美学特征却是建立在对客观世界真实的解释基础上，而非人类想象，这无形中就为"鬼小说"中的"幻"画上了界限，贴上了标签，形成"真"与"幻"统一的美学标准。

具体来说，就是明代"鬼小说"一方面描写"鬼"的变化多端和其存在于世间的种种状态，甚至"鬼"的欲望、情感等；另一方面却把"鬼"解释为人死后的"气"。"气"终归是无形之物，也终有消散的一天，那么"鬼"的存在就有了和人一样的时间性特征。这种对"鬼"本源特征的探寻，正好部分抵消了"鬼"身上所具有的奇幻特征，因为"鬼"终将消失，那么这些"鬼"所表现出的幻化的消失也只是一个时间的问题。这里"鬼"的幻化是短暂的，它是建立在"气"这一真实的基础之上。于是所有"鬼"的变化多端也就有了"气"这一真实的前提，"鬼小说"中的"幻"必须在"真"的基础之上才能成立。"鬼小说"的审美风格也就是在这种"幻"与"真"的两极中发展、壮大，在"幻"与"真"的统一中表现自己。

二 对"善"与"理"的强调

"善"与"理"在中国古代文学审美理想中占据了十分重要的位置，文学艺术的创作要为社会伦理负责，要阐释符合儒家之道的义理。只有那些符

---

① 参看明代杨慎《丹铅总录》中的"羿射日落九乌"条及"玄鸟衔卵"条；清代钱泳《履园丛话》中考索"射天补日"条。

合这些要求的作品，才能被认为是"美"的，以此为基础抒发的"情"才是有益的。

对此孔子早就有过说明："诗三百，一言以蔽之，曰思无邪。"并可以达到"兴观群怨"的社会作用。《毛诗序》中说得更加透彻："先王以是经夫妇，成孝敬，厚人伦，美教化，移风俗。"所以在儒家伦理道德的作用下，小说的审美思维便确定了基本意向："以人为主体审美对象，伦理道德的价值判断为审美目的的运思趋向和思维图式。"① 主要表现有二：

其一，"尽善尽美"中偏重于"善"。尽管儒家宣称"尽善尽美""美善相济"，可实际上"美"与"善"之间却向"善"明显地倾斜。儒家文化的伦理核心是"仁"，在"仁"的解释下，"礼"才具有了实际的意义，"仁""礼"的结合表现在个人修养上，以恭、宽、信、敏、惠为要求，处理实际事物要"忠恕""仁政"，处理血缘关系要求"孝悌""性善"。体现在文学艺术中便是"诗言志""发乎情止乎礼义"，即把对文学艺术的审美纳入了善恶褒贬的层次中。而唐宋时期儒学家提出的"文道合一""文以载道"的思想，更是把"寓褒贬别善恶"的主体思维由道德感化转向伦理求治，"从而把审美和创造的艺术思维直接纳入了为政治服务的轨道"。②

这种趋于理性的认知"在相当范围内抹平了思维主体与美感心理的复杂层次，并派生出强化主题意识摹写人生、观照伦理、营构理想人格的趋同性表现模式"。③ 就是说，首先小说要把作品主题作为社会功利的审美体现强调到了艺术活动的首要地位，于是在"鬼小说"主题题材的选择上明代小说家始终秉持着教化的原则，对小说主题题材取舍、拓展、偏移、深化。其次在"鬼小说"创作上通过情节展现人生命运的描写来表述一种人生观念，倡导一种理想的社会伦理道德。比如在报应、入冥相关描写中对善恶报应的强调，以及对女鬼形象的塑造等方面，都明显带有儒家倡导的人生观念和建立规范

---

① 吴士余：《中国小说美学论稿》，复旦大学出版社 2006 年版，第 4 页。
② 吴士余：《中国小说美学论稿》，复旦大学出版社 2006 年版，第 4 页。
③ 吴士余：《中国小说审美论稿》，复旦大学出版社 2006 年版，第 6 页。

化社会的理想。

"鬼小说"还通过作品中对理想人格的审美和艺术创作来显示传统文化理想，由此达到政治教化与道德教化的审美目的。那些天生命好的"正人"，正直的冥官，始终坚持女德的女鬼，甚至受到道德批评的女鬼都是作者有意树立起来的小说形象，他们身上承担的是士人理想中儒家人格的特征，对社会来说是具有学习意义的"模范"。

正是"鬼小说"坚持对"善"的追求，才使得它抵抗住了社会风气、民间趣味的侵扰，保持住了文人创作的雅化特性。与同时期的白话小说、中篇传奇小说相比可以发现，这一时期的"鬼小说"虽然也出现了一些对于女色向往的描写，但从整体来看，并没有走向低俗。反观白话小说和中篇传奇小说创作，大量赤裸直白的性描写充斥满篇，描写直与房中书无二。当然，不是说小说不能描写性，只是描写性的背后透露着作者的何种意图至为重要。像《金瓶梅》中的一些性描写对人物刻画或是情节发展起着至关重要的作用，这类描写是合理且必要的。但如果性描写只是为了宣泄心中邪念，为了感官刺激而作，那无疑会对小说艺术起到非常大的损害。

如果没有儒家美学理想，明代"鬼小说"一定会像白话小说和中篇传奇小说那样出现一些趣味低俗的作品，其所要关注的社会人生也会随之出现偏转，所要反映的社会问题也会被男女之情所掩盖，由此必然会引发"鬼小说"整体审美水平的下滑。

其二，有条件的"情"。孔子说诗可以"兴"，是注意到了文学艺术借助物象表情的功能。所谓"怨"，是指人具体的情感表现。儒家把文学艺术作为表现、宣泄人的情感的一种载体和手段。但是"鬼小说"对"善"的强调，使"美"和"情"始终无法独立，它们的发展必须有"善"作为前提。儒家要求表达情感时要"温柔敦厚"，要求一种含蓄委婉的表达。因此小说中那些无意识的感情宣泄，以及品格低下的情感表现都是儒家坚决反对的，他们追求的是一种理性且纯洁高尚的情感，更看重一种社会群体情感的表达。

于是我们发现明代"鬼小说"中的情感表达基本是平和的，有时甚至是隐晦的，即使偶有流露也会随即回归到儒家规范中。就如命运故事类型中对命运的情感表达，很少有激愤之语，总是在小说中插空说上几句认命之类的话。对功名的渴望也是隐藏在小说的叙事中，作者并不会在小说中对"功名"大加议论。而在艳遇故事类型中男女之间爱情的表现几乎看不到，男女双方的结合并非是为了爱情。对女色的向往之情，"鬼小说"不但没有从正面进行回应，还把它放到了道德的反面中加以批评否定。可见"鬼小说"对"美"与"情"的追求，被人为地限定在"善"的范围内。

但说"鬼小说"完全是按照"善"的标准来进行创作的，却又过分看重了"善"的表现。其实，明代"鬼小说"对"情"的表现并没有被"善"所阻断。我们知道，明代小说家对"鬼小说"的功能认识虽然集中在儒家教化上，但并没有漠视其娱乐、宣泄功能。小说艺术毕竟不是政府公告，作者借小说一浇胸中之块垒本来就是小说题中应有之义。所以，明代"鬼小说"中还是出现了大量的"抒情"之作。这些作品借助离奇的故事情节，在表现了"善"或是"理"的前提下，寄寓了作者对人、对事、对社会现实的真实情感，例如命运故事中对科举考试不公的不满，报应故事中对社会不公的气愤，艳遇故事中对人性的短暂表露。即使这些情感的表达是平和的、隐晦的或短暂的，也丝毫不影响作者把他们抒发出来。

可以说，明代"鬼小说"是在"善"的前提下统一了"美""理""情"诸审美因素，使这些审美因素能够在有限的篇幅中相互共存，是明代小说家对儒家小说审美理想进行探索、追寻的具体表现。

三 对儒家美学特征的接受有着历史的必然性

儒家美学理想对小说实践产生了极大的影响，这从中国古代小说的创作实践中就可以看出。不过受制于时代环境、小说技巧、作家审美等多种因素，儒家美学理想对小说创作的影响并不全面，有时甚至与小说实践相背离。明代以前，中国"鬼小说"经历了长时间的发展，儒家美学理想经历了长时间的创作实践也积累了众多的得与失。因此，明人身处有利的关照位置，可以在前人创作实践基础之上，结合小说发展、审美发展、时代环境等多方面作统一的思考。

如果把明代"鬼小说"放在唐代与清代之间来考察，它在小说艺术表现力上确实稍逊一筹。如果再把范围扩大，就会发现明代"鬼小说"是对古代儒家美学理想的回归，也是"鬼小说"发展历史中唯一以此为创作中心的时期。魏晋南北朝时期，宗教的发展使"鬼小说"的创作带有宣传宗教的色彩，对宗教理论的阐释，无疑弱化了儒家所要求的"善"。即使这时也有表彰孝道的作品出现，但由于此时的小说"粗陈梗概"，对儒家思想的阐释，对社会现实关注深度和广度，对社会的能动作用都没有达到儒家美学理想的要求。唐代"鬼小说"虽然对人性有着细腻的表达，但它曲折的叙事，华丽的修辞，奇幻的想象，所表达出来的强烈情感，都与儒家美学理想背道而驰。现当代学者对唐代"鬼小说"有着很高评价，依据的标准却不是儒家标准，儒家美学理想在唐代依然没有得到实现。这种情况在宋代出现了可喜的变化。宋人终于认识到儒家美学特征所起到的规范作用，提出"重教化"的小说观和"朴雅"的美学风格。但是宋人在小说创作中出现了认识与实践上的偏差，使小说创作并没有在"朴雅"的要求下抵抗住民间思维的进攻，念咒、捉妖等娱乐化的描述明显也是不符合儒家美学理想的。

有鉴于"鬼小说"的创作历史，明人对前代小说在实践儒家美学理想过程中出现的成败有着清楚地认识。他们对小说艺术的发展，审美功能的认识都是在前代小说创作基础上发展出来的。中国"鬼小说"历经各个时期的演变，总体上表现出向儒家美学理想缓慢律动的趋势，这个趋势在宋代逐渐明晰。明人把握住这一整体演变趋势，对前代"鬼小说"创作实践进行总结归纳，吸取创作经验，剔除他们认为不符合儒家美学理想的创作"缺陷"。明代"鬼小说"保留了魏晋六朝以及唐代开创的故事类型，但又对它们进行了不同程度的缩小、偏移、取舍；继承了宋代小说世俗化的趋势，但又剔除了其中具有民间情趣的情节描写，并把叙事中心由以人物塑造转变为事件。所有这些对前代小说的借鉴，都是明代小说家对儒家美学理想的主动回归，是对小说规范化的追求。

明代处于中国封建社会发展的末期，儒家思想历经千年的发展至明代已经发展成为一个严密有机的整体，它对社会生活的各个方面都有一整套的干预机制。加之明代以儒学治国的方针也已渗透到制度的层面，儒家思想所取得的统治地位无与伦比，它必然会对小说的创作发挥积极的影响。从"鬼小说"创作发展历程看，明代"鬼小说"处于一个定型期，在经历了前代"鬼小说"的发展与转变之后，明代"鬼小说"不论在题材内容，还是在叙述技巧上都已经完全成熟，留给明人继续开拓的空间已经十分狭小。"鬼小说"的创作究竟走向何处就成了明代小说家不得不思考的问题。在明代社会现实的刺激下及儒家思想的影响下，小说家最终选择了突出"鬼小说"社会意义的创作道路。所以，明代"鬼小说"对儒家小说审美理想的追求是中国社会发展进程和"鬼小说"发展历程的必然要求，也是儒家文化这株千年大树在明代小说领域中的必然结果，标志着"鬼小说"进入了前所未有的固定化、规范化的时代。

第三节　明代"鬼小说"的历史局限

儒家小说审美理想对小说艺术起到了极大的规范作用，在它的影响下，小说艺术在思想性和审美上取得了长足的进步。但同时它也为小说艺术带来了一些局限，具体到明代"鬼小说"的创作中，主要有以下两点：

其一，审美艺术思维的局限。

首先，小说作家在追求"尽善尽美"时，必然把生活审美和艺术创造的思维活动限定在伦理道德所圈定的狭窄范围内。所以明代小说家对儒家教化大谈特谈，把它放到了"鬼小说"创作的中心位置。此时的小说功能只是对某种道德文化的价值判断和艺术审美，小说创作时需要的形象思维失去了审美和创造的能力。例如明代"鬼小说"在入冥故事中总是追求一种阴森恐怖的审美氛围。入冥故事在魏晋南北朝时期和唐代除去对阴间刑罚的描述外，还有对"鬼"世界的生动描述以及对人性的赞扬，整个故事类型带给人们的审美感受是多元化的。可在明代，在儒家道德伦理的范围内此类"鬼小说"带给人们的审美感受逐渐趋于一元。这是小说家形象思维能力受限的后果，小说家在进行创作的时候，把儒家伦理道德的价值判断和审美要求放在首要位置，忽视除此以外的一切价值判断和审美要求，最终导致了明代"鬼小说"存在审美视野狭窄的弊病，影响了小说自身的审美价值。

其次，小说形象思维能力的受限导致小说家的创作和审美能力受到了限制。儒家小说审美强调人格共性的审美和政治道德价值取向的定向思维，这种重共性、轻个性的思维认知和表现形态虽然蕴含了人格与社会群体和谐统一的深刻理性，但同时也削弱了对人格个体的审美思维创造，造成大量同类化、概念化的小说出现。例如艳遇故事中对女鬼形象的描写不是贞妇便是荡妇，除此之外便无其他。在这两类人物形象中，大部分人性被抽离，取而代之的是以儒家道德为标准的概念化的性格特征，即不论是正面还是反面形象，她们都是儒家道德伦理的直接反映。此时，小说家对这类人物形象的审美创造能力退化，并失去对女鬼形象的创作能力。他们不厌其烦地在小说中进行复制，"制造"出大量同类化、概念化的女鬼形象，影响到此类"鬼小说"的整体审美水平。

再次，儒家文化除去把作家的审美思维稳定在社会与人之间，还积极促成伦理道德本位的实用性思维意识，导致了思维心态的封闭，限制审美视野和表现力的发展。表现在"鬼小说"的创作中，就是把"鬼小说"仅仅停留在现实、社会、人生的表象层次与政治伦理观念的对应和直接比对上。例如，报应故事中对善恶两端的强调，本来善与恶之间的较量是人性中的永恒话题，对善恶人性的揭示也是文学作品千年不变的任务。明代"鬼小说"对人性善恶的揭示原本不会存在多大的问题，但当儒家道德伦理观念加入其中之后，其对人性的揭示就蒙上了一层儒家道德伦理的面纱。小说中人物的善、恶、美、丑都是儒家道德伦理正面和反面的反映，例如那些在阴间接受审判的

"鬼魂"，不是不守贞节的妇人就是为富不仁的恶霸，他们几乎都是站在儒家道德伦理的反面，都是接受批判的反面角色。小说内容也只是叙述他们怎么作恶，缺乏对他们为什么作恶的原因探索，似乎只要有阴间存在便可，这样人间的恶行就会得到遏制。这种简单的比对，使"鬼小说"对社会问题的探索只停留在反映层面，缺乏继续深入的可能，无形中弱化了"鬼小说"关注现实的深度和力度，也无法从根本上改变社会现实。

正所谓成败皆萧何，儒家审美理想给明代"鬼小说"带来了前所未有的规范性，也给为"鬼小说"的发展带来了审美思维上的桎梏，这一点也许是明代所有小说家始料未及的吧。

其二，小说艺术技巧的局限。

通过本书第五章的论述，可知明代"鬼小说"在小说艺术技巧上取得的成绩并不亚于前代，但为什么明代"鬼小说"还会留给人们一个"模拟"魏晋南北朝志怪的印象呢？答案其实很简单。

上一节说过，明代"鬼小说"对儒家小说美学理想的接受有着历史的必然性，这是把明代"鬼小说"放在"鬼小说"发展史中的宏观认识。如果我们把"鬼小说"小说技巧的发展也排列成历史的话，就会发现明代"鬼小说"所表现出的局限是历史留给它的一种选择。"鬼小说"的源头可以追溯到先秦时期，发展历程远比白话小说长。当它发展至明代时，前代的小说创作已经积累了众多的经验，特别是技巧上的发展，已经达到了一个新的高度。摆在明人面前的是一项相当棘手的"任务"——因为在现实环境中得不到良好的支持，所以很难在前人的基础上再进一步。小说家的创造能力日渐萎缩，他们所能做的也就是继续保持前代的创作状态。于是明代"鬼小说"所使用的技巧几乎全部都是前代小说所使用过的。例如在"鬼小说"的叙事模式上，不管是叙事结构，叙事人称还是叙事视角，明代小说家都是在使用旧有的一系列手法。

此外，明代日益"恶化"的社会现实驱使着小说家去寻找一种简单明了、一击命中式的表述方式。前代那种叙述婉转曲折的叙事手法，往往会使读者偏离小说所要表达的教化中心。因此,明代"鬼小说"在艺术技巧上的停滞也是小说家主动选择的结果。明代小说家缺乏探索更高水品小说艺术技巧的主观能动性,他们认为现有的小说技巧足以满足儒教教化的需求,不需要花费更多的心思。这种想法逐渐主宰了"鬼小说"的创作,例如明代"鬼小说"的故事类型,没有一个是明代小说家的独创。而在已有的故事类型创作中,明代小说家也是套取旧有的故事模式,对故事类型的发展并不"热心"。稍有变化取舍,也只是在旧有的范围中做出的调整,远远未达到创新的要求。这自然就会造成一种"模拟"的感觉,明代"鬼小说"在小说艺术技巧上的"不思进取"同样十分醒目。

明代"鬼小说"所表现出来的这些局限都是其自身发展状况所决定的。如果我们把明代"鬼小说"的这些局限放到中国文言小说的发展历史长河中,便会发现这些缺陷伴随着中国文言小说发展始终,不是明代所独有。同样把这些局限对"鬼小说"造成的恶果全部归因为明代"鬼小说"显然不合适,对此我们应该抱着历史的眼光去探寻这些局限的起因、发展过程,在历史的长河中找准坐标。对明代"鬼小说"的全面考察,使我们清楚地认识到它所取得的一系列成就及它所表现出的缺陷,从而更加坚定关于明代是"鬼小说"发展定型期这一认识。说其为定型期是因为此时的"鬼小说"完全是以儒家小说审美理想为准则进行创作,它因此而表现出的诸多规范化特征,使其成为"鬼小说"发展史中独一无二的一段时期。小说家利用"鬼小说"作为干预现实的工具,高举儒家教化的大旗取得了不俗的成就,也为"鬼小说"的发展设置了更多的限制。但无论怎样,明代"鬼小说"的创作都是不可忽视的,它所表现出的成就与局限都是中国文言小说史中宝贵的财富,而对这些财富的继承与发展无疑又具有更多的现实意义。

我们知道文学发展的动力固然源自于文学自身,但有时外部环境因素造成的限制和干扰也足以使文学的发展陷入困境,明代"鬼小说"就是一个典型例证。它的典型之处就在于小说外部环境的影响已经深及小说创作主体的中心,即儒家思想对明代士人的深刻影响。儒家思想从小说创作伊始就发生作用，它带给小说创作的影响是具有决定性意义的。儒家思想之所以能够如此深入地影响到小说作者，其与政治的紧密结合分不开。明代"鬼小说"兴衰沉浮的背后就是一个政治与文学"博弈"的过程，这个过程不能简单地理解为文学主体性的丧失与否。因为文学不可能完全摆脱外部环境而单独存在，也不可能被外部环境完全支配。这是一个有关"度"的问题，即文学应该怎样利用外部环境。利用好了，文学的发展会游刃有余；利用得不好，文学要么畸形发展，要么丧失其主体性成为政治的附庸。谈论至此已经完全超出了本书所要讨论的范围，但这只是一个启发，正所谓借古照今，希望人们可以从明代"鬼小说"创作的优劣中看到更多可以观照当下文学或小说创作的经验和认识。

参考文献

一 古籍

(一) 经部

李鼎祚：《周易集解》，上海古籍出版社 1989 年版。

方玉润：《诗经原始》，中华书局 1986 年版。

程俊英、蒋见元：《诗经注析》，中华书局 1996 年版。

程树德：《论语集释》，中华书局 1990 年版。

孙诒让：《墨子闲诂》，中华书局 2001 年版。

王先谦：《荀子集解》，中华书局 1988 年版。

郭庆藩辑：《庄子集释》，中华书局 1961 年版。

焦循：《孟子正义》，中华书局 1987 年版。

吴则虞编：《晏子春秋集释》，中华书局 1962 年版。

汪荣宝：《法言义疏》，中华书局 1987 年版。

张载：《张载集》，中华书局 1987 年版。

程颢、程颐：《二程遗书》，上海古籍出版社 2000 年版。

程颢、程颐：《二程集》，中华书局 2004 年版。

朱熹：《四书章句集注》，中华书局 1983 年版。

黎靖德编：《朱子语类》，中华书局 1986 年版。

(二) 史部

左丘明：《左传》，杜预集解，上海古籍出版社 1997 年版。

司马迁：《史记》，中华书局 1982 年版。

班固：《汉书》，简体字本二十四史，中华书局 2000 年版。

魏收：《魏书》，简体字本二十四史，中华书局 2000 年版。

姚思廉：《梁书》，中华书局 1973 年版。

魏征等：《隋书》，中华书局 1973 年版。

脱脱等：《宋史》，简体字本二十四史，中华书局 2000 年版。

司马光：《资治通鉴》，中华书局 1956 年版。

《明实录》，"中研院"历史语言研究所校印 1962 年版。

张廷玉等：《明史》，简体字本二十四史，中华书局 2000 年版。

夏燮：《明通鉴》，中华书局 2009 年版。

谷应泰：《明史纪事本末》，中华书局 1977 年版。

龙文彬：《明会要》，中华书局 1956 年版。

黄宗羲：《明儒学案》，《黄宗羲全集》，浙江古籍出版社 2005 年版。

黄宗羲：《明夷待访录》，《黄宗羲全集》，浙江古籍出版社 2005 年版。

朱元璋：《御制大诰续编》，《明朝开国文献》，台湾学生书局 1966 年版。

朱瞻基：《御制官箴》，四库全书存目丛书，齐鲁书社 1995 年版。

焦竑编：《国朝献徵录》，明代传记丛刊，台湾明文书局 1991 年版。

赵翼：《廿二史札记》，中华书局 1984 年版。

永瑢：《四库全书总目提要》，中华书局 1995 年版。

《常熟县儒学志》，明万历三十八年刻本。

《万历山西通志》，稀见中国地方志汇刊，中国书店出版社 1992 年版。

《万历重修六安州志》，稀见中国地方志汇刊，中国书店出版社 1992 年版。

《万历承天府志》，日本藏罕见中国地方志丛刊，书目文献出版社 1991 年版。

《崇祯乌程县志》，稀见中国地方志汇刊，中国书店出版社 1992 年版。

（三）子部

干宝：《搜神记》，《汉魏六朝笔记小说大观》，上海古籍出版社 1999

年版。

陶潜：《搜神后记》，《汉魏六朝笔记小说大观》，上海古籍出版社 1999年版。

刘义庆：《幽明录》，《汉魏六朝笔记小说大观》，上海古籍出版社 1999年版。

段成式：《酉阳杂俎》，《唐五代笔记小说大观》，上海古籍出版社 2000年版。

颜之推：《冤魂志校注》，罗国威校注，巴蜀书社 2001 年版。

阳玠：《八代谈薮校笺》，黄大宏校笺，中华书局 2010 年版。

裴铏：《传奇》，《唐五代笔记小说大观》，上海古籍出版社 2000 年版。

袁郊：《甘泽谣》，《唐五代笔记小说大观》，上海古籍出版社 2000 年版。

唐临：《冥报记》，中华书局 1992 年版。

李复言：《续玄怪录》，中华书局 2006 年版。

段成式：《酉阳杂俎》，《唐五代笔记小说大观》，上海古籍出版社 2000年版。

洪迈：《夷坚志》，中华书局 1981 年版。

孙光宪：《北梦琐言》，中华书局 2002 年版。

李昉等编：《太平广记》，中华书局 1961 年版。

委心子编：《新编分门古今类事》，中华书局 1987 年版。

何蓮：《春渚纪闻》，《宋元笔记小说大观》，上海古籍出版社 2001 年版。

刘斧：《青琐高议》，上海古籍出版社 2012 年版。

元好问：《续夷坚志》，中华书局 1986 年版。

无名氏：《湖海新闻夷坚续志》，中华书局 2006 年版。

陶宗仪：《南村辍耕录》，中华书局 1959 年版。

陈师：《禅寄笔谈》，四库全书存目丛书，齐鲁书社 1995 年版。

陈良谟：《见闻纪训》，续修四库全书，上海古籍出版社 2002 年版。

陈其力：《芸心识余》，四库全书存目丛书，齐鲁书社 1995 年版。

陈继儒：《眉公杂著》，清代禁毁书丛刊，台湾伟文图书出版有限公司1977年版。

陈继儒：《闻见录》，四库全书存目丛书子部，齐鲁书社1995年版。

陈于陛：《意见》，四库全书存目丛书，齐鲁书社1995年版。

胡应麟：《少室山房笔丛》，上海书店出版社2009年版。

胡侍：《真珠船》，四库全书存目丛书，齐鲁书社1995年版。

蒋以化：《西台漫记》，四库全书存目丛书，齐鲁书社1995年版。

蒋以忠、蒋以化：《新刻艺圃球琅集注》，林大桂集注，四库全书存目丛书，齐鲁书社1995年版。

李本固：《汝南遗事》，四库全书存目丛书，齐鲁书社1995年版。

李豫亨：《推蓬寤语》，四库全书存目丛书，齐鲁书社1995年版。

李长科：《广仁品》，四库全书存目丛书，齐鲁书社1995年版。

李贽：《焚书》，中华书局2009年版。

潘士藻：《闇然堂类纂》，四库全书存目丛书，齐鲁书社1995年版。

瞿佑等：《剪灯新话》（外二种），上海古籍出版社1981年版。

沈德符：《敝帚轩剩语》，四库全书存目丛书，齐鲁书社1995年版。

沈德符：《万历野获编》，中华书局1959年版。

沈鲤：《文雅社约》，四库全书存目丛书，齐鲁书社1995年版。

沈长卿：《沈氏弋说》，四库禁毁书丛刊，北京出版社1997年版。

陶辅：《花影集》，中华书局2008年版。

王世贞：《艳异编》，古本小说集成，上海古籍出版社1991年版。

王兆云：《说圃识余》，四库全书存目丛书，齐鲁书社1995年版。

王兆云：《白醉琐言》，四库全书存目丛书，齐鲁书社1995年版。

王兆云：《漱石闲谈》，四库全书存目丛书，齐鲁书社1995年版。

王兆云：《挥麈新谭》，四库全书存目丛书，齐鲁书社1995年版。

王兆云：《湖海搜奇》，四库全书存目丛书，齐鲁书社1995年版。

王象晋：《剪桐载笔》，四库全书存目丛书，齐鲁书社1995年版。

王同轨:《新刻耳谈》,四库全书存目丛书,齐鲁书社 1995 年版。

王同轨:《耳谈类增》,续修四库全书,上海古籍出版社 2002 年版。

王圻:《稗史汇编》,四库全书存目丛书,齐鲁书社 1995 年版。

王一清:《化书新声》,四库全书存目丛书,齐鲁书社 1995 年版。

徐昌祚:《新刻徐比部燕山丛录》,四库全书存目丛书,齐鲁书社 1995 年版。

祝允明:《祝子志怪录》,续修四库全书,上海古籍出版社 2002 年版。

赵弼:《效颦集》,古典文学出版社 1957 年版。

叶盛:《水东日记》,中华书局 1980 年版。

侯甸:《西樵野记》,续修四库全书,上海古籍出版社 1995 年版。

郎瑛:《七修类稿》,上海书店出版社 2001 年版。

杨穆:《西墅杂记》,《说郛续》,陶珽编《说郛三种》,上海古籍出版社 1988 年版。

杨仪:《明良记》,四库全书存目丛书,齐鲁书社 1995 年版。

杨仪:《高坡异纂》,《说库》,王文濡编,浙江古籍出版社 1986 年版。

佚名:《西皋杂记》,《说郛续》,陶珽编,续修四库全书,上海古籍出版社 2002 年版。

钱希言:《狯园》,四库全书存目丛书,齐鲁书社 1995 年版。

伍余福:《苹野纂闻》,四库全书存目丛书,齐鲁书社 1995 年版。

吕坤:《吕公实政录》,四库全书存目丛书,齐鲁书社 1995 年版。

吕坤:《吕新吾先生闺范图说》,四库全书存目丛书,齐鲁书社 1995 年版。

江应晓:《对问编》,四库全书存目丛书,齐鲁书社 1995 年版。

焦竑:《玉堂丛语》,中华书局 1981 年版。

伍袁萃:《林居漫录》,清代禁毁书丛刊,台湾伟文图书公司 1977 年版。

郑仲夔:《耳新》,丛书集成初编,商务印书馆 1937 年版。

宋懋澄:《九籥集》,王利器校,中国社会科学出版社 1984 年版。

陆采：《冶城客论》，四库全书存目丛书，齐鲁书社1995年版。

陆粲：《庚巳编》，中华书局1987年版。

陆延枝：《说听》，《说库》，王文濡编，浙江古籍出版社1986年版。

周是修：《纲常懿范》，四库全书存目丛书，齐鲁书社1995年版。

周绍濂：《鸳渚志馀雪窗谈异》，中华书局2008年版。

孙宜：《遯言》，四库全书存目丛书，齐鲁书社1995年版。

田汝成：《西湖游览志余》，上海古籍出版社1980年版。

田艺蘅：《留情日扎》，续修四库全书，上海古籍出版社2002年版。

姚宣：《闻见录》，四库全书存目丛书，齐鲁书社1995年版。

魏濬：《峤南琐记》，四库全书存目丛书，齐鲁书社1995年版。

谢肇淛：《五杂俎》，上海书店出版社2009年版。

詹景凤：《詹氏性理小辨》，四库全书存目丛书，齐鲁书社1995年版。

江盈科：《雪涛小说》（外四种），上海古籍出版社2000年版。

黄瑜：《双槐岁钞》，中华书局1999年版。

顾炎武：《日知录集释》，黄汝成集释，上海古籍出版社2006年版。

戴冠：《濯缨亭笔记》，四库全书存目丛书，齐鲁书社1995年版。

凌迪知：《国朝名世类苑》，四库全书存目丛书，齐鲁书社1995年版。

余国桢：《见闻记忆录》，四库全书存目丛书，齐鲁书社1995年版。

朱孟震：《河上楮谈》，四库全书存目丛书，齐鲁书社1995年版。

朱棣：《为善阴骘》，四库全书存目丛书，齐鲁书社1995年版。

冯汝弼：《祐山杂说》，四库全书存目丛书，齐鲁书社1995年版。

屠隆：《鸿苞》，四库全书存目丛书，齐鲁书社1995年版。

方学渐：《迩训》，四库全书存目丛书，齐鲁书社1995年版。

罗鹤：《应菴随录》，四库全书存目丛书，齐鲁书社1995年版。

敖英：《绿雪亭杂言》，四库全书存目丛书，齐鲁书社1995年版。

林兆恩：《林子全集》，四库全书存目丛书，齐鲁书社1995年版。

赵世显：《赵氏连城》，四库全书存目丛书，齐鲁书社1995年版。

范濂：《云间据目抄》，笔记小说大观，江苏广陵古籍刻印社 1983 年版。

叶权：《贤博编》，中华书局 1987 年版。

顾起元：《客座赘语》，中华书局 1987 年版。

何良俊：《四友斋丛说》，中华书局 1959 年版。

刘若愚：《酌中志》，中华书局 1985 年版。

仁孝皇后徐氏：《大明仁孝皇后劝善书》，四库全书存目丛书，齐鲁书社 1995 年版。

来斯行：《槎菴小乘》，四库禁毁书丛刊，北京出版社 1997 年版。

李绍文：《皇明世说新语》，明代传记丛刊，台湾明文书局 1991 年版。

唐甄：《潜书》，中华书局 1963 年版。

冯梦祯：《快雪堂漫录》，四库全书存目丛书，齐鲁书社 1995 年版。

冯梦龙：《情史》，春风文艺出版社 1986 年版。

李渔：《闲情偶寄》，上海古籍出版社 2000 年版。

无名氏：《轮回醒世》，中华书局 2008 年版。

顾炎武：《日知录集释》，黄汝成集释，上海古籍出版社 2006 年版。

蒲松龄：《聊斋志异会校会注会评本》，张友鹤辑校，上海古籍出版社 1986 年版。

兰陵笑笑生：《金瓶梅词话》，人民文学出版社 2000 年版。

东鲁落落平生：《玉闺红》，思无邪汇宝，台湾大英百科股份有限公司 2000 年版。

《杂譬喻经译注》，孙昌武等译注，中华书局 2008 年版。

慧皎：《高僧传》，中华书局 1992 年版。

天息炎译：《分别善恶报应经》，《乾隆大藏经·宋元入藏诸大小乘经》第 59 册，中国书店出版社 2007 年版。

安高世译：《佛说十八泥犁经》，《乾隆大藏经·小乘单译经》第 58 册，中国书店出版社 2007 年版。

陈师道：《后山诗话》，《历代诗话》，何文焕编，中华书局 1981 年版。

（四）集部

屈原：《楚辞今注》，汤炳正等注，上海古籍出版社 1996 年版。

萧统编：《文选》，上海古籍出版社 1986 年版。

柳宗元：《柳宗元集》，中华书局 1979 年版。

赵孟頫：《松雪斋集》，西泠印社出版社 2010 年版。

瞿佑：《香台集》，《瞿佑全集校注》，乔光辉校注，浙江古籍出版社 2010 年。

冯梦龙：《冯梦龙集》，高洪钧编，天津古籍出版社 2006 年版。

陈献章：《陈献章集》，中华书局 1987 年版。

朱元璋：《明太祖文集》，文渊阁四库全书，台湾商务印书馆 1982—1986 年版。

杨士奇：《东里文集》，中华书局 1998 年版。

杨一清：《杨一清集》，中华书局 2001 年版。

归有光：《震川先生集》，上海古籍出版社 2007 年版。

姚镆：《东泉文集》，四库全书存目丛书，齐鲁书社 1997 年版。

郑岳：《山斋文集》，上海古籍出版社 1993 年版。

娄枢：《娄子静文集》，四库全书存目丛书，齐鲁书社 1997 年版。

王时槐：《塘南王先生友庆堂合稿》，四库全书存目丛书，齐鲁书社 1997 年版。

王守仁：《王阳明全集》，上海古籍出版社 1992 年版。

严嵩：《钤山堂集》，四库全书存目丛书，齐鲁书社 1997 年版。

茅坤：《茅坤集》，浙江古籍出版社 1993 年版。

胡应麟：《少室山房集》，文渊阁四库全书，台湾商务印书馆 1982—1986 年版。

陈益祥：《陈履吉采芝堂文集》，四库全书存目丛书，齐鲁书社 1997 年版。

邵廷采：《思复堂文集》，浙江古籍出版社 2010 年版。

袁宗道：《白苏斋类集》，上海古籍出版社 1989 年版。

谭元春：《谭元春集》，上海古籍出版社 1998 年版。

何心隐：《何心隐集》，中华书局 1960 年版。

姜宝：《姜凤阿文集》，四库全书存目丛书，齐鲁书社 1997 年版。

冯琦：《宗伯集》，四库禁毁书丛刊，北京出版社 1997 年版。

陈玉辉：《陈先生适适斋鉴须集》，四库全书存目丛书，齐鲁书社 1997 年版。

徐渭：《徐渭集》，中华书局 1983 年版。

顾炎武：《顾亭林诗文集》，中华书局 1983 年版。

顾天埈：《顾太史文集》，清代禁毁书丛刊，伟文图书出版社有限公司，1977 年版。

二 今人论著

C

陈大康：《明代小说史》，人民文学出版社 2007 年版。

陈国军：《明代志怪传奇小说研究》，天津古籍出版社 2006 年版。

陈美林等：《章回小说史》，浙江古籍出版社 1998 年版。

陈美林、李忠明：《小说与道德理想》，江苏古籍出版社 2002 年版。

陈文新：《文言小说审美发展史》，武汉大学出版社 2007 年版。

陈平原：《小说史：理论与实践》，北京大学出版社 2010 年版。

陈江：《明代中后期的江南社会与社会生活》，上海社会科学院出版社 2006 年版。

陈宝良、王熹：《中国风俗通史·明代卷》，上海文艺出版社 2005 年版。

陈宝良：《明代儒学生员与地方社会》，中国社会科学出版社 2005 年版。

程毅中：《宋元小说研究》，江苏古籍出版社 1999 年版。

程毅中：《中国小说大百科全书》，中国大百科全书出版社 1993 年版。

陈宝良：《明代学官制度探析》，《社会科学辑刊》1994 年第 3 期。

陈宝良：《明代妇女的家庭角色及其地位》，《福建论坛》2009 年第 7 期。

陈辽：《略论中国古小说"母题"》，《明清小说研究》1993 年第 2 期。

D

董乃斌：《中国古典小说的文体独立》，中国社会科学出版社 1994 年版。

段庸生：《古小说中的"溺鬼待替"母题》，《西南民族大学学报》2004 年第 11 期。

G

葛兆光：《道教与中国文化》，上海人民出版社 1987 年版。

葛红兵：《小说类型学的基本理论问题》，上海大学出版社 2012 年版。

古添洪等编：《比较文学的垦拓在台湾》，台北东大图书公司 1976 年版。

郭英德、刘勇强、竺青：《学术研究范式的嬗变轨迹——关于 20 世纪中国古代白话小说研究的谈话》，《文学遗产》1998 年第 2 期。

H

侯忠义、刘世林：《中国文言小说史稿》，北京大学出版社 1993 年版。

黄霖编：《中国历代小说辞典》第 2 卷，云南人民出版社 1993 年版。

韩进廉：《中国小说美学史》，河北大学出版社、贵州人民出版社 2010 年版。

胡龙华：《中国鬼文化》，上海文艺出版社 1991 年版。

胡苏晓：《集体无意识—原型—神话母题——荣格的分析心理学与神话原型批评》，《文学评论》1989 年第 1 期。

何静：《论王阳明的致良知说对儒释道三教的融合》，《浙江社会科学》2007 年第 3 期。

J

季羡林：《比较文学与民间文学》，北京大学出版社 1991 年版。

L

鲁迅：《中国小说史略》，上海古籍出版社1998年版。

鲁迅：《集外集拾遗》，《鲁迅全集》第八卷，人民文学出版社1989年版。

林辰：《神怪小说史》，浙江古籍出版社1998年版。

刘勇强：《中国古代小说史绪论》，北京大学出版社2007年版。

刘俊文编：《日本学者研究中国史论著选译》，许洋主等译，中华书局1993年版。

廖可斌：《明代文学复古运动研究》，商务印书馆2008年版。

李剑国：《唐五代志怪传奇叙录》，南开大学出版社1993年版。

李剑国：《宋代志怪传奇叙录》，南开大学出版社1997年版。

李剑国：《唐前志怪小说史》，天津教育出版社2005年版。

李泽厚：《华夏美学》，天津社会科学院出版社2001年版。

李零：《中国方术正考》，中华书局2006年版。

凌郁之：《走向世俗——宋代文言小说的变迁》，中华书局2007年版。

罗钢：《叙事学导论》，云南人民出版社1994年版。

李达三编：《中西比较文学》，香港中文大学出版社1980年版。

刘惠卿：《母题为何》，《湛江师范学院学报》2010年第1期。

刘勇强：《论古代小说因果报应观念的艺术化过程与形态》，《文学遗产》2007年第1期。

李洁非：《小说母题刍议》，《小说评论》1991年第3期。

M

苗壮：《笔记小说史》，浙江古籍出版社1997年版。

孟森：《明史讲义》，中华书局2006年版。

马振方：《小说艺术论》，北京大学出版社1999年版。

《马克思主义文艺理论研究》编辑部编：《美学文艺学方法论》，文化艺术出版社1985年版。

马珏玶：《中国古典小说女性形象源流考论》，南京师范大学出版社 2008 年版。

O

欧阳代发：《话本小说史》，武汉出版社 1994 年版。

Q

齐裕焜：《明代小说史》，浙江古籍出版社 1998 年版。

秦川：《中国古代文言小说总集研究》，上海古籍出版社 2006 年版。

钱钟书：《管锥编》，读书·生活·新知三联书店 2001 年版。

R

任继愈编：《中国道教史》，中国社会科学出版社 2001 年版。

S

石昌渝：《中国小说源流论》，读书·生活·新知三联书店 1994 年版。

石峻等编：《中国佛教思想资料选编》，中华书局 1981 年版。

孙昌武：《佛教与中国文学》，上海人民出版社 1988 年版。

申丹：《叙述学与小说文体学研究》，北京大学出版社 2001 年版。

孙海法：《心理治疗中的情绪功能》，《心理科学》1991 年第 5 期。

W

吴志达：《中国文言小说史》，齐鲁书社 1994 年版。

吴光正：《中国古代小说的原型与母题》，社会科学文献出版社 2002 年版。

吴士余：《中国小说美学论稿》，复旦大学出版社 2006 年版。

魏崇新、陈毓飞：《中国古代小说的色诱母题》，《明清小说研究》2007

年第 4 期。

魏幕文：《郑之珍〈目连救母〉的产生及流传》，《东南文化》1994 年第 4 期。

王月清：《中国佛教善恶报应论初探》，《南京大学学报》1998 年第 1 期。

汪维真：《明代善恶报应观念的强化与社会调控》，《江汉论坛》2005 年第 1 期。

X

徐朔方、孙秋克：《明代文学史》，浙江大学出版社 2006 年版。

徐复观：《中国艺术精神》，春风文艺出版社 1987 年版。

萧欣桥等：《话本小说史》，浙江古籍出版社 2003 年版。

徐龙华：《中国鬼文化》，上海文艺出版社 1991 年版。

夏清瑕：《王阳明心学在全椒的传播及影响》，《滁州师专学报》2000 年第 1 期。

Y

余英时：《士与中国文化》，上海人民出版社 1987 年版。

袁行霈、侯忠义：《中国文言小说书目》，北京大学出版社 1981 年版。

杨义：《中国叙事学》，人民出版社 1997 年版。

叶舒宪编：《神话：原型批评》，陕西师范大学出版社 1987 年版。

叶朗：《中国小说美学》，北京大学出版社 1982 年版。

叶德均：《戏曲小说从考》，中华书局 1979 年版。

袁珂：《中国神话史》，重庆出版社 2007 年版。

杨经建：《论明清文学的叙事母题》，《浙江学刊》2006 年第 5 期。

严明：《文言小说人鬼恋故事基本模式的成因探索》，《文艺研究》2006 年第 2 期。

Z

左东岭：《王学与中晚明士人心态》，人民文学出版社 2000 年版。

张舜徽：《爱晚庐随笔》，华中师范大学出版社 2005 年版。

章柳泉：《中国书院史话》，教育科学出版社 1989 年版。

张汉良等编：《现代诗导读》，台北故乡出版社 1982 年版。

张桂琴：《明清文言梦幻小说研究》，吉林大学出版社 2011 年版。

朱光潜：《文艺心理学》，复旦大学出版社 2005 年版。

张泽洪：《城隍神及其信仰》，《世界宗教研究》1995 年第 1 期。

钟林斌：《论魏晋六朝志怪中的人鬼之恋小说》，《社会科学辑刊》1997
年第 3 期。

赵崔莉：《明代妇女的二元性及其社会地位》，《辽宁大学学报》2004 年
第 5 期。

三 国外论著

A

［英］霭理士：《性心理学》，潘光旦译，读书·生活·新知三联书店
1987 年版。

［英］爱德华·泰勒：《原始文化》，连树声译，广西师范大学出版社
2005 年版。

B

［日］滨岛敦俊：《明清江南农村社会与民间信仰》，朱海滨译，厦门大
学出版社 2008 年版。

［日］滨岛敦俊：《朱元璋政权城隍改制考》，《史学集刊》1995 年第 4 期。

E

［德］恩格斯：《致康·施米特》，《马克思恩格斯选集》第四卷，人民出

版社1972年版。

　　〔德〕恩格斯：《路德维希·费尔巴哈和德国古典哲学的终结》，《马克思恩格斯选集》第四卷，人民出版社1972年版。

　　F

　　〔英〕佛斯特：《小说面面观》，花城出版社1981年版。

　　〔奥〕佛洛伊德：《性学与爱情心理学》，罗生译，百花洲文艺出版社1997年版。

　　〔英〕J. G. 弗雷泽：《金枝》，徐育新、汪培基、张泽石译，新世界出版社2006年版。

　　G

　　〔荷〕高罗佩：《中国古代房内考——中国古代的性与社会》，李零译，商务印书馆2007年版。

　　〔荷〕高罗佩：《秘戏图考》，杨权译，广东人民出版社2005年版。

　　〔俄〕高尔基：《高尔基论文学》，作家出版社1955年版。

　　H

　　〔德〕黑格尔：《美学》，朱光潜译，商务印书馆1979年版。

　　J

　　〔美〕杰拉德·普林斯：《叙述学词典》，乔国强等译，上海译文出版社2011年版。

　　L

　　〔法〕列维－布留尔：《原始思维》，丁由译，商务印书馆1981年版。

　　〔美〕路易斯·亨利·摩尔根：《古代社会》，杨东莼等译，中华书局

1997 年版。

　　[英] 李约瑟：《中国之科学与文明》，陈立夫主译，台湾商务印书馆 2001 年版。

　　[日] 镰田茂雄：《简明中国佛教史》，郑彭年译，上海译文出版社 1986 年版。

　　M

　　[西] 门多萨：《中华大帝国史》，何高济译，中华书局 1998 年版。

　　N

　　[加拿大] 诺斯罗普·弗莱：《批评的剖析》，陈慧等译，百花文艺出版社 1998 年版。

　　R

　　[瑞士] 荣格：《心理学和文学》，冯川、苏克译，译林出版社 2011 年版。

　　S

　　[美] 斯蒂·汤普森：《世界民间故事分类学》，郑海等译，上海文艺出版社 1991 年版。

　　[英] 斯特伦：《人与神——宗教生活的理解》，金泽、何其敏译，上海人民出版社 1991 年版。

　　T

　　[英] 特雷·伊格尔顿：《二十世纪西方文学理论》，伍晓明译，北京大学出版社 2007 年版。

W

［美］勒内·韦勒克，奥斯丁·沃伦：《文学理论》，刘象愚等译，江苏教育出版社 2005 年版。

［美］韦斯坦因：《比较文学与文学理论》，刘象愚译，辽宁人民出版社 1987 年版。

Y

［苏］约·阿·克雷列维夫：《宗教史》，乐峰等译，中国社会科学出版社 1984 年。